Par la grâce du roi

Chère lectrice,

En ce mois de la Saint-Valentin, vos héros doivent composer avec les caprices de Cupidon. Et vous allez voir que le petit dieu ailé leur cause bien des tracas… Ainsi, le chevalier de Wilmont et sa fiancée se voient déjà mariés quand un événement imprévu les contraint à différer leurs noces et à s'en remettre *A la grâce du roi*. Découvrez vite la première partie de la nouvelle saga médiévale de Shari Anton, *Les mariés de la Couronne*. Toujours au Moyen Age, lord Raymond d'Estienne garde un trop mauvais souvenir de son premier mariage pour vouloir succomber de nouveau à l'amour. Ses secondes noces avec la jeune Elizabeth seront, se promet-il, celles du *Loup et la colombe*. Pas question de sentiment entre eux ! Seulement voilà : Elizabeth a une autre idée sur la question… Plus tard, en 1428, le chevalier anglais Marcus de Grant est également très contrarié : assurément, il n'entrait pas dans ses projets de s'éprendre d'une Irlandaise. Ne déteste-t-il pas ces Celtes qui ont tué son père ? Mais il est bien difficile de résister au charme envoûtant de *La dame de feu*… Quatre siècles plus tard, sous la Régence anglaise, Amanda se croit à l'abri des flèches de Cupidon. Pourtant, les hasards du destin vont l'amener à partager *Un secret d'alcôve* avec… un parfait inconnu ! Quant à Jana, en 1897, elle s'attendait à tout sauf à retomber amoureuse de l'homme même dont elle s'apprêtait à divorcer ! Mais peut-elle accorder de nouveau sa confiance à celui qui l'a fait tant souffrir, et lui révéler enfin l'existence du petit Nicholas, *L'enfant caché* ?

Enfin, le 1er mars, ne manquez pas le nouveau titre de la collection Grands Romans Historiques, *Le secret du diamant*, de Candace Camp.

La Responsable de collection

Le 1er avril, ne manquez pas la suite de la saga de Shari Anton

Les mariés de la Couronne

Intrigues au palais
au temps de la conquête normande...

2e partie : Complot au royaume (*Les Historiques* n° 332)

Nièce de la reine d'Angleterre et du roi d'Ecosse, Judith de Canmore est enlevée par des brigands qui veulent la marier de force à un seigneur saxon dont le dessein est de détrôner à son profit le roi normand d'Angleterre. Judith, devenue reine, usurperait alors la place de sa propre tante sur le trône. Mais le chevalier de Lenvil, secrètement amoureux de la jeune fille, a vent du complot et feint de se mêler aux conspirateurs pour délivrer Judith...

SHARI ANTON

Par la grâce du roi

LES HISTORIQUES

éditionsHarlequin

Cet ouvrage a été publié en langue anglaise
sous le titre :
BY KING'S DECREE

Traduction française de
MARIE-JOSÉ LAMORLETTE

83-85, boulevard Vincent-Auriol, 75013 PARIS — Tél. : 01 42 16 63 63
Service Lectrices — Tél. : 01 45 82 47 47
ISBN 2-280-17568-1 — ISSN 1159-5981

À cette époque…

Soupçonnée de ne pouvoir enfanter, Ardith, l'héroïne de ce roman médiéval, se voit imposer par le roi de longues fiançailles à l'essai. Si elle a la chance de tomber enceinte pendant cette période, le mariage aura lieu. Dans le cas contraire, il sera annulé…
A cette époque, en effet, la procréation est définie par l'Eglise comme l'unique but du mariage. Aussi les femmes stériles, faute de pouvoir remplir ce qui est considéré comme un devoir fondamental, sont-elles condamnées à la solitude et à l'opprobre. Désespérées, certaines se réfugient dans la prière, tandis que d'autres préfèrent recourir à la magie : utilisation de talismans composés d'ingrédients étranges tels que testicules de verrat et de belette, visite auprès de fontaines réputées fertilisantes, absorption de breuvages divers. Ainsi, l'armoise, connue aussi sous le nom d'herbe de la Saint-Jean, est réputée bonne pour les femmes « qui ne portent pas d'enfant pour cause de trop grande humeur. »

Prologue

Angleterre, 1101

— C'est *injuste !* maugréa Ardith.

Elle se mit à bouder — pour son seul usage, puisqu'elle était seule et que personne ne pouvait ouïr ses complaintes.

De sa palette installée dans la chambre commune, elle percevait fort bien les rumeurs du banquet qui battait son plein dans la salle voisine. Sa famille et leurs hôtes célébraient l'acte de courage de Corwin, son jumeau, âgé de douze ans. Mais ce n'était pas envers Corwin qu'allait sa rancœur ; après tout, son frère lui avait sauvé la vie et méritait d'être fêté.

Non. Depuis une semaine, elle était allongée sur sa couche, à souffrir des suites de sa blessure et à ingurgiter des potions à base d'hydromel et d'herbes médicinales. Voilà qui suffisait, maintenant. Elle rêvait d'une nourriture solide, enfin, brûlait d'engloutir un morceau du sanglier qui l'avait éventrée avant de périr sous l'épée de Corwin.

Un bras pressé sur le bandage qui enveloppait son abdomen, elle se leva, ignorant la douleur que lui causait ce mouvement, et traversa lentement la pièce pour décrocher une mante de laine, afin d'en couvrir sa chemise. Elle ne pourrait certes pas se joindre aux réjouissances, dans cette tenue. Toutefois, cachée dans l'ombre, peut-être parviendrait-elle à attirer l'attention de son frère, qui se ferait un plaisir de lui apporter une portion de cette bête féroce.

Sans bruit, Ardith piétina les jonchées jetées sur le sol de terre battue et se dirigea vers le grand candélabre en fer, dressé à la lisière des deux salles qui composaient l'essentiel du manoir. S'appuyant d'une main au mur en torchis, elle se faufila derrière la tapisserie qui ornait un coin de la salle commune, et s'arrêta.

Ainsi abritée des regards, elle écarta un coin de la tenture poussiéreuse — en se pinçant le nez pour ne pas éternuer — et jeta un coup d'œil vers les tables. Les servantes étaient déjà en train de débarrasser les tranchoirs usagés, taillés dans de grosses miches de pain bis. Bientôt, elles allaient emporter les restes du sanglier.

Sur l'estrade dressée par-delà le feu central, elle vit son père, Harold, seigneur de Lenvil, se lever pour signaler la fin du banquet. Près de lui se tenait le baron Everart, son suzerain normand, resplendissant dans une ample robe de drap noir bordée de pierres précieuses. En retrait d'un pas, un jeune garçon aux cheveux noirs était vêtu comme lui. Le jouvenceau ayant à peu près son âge, Ardith en déduisit qu'il devait s'agir de Stephen, le benjamin du baron. Le fils aîné et héritier de ce dernier, Gerard, devait se trouver quelque part dans l'assistance.

Il serait certainement fondé de sa part, se dit-elle, d'adresser des remerciements au baron. Si Everart n'avait pris Corwin en grâce, et permis à son frère de passer l'été au château de Wilmont où il avait appris à manier les armes, sans doute seraient-ils morts tous les deux, à cette heure.

Une paire de servantes empoigna le lourd plateau qui supportait la viande. Ardith chercha en vain son jumeau des yeux ; il était introuvable. Déterminée à appeler les servantes d'un signe, pour ne pas laisser passer son repas, elle s'avança légèrement. Mais à l'instant où elle allait sortir le nez de sa cachette, des voix mâles se rapprochèrent de la tapisserie. Ardith recula aussitôt, en espérant que ces hommes ne s'attarderaient point trop longtemps.

— J'ai parlé au roi, annonça le baron Everart. Ma requête l'a surpris, mais après examen il l'a approuvée.

— La générosité de votre proposition m'honore grandement, baron, répondit Harold. Vous pouviez trouver meilleur parti pour votre fils que la cinquième fille d'un vassal saxon.

— C'est ce que le roi a pensé aussi, mais Ardith est mon choix. Que diriez-vous de conclure un accord de fiançailles, Harold ?

Lenvil soupira.

— Las, messire ! A mon vif regret, je dois refuser. La petite s'est blessée… Elle est gâtée et n'est plus bonne à rien.

Tandis que les deux hommes s'éloignaient, Ardith se mit à trembler comme une feuille. Le baron Everart offrait de la fiancer à l'un de ses fils, et son père refusait ?

Elle *s'était blessée ?* Elle n'était plus *bonne à rien ?*

Elle passa une main sur son ventre meurtri — qui, certes, garderait toujours la marque de cet accident. Mais une cicatrice suffisait-elle à la *gâter*, à amoindrir sa valeur pour le mariage ?

Tout à coup, un flot de lumière envahit sa cachette. Une main masculine avait écarté la tapisserie.

— Qui avons-nous donc là ? déclara une voix suave, qui prononçait l'anglais avec le doux accent français d'un noble Normand.

Ardith, relevant la tête, rencontra des yeux d'un vert lumineux, aussi clair qu'un feuillage de printemps. Celui qui l'avait découverte n'était plus un jouvenceau, mais pas encore un homme fait — et sa beauté la cloua sur place.

Ses longs cheveux, qui avaient la blondeur pâle du seigle, étaient coiffés à la façon saxonne : ils tombaient sur ses épaules, retenus sur son front par un cercle d'or. Grand et mince, il était vêtu d'une chemise de lin blanc recouverte d'une tunique d'un bleu profond, qui lui arrivait aux genoux. Des broderies, rouges et dorées, ornaient de leurs guirlandes son encolure et ses emmanchures. Une ceinture damassée d'or ceignait sa taille bien prise.

Ce jeune homme paraissait *bon,* pensa Ardith, en priant le ciel de ne pas se tromper. A en croire Elva, la sœur de son père, les nobles normands se montraient souvent cruels avec leurs vassaux saxons. Et ce Normand-là devait être Gerard, l'héritier de Wilmont.

— Messire, murmura-t-elle.

Empoignant sa mante et sa chemise, elle se redressa et tenta d'esquisser une révérence — mais un vertige s'empara d'elle lorsqu'elle courba la tête. Deux grandes mains se saisirent alors de ses bras, l'empêchant de tomber.

Gerard la détailla de la tête aux pieds, et retour. Son inspection s'acheva sur son visage, et il scruta son regard.

— Vous devez être Ardith, la sœur jumelle de Corwin, dit-il. Vos yeux sont du même bleu brillant que les siens.

Il fronça les sourcils.

— Je vous croyais grièvement blessée, gisant sur votre palette. Que faites-vous derrière cette tapisserie ?

Un vif embarras empourpra les joues d'Ardith, quand elle mesura la folie de ses actions. S'il apprenait l'incident, son père serait furieux — et le châtiment sévère.

Elle chercha à s'écarter, mais les doigts de Gerard resserrèrent leur emprise.

Retenant des larmes de frustration, elle avoua :

— Je voulais manger une tranche de ce maudit sanglier.

L'expression du jeune homme se radoucit. Un sourire joua au coin de ses lèvres.

— Le sanglier qui vous a blessée ?

Ardith hocha la tête.

— Je vais ordonner que l'on vous serve. Mais auparavant, gente damoiselle, vous allez retrouver votre palette.

En un clin d'œil, Ardith fut soulevée de terre. Blottie dans les bras de Gerard, elle protesta :

— Je puis marcher, messire !

— Peut-être, mais vous ne le ferez point. Vos forces commencent à vous déserter.

Tandis qu'il la ramenait à grands pas au fond de la chambre, Ardith ne put s'empêcher de se demander si ce beau Normand aurait pu être son époux, un jour. Il était si fort, si charmant — et l'héritier d'un titre, par-dessus le marché. Le rêve incarné de toute jouvencelle.

Pour lequel de ses fils le baron avait-il envisagé des accordailles avec elle ? Gerard, ou Stephen ? Mais cela importait peu, à présent. Son père l'avait décrétée « bonne à rien », elle ne pouvait convenir ni à l'un, ni à l'autre.

— Ardith, jeune friponne ! Quelle sottise as-tu encore ourdie ? lança soudain une voix virulente.

Elva, qui les avait suivis, se tenait prête à la bagarre, les mains sur ses hanches volumineuses. Ardith se sentit incapable de soutenir une autre humiliation ; elle enfouit son visage dans l'épaule de Gerard, priant le ciel que sa tante attende le départ du jeune homme pour poursuivre ses imprécations.

— Qui est cette harpie ? lui demanda ce dernier à mi-voix, en la déposant avec lenteur et précautions sur sa couche.

— Elva, la sœur de mon père.

— Etes-vous réellement une friponne ?

— C'est ce que l'on a coutume de me dire, reconnut la fillette, penaude.

Gerard lui décocha un clin d'œil de connivence assorti d'un sourire éclatant, sans se soucier le moins du monde du regard noir qu'Elva dardait sur lui.

Lorsqu'il fut sorti, Ardith ne put contenir sa curiosité.

— Elva, s'enquit-elle, saviez-vous que père comptait me marier à l'un des fils du baron ?

Sa tante cracha littéralement sa réponse.

— Oh, que oui ! Harold envisageait de te donner à ce jeune lion. Or les Normands de Wilmont sont aussi féroces que des bêtes sauvages, tous autant qu'ils sont. Tu peux te réjouir d'avoir échappé à un sort pareil, ma fille !

A ce jeune lion.

Elle parlait de Gerard ! Quand Ardith le comprit, son cœur se convulsa de chagrin. Celui qui aurait dû être son époux arborait bien l'allure noble et fière du roi des animaux, avec sa crinière blonde et ses prunelles d'un vert étincelant. Toutefois, elle ne pouvait le voir comme une bête féroce.

Il avait un si gentil sourire…

Elle roula sur le côté et laissa ses larmes couler à flots.

Cette injustice-là était la plus cruelle de toutes.

1.

Wilmont, 1106

Gerard courait sur la croûte glacée qui recouvrait la boue du fossé entourant la citadelle. Un vent de début d'hiver cinglait sa cape, et le ciel couvert était à l'unisson de son humeur.

La mascarade de ce matin-là avait été son idée. Après avoir réglé dans le moindre détail ces fausses obsèques, il n'aurait jamais pensé que son estomac se rebellerait de la sorte, à la vue du cercueil vide descendant dans la terre. Mais il savait que son malaise ne se dissiperait pas tant qu'il n'aurait pas parlé à Richard, son demi-frère qui eût pu si aisément être allongé pour de bon dans cette bière.

Gravissant deux marches à la fois, il s'élança dans l'escalier extérieur qui menait au premier étage du donjon. Puis il poussa l'épaisse porte de chêne et pénétra dans la grand-salle.

Ce fut à peine s'il posa les yeux sur les tapisseries accrochées à côté d'armes anciennes, ou sur les frises de marbre sculpté qui enjolivaient les murs de pierre dure.

Il n'accorda pas plus d'attention aux paysannes qui s'empressaient de préparer le banquet — un banquet qui serait servi sur son ordre après la messe de funérailles.

La porte se referma derrière lui avec un claquement sonore. Par-dessus son épaule, il aperçut Thomas, un serviteur de confiance, malgré son jeune âge, et l'une des rares personnes à savoir quelle ruse avait été nécessaire pour cacher et protéger Richard. D'un geste sec, il se débarrassa de sa cape de castor et la lança au jeune homme.

— Je monte voir le moine, annonça-t-il. Apporte-nous de la cervoise.

Là-dessus, il s'engouffra dans l'escalier intérieur qui conduisait aux appartements privés.

Arrivé au fond du corridor, il frappa deux coups à une porte, attendit et frappa encore deux fois. Comme prévu, son écuyer lui ouvrit et s'inclina de manière outrancière, avec un sourire caustique.

— Des renforts, enfin ! Entrez, messire.

— Richard s'est-il montré difficile ? demanda Gerard.

Corwin referma la porte et poussa le verrou.

— Comme on peut l'être le jour de son propre enterrement, je suppose.

— Est-il d'humeur maussade ?

— Mordante, messire.

— Il est redevenu lui-même, alors.

— Oui, répondit Corwin en poussant un soupir.

Un grommellement monta du lit.

— Vous parlez comme si je n'étais point là ! Pourquoi ne pas me demander *à moi* comment je me porte ?

Les mains nouées dans le dos, Gerard gagna son chevet d'un pas sautillant et scruta ce visage courroucé qui était presque le reflet du sien.

Leur ressemblance était frappante, bien qu'ils fussent nés de mères différentes — l'une épouse de noble ascendance, l'autre maîtresse et paysanne.

Gerard avait beau revendiquer un avantage en taille, il était quasiment impossible de les distinguer, lorsqu'ils étaient en selle avec heaume et haubert.

C'était à cause de cette ressemblance, précisément, que Richard avait failli périr, victime d'une embuscade destinée à tuer ou à capturer Gerard, le nouveau baron de Wilmont. Basil de Northbyre et ses mercenaires paieraient bientôt leur audace, et chèrement.

— Je crains que ta parole, en ce domaine, ne soit guère fiable, répondit enfin Gerard. Tu serais prêt à me faire accroire que tu es assez solide pour retourner t'entraîner.

— Peut-être pas m'entraîner, mais au moins quitter cette couche ! se rebiffa Richard. Sais-tu que Corwin refuse même de me laisser me lever pour visiter les lieux d'aisance, et m'oblige à utiliser un pot pour pisser ?

— Sur mes ordres.

— Par tous les diables ! N'ai-je point survécu à la traversée de la Manche ?

De fait, cloué sur une palette sous le pont du navire, il avait survécu de peu à son retour de Normandie, malgré les soins vigilants d'un des médecins personnels du roi Henry.

— Tu as dormi tout le temps.

— Il n'empêche que j'ai survécu aussi au trajet en chariot de Douvres jusqu'à Wilmont.

— D'un souffle de moucheron.

— Et tu oses soutenir que je ne résisterais point à trois pas en dehors de cette chambre ?

Gerard croisa les bras avec fermeté.

— Basil dispose à coup sûr d'un espion ou deux, dans les parages. Après tout le mal que je me suis donné pour convaincre la moitié du royaume de ta mort, tu ne voudrais tout de même pas éventer la ruse en te promenant dans les couloirs ?

On frappa à la porte selon le signal convenu. Corwin ouvrit et Thomas entra avec la cervoise commandée. Le breuvage servi, Gerard congédia les deux jeunes gens et poussa le verrou derrière eux. Puis il s'affala sur une chaise, les jambes étendues vers la chaleur du fourneau à braises, et fit tourner le liquide dans son gobelet.

— Mon enterrement s'est-il bien passé ? s'enquit Richard, sarcastique.

Gerard opina du chef.

— Le père Dominic a magnifiquement imploré le ciel d'avoir merci de ton âme. Stephen a vanté ta bravoure et ta loyauté sans faille envers Wilmont. La moitié des filles, au château, sont confites dans la douleur. Je dirais que tu es fort convenablement pleuré.

Un petit sourire s'inscrivit sur les lèvres du « défunt ».

— Ces mêmes filles qui me pleurent sangloteraient sur toi à s'en fendre le cœur, sans nul doute !

Gerard haussa un sourcil.

— Nous distingueraient-elles dans le noir, à ton avis ?

— Difficile à dire. Mais puisque je suis confiné au lit, de toute manière, peut-être pourrais-je en appeler une ou deux, afin d'être fixé.

Son frère agita l'index d'un geste sévère.

— Prends garde ! Tu te caches et tu es censé être un moine souffrant de maladie. Fais ce que tu dis là et c'est pour l'hiver entier, que je te confinerai dans cette chambre !

Richard tressaillit à cette idée.

— Comment le pourrais-tu, puisque tu auras besoin de moi à la cour ! Quand partons-nous ?

— Tu resteras ici jusqu'à ce que je t'envoie chercher. Juste avant Noël, je pense. Corwin et moi partirons dans deux jours. Il souhaite passer par Lenvil avant de se rendre à Westminster.

Richard gémit.

— Tu veux me laisser croupir entre ces murs avec Stephen pour garde-malade ? Par pitié, Gerard ! Il ne me permettra jamais de mettre un pied hors de ce lit !

— Il te le permettra quand le père Dominic te jugera rétabli, pas avant.

Richard ouvrit des yeux ronds.

— Le père Dominic ? Tu lui as tout dit ?

— J'ai estimé plus prudent de le mettre dans la confidence. On ne sait jamais.

— Si tu insinues que je risque d'avoir besoin des derniers sacrements, tu y vas un peu fort à mon goût ! riposta le blessé. Et qui d'autre sait que je suis encore en vie ?

— Stephen, Thomas, Corwin, le roi Henry et ses médecins, répondit Gerard.

Il soupira.

— Et il m'a semblé nécessaire, en outre, d'avertir ma mère. J'eusse préféré l'éviter, mais tu la connais : elle aurait harcelé Stephen de questions au sujet du mystérieux moine enfermé sous son toit.

— J'imagine que lady Ursula doit être furibonde de me savoir couché dans ce lit, et non dans mon prétendu cercueil.

— Certes. Néanmoins, elle n'interviendra point dans les soins qui te seront donnés. Stephen y veillera.

— Elle ne cessera de l'asticoter à chaque instant pour sa loyauté, tu le sais. Elle essaiera de le retourner contre toi.

— Notre petit frère tiendra bon. Echanger des dagues avec Ursula fera de lui un homme ; je gagerais même que cela pourrait lui valoir son adoubement de chevalier.

Ils rirent, puis Gerard recouvra son sérieux.

— Pour ce qui est de toi, Richard, tu as certainement gagné ton entrée dans la chevalerie. Nous nous occuperons des formalités à la cour.

Il se leva et rejoignit la porte.

— Te fies-tu à la parole du roi ? demanda Richard.

Le jeune baron crispa la main sur le verrou.

— Quand Henry a rejeté ma requête d'entreprendre des représailles armées contre Basil, il m'a promis sa justice royale. Je n'ai eu d'autre choix que d'obéir.

— Et s'il ne nous rend pas justice ?

Gerard eut un sourire féroce.

— Alors, mon frère, je te conseille de te rétablir solidement. J'aurai besoin de ton épée, quand je réclamerai vengeance.

Richard lui rendit son sourire.

— Edward Siefeld, le capitaine des mercenaires, sera pour moi.

— Et Basil de Northbyre, pour moi.

Allongé à plat ventre sur son lit, un bras pendant vers le sol, Gerard ouvrit lentement un œil. La lumière du jour le blessa ; elle pénétrait telle une dague dans son crâne, trop lourd pour qu'il pût le soulever.

— Messire, chuchota Thomas, d'une voix douce mais ferme.

— Bonté divine, mon garçon, tu as intérêt à avoir une bonne raison pour me réveiller si tôt, si tu tiens à ta vie !

— Je vous ai laissé dormir aussi longtemps que je pouvais me le permettre, messire. Toute la maisonnée vous attend dans la chapelle. Le père Dominic ne peut commencer l'office avant votre arrivée.

A contrecœur, Gerard roula sur le flanc. Des bribes de la beuverie de la nuit flottèrent un instant dans sa mémoire engourdie. Il avait essayé de noyer sa frustration dans la cervoise, mais ses efforts avaient été vains.

Il rejeta les fourrures qui le couvraient et s'assit sur le bord de sa couche. La tête lui tournait. Il inspira à fond, plusieurs fois, et contraignit son corps à bouger. Ses muscles de soldat bien entraîné lui obéirent malgré la marmelade qui occupait son cerveau, et il se leva.

D'un léger signe du menton, il approuva les vêtements que Thomas avait étalés sur le lit. Il enfila la fine chemise de laine blanche, la tunique de soie pourpre rehaussée de fils d'or, les chausses de drap qu'il serra de liens de cuir sur ses mollets, et ceignit sa taille d'une ceinture en or. Ses goûts, de loin, l'eussent porté à négliger cette riche tenue au profit d'habits moins prétentieux. Ce jour-là, cependant, il devait se montrer et agir en baron.

Il ne fut nullement étonné de trouver sa mère l'attendant à l'entrée de la chapelle, les lèvres pincées en signe de réprobation. Lorsqu'il ne put réprimer un bâillement, alors que l'office commençait, lady Ursula le foudroya du regard. Stephen et Corwin échangèrent un sourire amusé. Le père Dominic, lui, saisit parfaitement l'allusion et dit sa messe à toute allure.

Lorsqu'ils eurent rompu leur jeûne avec du porridge et du pain, Gerard ordonna à sa mère et à Walter, l'intendant du château, de le rejoindre dans ses appartements.

— Ainsi que vous pouvez le voir, baron Gerard, Wilmont est prospère, déclara Walter, peu après, en désignant le parchemin déroulé sur la table de sa chambre.

Gerard inspecta avec attention le relevé des redevances dues au château, en argent et en nature. Une fois de plus, il se félicita de la sagesse de son père qui avait tenu à éduquer ses fils, une décision inhabituelle chez un seigneur normand. Pour rien au monde il n'aurait voulu être à la merci d'un clerc ou d'un intendant pour déchiffrer ses comptes ou connaître le contenu des messages qui lui étaient adressés, comme la plupart de ses pairs.

Il indiqua un espace laissé vide sur la taille.

— Qu'en est-il de ces loyers, Walter ?

— Les revenus de Milhurst restent dus, messire. Votre père, malheureusement, a succombé à la fièvre avant d'avoir pu aller les collecter.

La colère de Gerard flamba. Basil de Northbyre s'était fait un plaisir d'en retarder le versement, il l'aurait gagé ; ce village jouxtait son domaine. Il ajouta ce méfait supposé à la liste des doléances qu'il présenterait au roi contre son ennemi juré.

— D'autres rentrées nous manquent-elles ? demanda-t-il.

L'intendant pointa son index osseux sur une autre ligne blanche.

— Oui, messire. Celles d'un manoir sis près de Romsey, également dans le Hampshire. On nous doit six moutons sur pieds chaque hiver, à titre de tribut. Mais l'intendant peut encore les apporter, bien qu'il soit déjà assez tard dans l'année.

— Allez-vous vous rendre vous-même dans le Hampshire pour collecter ces dus ? intervint lady Ursula.

La note d'espoir qui pointait dans sa voix poussa Gerard à se tourner vers elle. A près de quarante ans, sa mère avait bien vieilli. Elle l'étudiait de ses yeux gris qui n'avaient rien perdu de leur éclat perçant, malgré son âge. Ses cheveux, aussi noirs que l'aile d'une corneille sous son voile, encadraient un visage encore lisse, pâli par les innombrables heures qu'elle passait en prières dans la pénombre de la chapelle.

Avait-elle prié pour Everart, qui gisait dans sa tombe depuis deux mois à peine ? se demanda le jeune homme.

Il doutait qu'elle ait versé une seule larme sur son époux défunt — et il savait pourquoi elle espérait son départ. Cette femme autoritaire avait subi contre son gré les ordres d'un mari ; elle répugnait visiblement à obéir à ceux d'un fils. Mais Gerard ne pouvait éprouver de compassion pour elle.

— En temps voulu, répondit-il.

Il refit face à l'intendant.

— Faites en sorte que Frederick parte dès demain matin pour le Hampshire, commanda-t-il. Les moutons de Romsey ne m'intéressent point, mais je *dois savoir* si Basil a attaqué Milhurst. Dites-lui aussi que je lui donnerai mes instructions avant son départ.

Walter inclina sa tête chauve.

— Il sera fait comme vous le souhaitez, messire.

Il sortit.

Gerard s'adossa à son fauteuil et déclara à sa mère :

— Vous serez certainement enchantée d'apprendre, madame, que je partirai aussi demain. Non point pour le Hampshire, mais pour Lenvil et Westminster.

Lady Ursula serra ses mains jointes dans son giron.

— Fort bien.

Son fils faillit rire tout haut de la satisfaction évidente qui se peignit sur son visage, mais s'en abstint. Il se pencha en avant et appuya ses bras croisés sur la table, capturant et soutenant le regard de celle qui était pour lui, avant tout, une adversaire.

— Richard demeurera à Wilmont. Stephen s'occupera de sa santé avec l'aide du père Dominic. Vous autoriserez notre frère à séjourner dans nos appartements familiaux jusqu'à ce que je l'envoie quérir.

A chacun de ses mots, l'épine dorsale d'Ursula s'était raidie un peu plus. Gerard se prépara à l'algarade qui n'allait pas manquer de venir — et qui survint effectivement.

— Vous oseriez m'offenser de manière aussi éhontée, en m'imposant *sa* présence à quelques pas de ma propre chambre ? Votre père lui-même ne s'est point permis de m'insulter de la sorte ! Il obligeait son bâtard à dormir à l'étage inférieur ! N'est-il point suffisant que je sois contrainte de tolérer ce... moins que rien dans l'enceinte du château ?

— J'ai eu la courtoisie, madame, de vous expliquer les raisons pour lesquelles nous devons cacher mon demi-frère. Quand Corwin et moi serons partis, vous serez la seule, avec Stephen et le père Dominic, à savoir qui se remet dans cette chambre. Soyez avertie que je serai *fort mécontent* si l'information, par mégarde, venait à se répandre.

Gerard tendit le bras à travers la table et saisit la croix constellée de pierreries accrochée au cou de sa mère.

— Jurez-moi, sur cette croix que vous chérissez tant, que vous n'entraverez point le rétablissement de Richard. Jurez, je vous prie, que vous garderez le secret sur son sort.

Livide, lady Ursula lui arracha le bijou.

— Un blasphème, à présent ? se récria-t-elle avec horreur. C'est vous, qui me demandez un serment aussi scandaleux ? Vous qui arrivez en retard à la sainte messe et dormez quasiment tout le long de l'office ? Votre requête, mon fils, revient à me demander de profaner les enseignements de Notre Seigneur, en permettant à un bâtard — le fruit des péchés et de la luxure de votre père — de souiller cette maison de sa présence !

Gerard eut du mal à contenir son courroux. Sa mère, il le savait, n'admettrait jamais que la décision d'Everart d'éduquer Richard comme son fils reconnu lui avait gagné un frère dévoué, en lieu et place d'un ennemi plein de rancœur. Et il était aussi fier qu'heureux de la loyauté que lui témoignaient ses cadets, dans un pays et à une époque où les rivalités entre les fils, les pères et les frères étaient chose courante.

Comme la plupart des mariages nobles, l'union arrangée entre Ursula et Everart avait consacré l'alliance de deux familles de haut lignage. Nul amour ne s'était développé entre les époux, que ne liait même pas une simple affection. Ursula avait enduré son mariage — et tout au plus toléré ses deux fils. Mais elle vouait une haine enflammée au rejeton que son mari avait eu, entre eux, d'une maîtresse paysanne.

— Wilmont est la demeure de Richard, de par la volonté de mon père et de par la mienne, déclara-t-il. Votre position, madame, est moins assurée.

Les paupières d'Ursula se plissèrent.

— Que dites-vous ?

Gerard balaya des yeux sa croix richement ornée, les bagues qui alourdissaient ses doigts, la soie lamée d'or de son bliaut.

— Vous êtes veuve, désormais. Votre Dieu pourrait vous appeler à la vie religieuse. Cela vous conviendrait-il, ma mère ? Vous voyez-vous passer le restant de vos jours cloîtrée dans une abbaye ?

Ursula ouvrit la bouche pour objecter, puis la referma.

— A moins que vous ne préfériez vous remarier, poursuivit le jeune homme. Il doit bien exister, dans ce royaume, quelque mâle enclin à vous épouser en vue de resserrer son alliance avec Wilmont.

La châtelaine pâlit.

— Vous n'oseriez point…

— Oh que si, j'oserais. Etes-vous prête, à présent, à me jurer le silence ?

Elle crispa les doigts sur sa croix.

— Je le jure, dit-elle d'une voix qui tremblait, avant de relâcher le bijou comme s'il la brûlait.

— Fort bien.

Lady Ursula se leva.

— A mon tour de vous mettre en garde, Gerard, reprit-elle d'un ton fiévreux. Vous n'avez pas hérité seulement du titre et des possessions de votre père, mais aussi de son immoralité. Un jour, comme lui, vous comparaîtrez devant notre Père Tout-Puissant pour affronter son jugement. Puisse-t-il avoir pitié de votre âme !

Lorsqu'elle sortit en trombe, claquant la porte derrière elle, Gerard se demanda un instant comment elle pouvait encore conserver le pouvoir de le toucher. N'eût-il pas dû être immunisé contre ses malédictions, après l'avoir entendue répéter toute sa vie, à tout propos, qu'il brûlerait en enfer pour l'éternité ?

Puis il se ressaisit et son visage s'éclaira. Les affaires du domaine réglées, il était enfin libre de se consacrer à ce qu'il rêvait de faire depuis son retour de Normandie : passer du temps avec son fils.

Il trouva Daymon dans la grand-salle, occupé à empiler des cubes de bois sous l'œil vigilant de sa nourrice.

Il s'approcha lentement, sans bruit, attendant que l'enfant sente sa présence de lui-même et esquisse le premier geste dans sa direction.

Trop souvent, au retour d'une longue absence, il n'avait pu résister au désir de soulever impétueusement son fils dans ses bras — pour s'aviser aux hurlements qu'il poussait qu'un tout petit garçon avait la mémoire fort courte.

Comme Daymon ne levait pas les yeux, Gerard s'adressa d'un ton tranquille à la nourrice.

— Comment se porte mon fils ?

— Bien, messire, hormis que le baron Everart lui manque cruellement, répondit la servante. Daymon est trop jeune pour comprendre la mort. La seule chose qu'il voit, c'est que son compagnon de jeu favori ne vient plus le rejoindre.

Gerard sourit avec tristesse ; il éprouvait le même sentiment de perte.

— Il me paraît en bonne santé, observa-t-il en notant les joues rebondies de l'enfant, la vivacité de son regard et la fermeté de son emprise sur les cubes.

Daymon, alors, se retourna et leva la tête vers lui. Gerard reconnut sur son petit visage les traits de sa mère. Si elle avait survécu à l'enfantement, il lui aurait donné une chaumine au village — aurait peut-être même pu lui trouver un mari.

Il n'avait pas aimé cette jeune paysanne d'amour, mais elle lui avait plu par son caractère enjoué et le plaisir qu'elle mettait dans leurs étreintes.

En revanche, il aimait son fils. Totalement.

Il s'accroupit, de manière à se placer à la hauteur du garçonnet qui continuait à l'examiner, et attendit — dominant sa folle envie de le toucher. Enfin, un sourire se peignit sur les lèvres de Daymon, et ses yeux verts s'éclairèrent. Joyeusement, il tendit ses bras potelés vers son père.

Ce dernier le souleva de terre et le pressa sur son cœur. Le petit garçon se serra de toutes ses forces contre lui, l'enlaçant de ses bras et de ses jambes. Son besoin d'affection, si manifeste, émut Gerard aux larmes.

Cet enfant n'avait jamais connu sa mère, il venait de perdre un grand-père bien-aimé, et son père allait de nouveau le quitter. Il n'avait personne pour lui donner de l'amour, hormis ses nourrices.

Le jeune baron tressaillit intérieurement, confronté à l'inévitable : il devait se marier. Il aurait dû le faire depuis des années, pour le bien de Daymon autant que pour celui de Wilmont.

Everart n'avait point manqué à ses obligations paternelles : il avait dûment cherché une épouse à son fils aîné. Gerard se souvenait vaguement d'une fille de baron, morte avant d'aborder l'adolescence. Quelques années plus tard, il avait été question d'une autre jouvencelle, mais les accordailles n'avaient pu se conclure pour une raison qu'il avait oubliée.

Les prétendantes à l'honneur de devenir maîtresse de Wilmont ne manquaient certes point — mais il avait ses exigences. L'épouse qu'il choisirait devrait être de bonne naissance et capable de mener une maison. Peu lui importait qu'elle fût moyennement belle ou chichement dotée, même si, bien sûr, il n'avait rien contre une femme avenante et assez riche pour accroître les fonds du domaine.

Ce qui comptait pour lui, avant tout, c'était qu'elle fût capable d'affection. Il voulait avoir à son côté une compagne qui ne rechignerait point à partager la couche conjugale, ni à lui donner des héritiers.

L'amour, il pouvait s'en passer — ce sentiment n'avait pas sa place dans un bon contrat de mariage. Mais il faudrait que l'élue accepte de plein gré d'occuper la place qu'il comptait lui assigner dans sa vie.

Toute la place.

Il leva son fils à bout de bras et sourit aux cris de joie du petit garçon.

Le problème était là. Existait-il, dans toute l'Angleterre et dans toute la Normandie, une femme qui accepterait d'ouvrir son cœur à un jeune enfant innocent, entaché malgré lui de bâtardise ?

Alors qu'il ramenait Daymon contre lui, il aperçut Ursula debout à l'entrée de la grand-salle. Le regard furieux de sa mère renforça sa détermination.

Une telle femme *devait* exister, se dit-il. Il lui suffisait de la trouver.

Mais, auparavant, il avait à s'occuper de Basil de Northbyre. Rien ne devait entraver sa soif de justice, ni son vœu de mettre à genoux devant lui ce criminel sans foi ni loi.

2.

Ardith était agenouillée dans la chambre commune, à même le sol de terre battue. Devant elle virevoltait l'étoffe la plus délicate et la plus somptueuse dans laquelle elle avait jamais eu le plaisir de planter son aiguille.

Tandis que sa sœur Bronwyn tournait lentement sur elle-même, la soie émeraude, brochée d'or, déployait ses moirures en longs plis moelleux.

— Ne bouge plus ! ordonna la jeune fille.

Elle ajouta un point à l'ourlet du bliaut, dont la traîne balayait souplement les brodequins de l'élégante coupés dans un fin cuir de Cordoue.

— Oh, Ardith, Kester va être si content ! s'exclama Bronwyn de sa voix charmeuse, au doux timbre voilé.

Ardith sourit. Kester, l'époux de sa sœur, était passionnément épris de sa femme et ne songeait qu'à exaucer le moindre de ses désirs. Connaissant son goût marqué pour la toilette, il lui rapportait en cadeau, de chaque expédition, les plus beaux tissus en provenance d'Orient, de Venise ou de Florence. Il avait acheté ce précieux coupon à un marchand italien, à la descente du bateau.

Bronwyn, alors, s'était empressée d'accourir à Lenvil. Bien qu'elle disposât chez elle de toutes les couturières voulues, elle venait toujours trouver Ardith lorsqu'elle souhaitait quelque chose de spécial. Et cette magnifique tunique, qu'elle porterait sur un chainse de crêpe ivoire aux broderies assorties, vert et or, était destinée aux fêtes de Noël.

Ardith se releva, puis elle brossa les brins de fil et les grains de poussière accrochés à sa jupe de gros drap brun. Elle possédait pour sa part deux beaux bliauts — l'un en laine couleur safran, pour l'hiver, l'autre en toile de lin vert clair, pour l'été — mais elle ne les portait que rarement, lorsqu'ils attendaient des visiteurs. Ses tuniques ordinaires, coupées dans de solides étoffes rustiques, étaient mieux adaptées aux tâches quotidiennes qui étaient les siennes.

Elle écarta la lourde natte blonde de sa sœur, entremêlée d'un ruban, afin de délacer son corselet.

— A présent, tu me dois la fin de ton histoire.

— Oh, j'allais oublier ! reconnut Bronwyn. Je te disais donc que le roi Henry a dépêché Kester sur la côte pour accueillir l'envoyé du pape. Il est allé attendre le navire à Hastings, après quoi il a ramené le prélat chez nous pour qu'il y passe la nuit, avant de rejoindre Londres.

Elle se débarrassa de la soie émeraude et renfila son bliaut de drap bleu ciel.

— A ce que j'ai pu entendre, le pape Pascal est fort courroucé contre Henry, au point de le menacer d'excommunication.

Ardith brûlait de tout savoir sur les démêlés entre Pascal II et Henry Ier Beauclerc, roi d'Angleterre et duc de Normandie, quatrième fils de Guillaume le Conquérant. Ayant passé les dix-sept années de sa vie à Lenvil, elle était affamée des nouvelles qui pouvaient lui arriver du reste du monde. Mais un cliquetis de harnais et un bruit de sabots coupa court à la conversation.

— Père est de retour plus tôt que prévu, remarqua-t-elle. Nul doute que sa jambe le fait souffrir et qu'il a écourté son inspection. Voudrais-tu aller lui quérir une timbale de vin chaud ? Ce breuvage calme ses douleurs, d'ordinaire.

— Comment peux-tu supporter ce grognon ? demanda sa sœur en posant sur ses cheveux un voile de mollequin azuré, qu'elle ceignit d'un cercle d'orfèvrerie en argent. Il est pire qu'un ours mal luné !

Ardith haussa les épaules.

— Le changement de saison affecte son humeur. Une fois que l'hiver sera installé et qu'il pourra reposer sa jambe, son caractère s'améliorera.

— Mais pourquoi se met-il en tête d'inspecter des champs qui ont été récoltés et glanés ? insista Bronwyn. Pour l'amour du ciel, qu'y a-t-il à voir dans des mottes de terre ? N'es-tu point capable, toi, de lui dire quelles parcelles devront être cultivées au printemps prochain, et quelles autres laissées en jachère ?

Soudain, elle s'interrompit dans un sourire.

— Oh, je comprends. Harold de Lenvil croit encore qu'il décide par lui-même, n'est-ce pas ?

Ardith acquiesça, la mine sévère.

— Et je ne tiens pas à ce qu'il pense autrement, m'entends-tu ?

— A ta guise, sœurette, accorda Bronwyn. Ne me laisse pas trop longtemps seule avec lui, voilà tout ce que je te demande. Il va m'assommer avec ses histoires de choux, de betteraves ou d'avoine !

Elle pivota et s'éclipsa en soupirant.

Ardith secoua la tête, amusée, et entreprit de rassembler son matériel de couture. Son existence était si différente de celle de ses sœurs ! songea-t-elle. L'une après l'autre, elles avaient quitté la maison. Edith était entrée au couvent, les suivantes s'étaient mariées. Et elle, par défaut, était devenue la dame du manoir — en pratique, sinon en titre.

Un jour, Corwin se marierait et amènerait sa jeune épouse à Lenvil, ce qui changerait tout à sa situation. Toutefois, comme ni Harold ni l'intéressé ne semblaient pressés d'en arriver là, elle estimait sa place assurée pour quelque temps encore.

Elle espérait même la garder pour toujours, d'une autre manière, et à cette fin elle avait étudié de fort près l'herbier d'Elva, ainsi que ses prescriptions. Elle savait quelles simples guérissaient les aigreurs d'estomac, lesquelles endormaient une dent enragée, comment préparer des poudres pour calmer les migraines et des onguents pour soigner les brûlures. Elle avait appris, aussi, à panser une plaie, ainsi qu'à mettre les enfants au monde.

Corwin lui permettrait certainement de rester au manoir pour ces talents, au moins, comme Harold avait autorisé sa sœur à demeurer non loin de chez lui. Si Elva ne s'était mise à des pratiques bizarres, à des incantations et à des rites païens — en éparpillant des ossements d'animaux pour lire l'avenir dedans, par exemple —, nul doute qu'elle vivrait encore avec eux. Mais le jour où elle avait éventré un porcelet pour jouer les devineresses, son frère l'avait reléguée sur-le-champ dans une chaumine du village.

Bien sûr, Ardith rêvait elle aussi d'avoir une maison à elle, mais elle savait que ce rêve n'était que folie.

Elle plaça une main sur son ventre, à l'endroit où l'affreuse cicatrice barrait sa chair et du même coup son avenir. Après son accident, Elva lui avait expliqué — à son vif désarroi — que si cette blessure n'avait pas causé sa mort, elle n'avait pas moins entraîné des dommages sévères.

Elle ne pourrait jamais se marier, parce qu'elle était incapable d'engendrer.

De nouveau, la jeune fille secoua la tête. Pourquoi repenser maintenant à sa stérilité ? Pourquoi laissait-elle toujours les visites de Bronwyn, et le spectacle de son bonheur, induire ces accès d'apitoiement sur elle-même ?

C'était aussi vain que ridicule.

Elle percevait le rire cristallin de sa sœur, mêlé au timbre grave de voix masculines qui s'élevaient dans la salle voisine. Franchissant le passage voûté qui séparait les deux pièces du manoir, elle découvrit les arrivants… et reconnut non point son père, mais son jumeau !

La joie qu'elle en éprouva eut tôt fait de balayer sa morosité passagère. Sans réfléchir un seul instant, ne voyant que son Corwin bien-aimé, elle glapit son nom et traversa la salle en courant. Le jeune homme eut à peine le temps de se stabiliser sur ses jambes, qu'elle se jetait déjà à son cou pour l'enlacer avec fougue.

A quelques toises de là, Gerard fut témoin des vibrantes retrouvailles entre le frère et la sœur.

Il avait tout de suite reconnu Ardith, bien qu'il ne l'ait plus vue depuis plusieurs années. Ces cheveux sombres aux reflets cuivrés, ces yeux d'un bleu éclatant étaient sans pareils.

Corwin souleva sa jumelle de terre et la fit tournoyer. Elle riait aux éclats, mais le jeune baron entendait à peine son rire et celui, attendri, des gens qui l'entouraient. Il se remémorait le soir où il avait soulevé Ardith dans ses bras, lui aussi, et la douceur de cet adorable fardeau de douze ans.

Mais elle n'avait plus douze ans, ce n'était plus la fillette à peine formée que sa tante réprimandait vertement. Elle était devenue femme, et une femme d'une grande beauté.

Sa grossière robe de bure ne suffisait point à cacher la rondeur de sa poitrine, ni l'exquise minceur de sa taille qui s'épanouissait si joliment dans les courbes arrondies de ses hanches. Par ailleurs, son sourire eût suffi à réjouir le cœur d'un homme. Celui qu'elle dédiait à Corwin, étincelant, ne réchauffait pas seulement sa bouche et ses yeux : il illuminait tout son visage.

Gerard mit l'émotion qu'il éprouvait sur le compte de l'envie. De toutes les femmes qu'il avait eues dans sa vie, dames de la cour ou simples paysannes, aucune, jamais, ne l'avait accueilli avec une telle ferveur.

Corwin reposa sa jumelle sur le sol. Elle le contempla entre ses paupières plissées.

— Horrible monstre que tu es ! lança-t-elle. Je pourrais te battre !

Et elle lui asséna une chiquenaude sur l'épaule.

— Qu'ai-je fait pour mériter pareil traitement ? s'enquit le jeune homme.

— Que n'as-tu *point fait*, devrais-tu dire ! N'est-ce pas toi qui m'a enseigné à lire et à écrire, pour que nous puissions échanger des missives ?

Corwin sourit.

— Si je me souviens bien, je me suis contenté de consentir aux supplications d'une jeune entêtée, qui n'avait nulle confiance dans la vue trop basse du vieux frère Hugh.

— Soit, mais ne m'as-tu point recommandé de m'exercer en t'adressant des messages auxquels tu avais promis de répondre ? Honte à toi, Corwin ! Comment as-tu pu me laisser mourir d'inquiétude à ton sujet ?

Elle recula de quelques pas et le jaugea de la tête aux pieds.

— Tu me parais être en un seul morceau.

— Je suis entier et en parfaite santé, confirma son frère. Avec une révérence moqueuse, il ajouta :

— Et tu me vois le plus repentant des hommes, sœurette. Comprends, cependant, que je n'ai guère eu de temps disponible pour prendre la plume. De surcroît, Ardith, je préfère sincèrement t'avoir évité mes récits de guerre.

L'envie de Gerard s'accrut quand il vit la jeune fille promener une main caressante sur le bras de son écuyer.

— Etait-ce si terrible ? demanda-t-elle.

— Oui. Mais je suis de retour à la maison, maintenant, et je n'ai que deux souhaits : boire et manger. Peux-tu nous fournir un tonnelet de cervoise, pour que nous fêtions comme il convient ce joyeux événement ?

Ardith hésita un bref instant, visiblement désappointée par l'esquive de Corwin et son brusque changement de sujet. Puis elle hocha la tête, son sourire retrouvé.

— Je crois que je le puis. Dis-moi : combien de temps vas-tu rester ?

Le jeune homme tourna les yeux vers Gerard, qui répondit :

— Quelques jours seulement.

Ardith se figea, tandis que ses joues se coloraient et devenaient brûlantes. Toute à sa joie de revoir Corwin, elle n'avait pas prêté attention aux autres personnes présentes dans la salle. Son frère, évidemment, n'était pas venu seul de Wilmont : un bon nombre de soldats normands se mêlaient aux gardes de Lenvil et à l'escorte de Bronwyn.

Mais elle ne pouvait s'empêcher de penser que cette voix calme, qui venait de résonner dans son dos, ne lui était pas inconnue. Elle adressa au ciel une prière qu'elle savait futile — souhaitant de tout son cœur que la voix en question appartînt à un chevalier qu'elle n'avait jamais vu. Que le sort, une fois au moins, lui soit propice ! implora-t-elle ardemment. Néanmoins, un seul homme de sa connaissance pouvait posséder une intonation aussi proche de celle du baron Everart.

Gerard.

Rassemblant son courage, elle se détourna.

Son cœur bondit dans sa poitrine lorsqu'elle le découvrit. Ce Gerard, là, n'était plus le jeune homme qui l'avait portée jusqu'à sa palette, cinq ans auparavant, et consolée si tendrement. C'était un homme fait, devenu baron à son tour. Et l'homme qu'elle aurait dû épouser, sans un cruel revers du destin.

« Le jeune lion », avait dit Elva en parlant de lui. Cette image convenait toujours au nouveau seigneur de Wilmont, mais le lionceau avait mûri.

Ses yeux, toujours aussi verts que des feuilles de saule, étaient étoilés maintenant de fines lignes blanches qui tranchaient sur sa peau hâlée. Leur éclat et leur disposition faisaient ressortir la noblesse du nez. Ils étaient agrémentés d'épais cils sombres et de sourcils fournis, du même blond clair que ses cheveux qui lui tombaient sur les épaules.

Ses mèches souples, humides de sueur, avaient été plaquées sur son front par le heaume qu'il venait d'ôter. Les doigts d'Ardith la démangeaient : elle mourait d'envie de les glisser dans ces boucles soyeuses, pour en reformer une crinière digne de ce visage altier, à la mâchoire déterminée.

Il portait encore sa cotte de maille sur une simple tunique de drap noir. Ses larges épaules soutenaient sans peine le poids du haubert et du baudrier de cuir auquel était suspendue une épée à double tranchant, impressionnante, placée à la portée de sa dextre.

Sa prestance et son aisance étaient celles d'un roi. Il montrait un aplomb que seul un homme sûr de sa position et de son pouvoir pouvait atteindre.

Sans doute s'amusait-il de l'examen auquel il était soumis, car il inclina la tête sur le côté et un petit sourire releva le coin de ses lèvres.

— Mes salutations, Ardith. Si j'avais connu vos tourments pour votre frère, j'aurais obligé ce galopin à vous écrire, soyez-en certaine.

Ses paroles arrachèrent la jeune fille à la transe dans laquelle elle était plongée. Bienheureuse Marie ! Elle scrutait Gerard de Wilmont comme s'il était une étrange créature venue d'un pays lointain. Il était grand temps qu'elle se ressaisisse. S'efforçant de maîtriser le tremblement qui affectait ses mains et ses genoux, elle exécuta une révérence. La tête basse, elle ferma les yeux afin de dominer son trouble.

Pour rien au monde, elle ne devait laisser voir à cet homme le tumulte de ses pensées, ni le chagrin qui lui tenaillait le cœur. Jamais, au grand jamais, il ne devrait savoir quelle portée son geste attentionné et ses douces paroles avaient eu sur une jouvencelle. Il ne devrait jamais apprendre qu'elle avait chéri ce souvenir, depuis ce soir-là, dans chacun de ses rêves — de jour comme de nuit.

— Baron Gerard, murmura-t-elle dans un souffle.

Gerard décroisa les bras. La dernière fois qu'Ardith s'était inclinée devant lui, elle avait piqué du nez en avant. Et, pour quelque sotte raison, il se prenait à espérer qu'elle allait recommencer — juste pour lui permettre de la rattraper.

Mais, cette fois, l'adorable damoiselle semblait parfaitement contrôler son corps... et son esprit. Lorsqu'elle redressa la tête et soutint fermement son regard, il constata qu'elle s'était reprise : la brève appréhension, l'inquiétude fugitive qu'il avait lues dans ses prunelles d'azur avaient disparu.

Il lui offrit sa main. Elle hésita, puis plaça les doigts sur sa paume et se releva, ainsi qu'il l'y incitait. Sa main n'était pas molle et fragile, comme celle de sa sœur, mais robuste et franche. Et si elle ne portait nulle trace de cals ou de rougeurs, il était clair qu'elle était accoutumée au travail.

Gerard, alors, ne put résister à une impulsion. Il porta ses doigts à ses lèvres, effleurant d'un baiser des ongles nets, coupés court. Elle ne se rebiffa pas, au contraire : elle pressa doucement sa main.

Il avait dû se tromper, se dit-il. De toute évidence, elle ne le craignait point et ne répugnait pas davantage à le toucher. Il en éprouva une gratitude qui lui parut déplacée.

— Toujours aussi espiègle, ce me semble, déclara-t-il en lui rappelant leur première rencontre. Seriez-vous restée la « jeune friponne » d'antan ?

De surprise, Ardith battit des cils, et une délicieuse vague rose envahit son visage. Cette couleur, charmante, s'accordait à merveille avec la teinte chaude de sa chevelure découverte.

— Vous me voyez marrie, messire, de ne point vous avoir salué le premier, comme je l'aurais dû. Et vous devez me prendre pour une mégère, à la façon dont j'ai tancé mon frère en public.

— Dirons-nous que vous avez du caractère ? Quoi qu'il en soit, Corwin méritait ce sermon, à mon sens.

Ardith jeta un coup d'œil penaud à son jumeau.

— De fait, messire, il me faut avouer que j'ai toujours su comment Corwin se portait. Le baron Everart, Dieu ait son âme, jugeait bon de nous envoyer de ses nouvelles. Walter, votre intendant, a suivi son exemple.

Gerard approuva cette initiative d'un signe de tête. Il devrait se souvenir d'en féliciter Walter. Puis l'expression de la jeune fille changea, et il se surprit à la contempler fixement.

— Je sais que mon père vous parlera officiellement, au nom de Lenvil, mais d'ici là je tiens à vous offrir nos condoléances pour la mort de votre père… et celle de Richard. A ce que Corwin m'en a dit, vous leur étiez très attaché, je crois.

La sincère compassion d'Ardith toucha profondément Gerard. Au début, il aurait pu prendre ses paroles pour de simples mots de convenance, ceux auxquels il était accoutumé. Mais sa franchise et sa peine, qui ne faisaient aucun doute, étaient chose rare.

— Je vous remercie, répondit-il d'un ton posé.

Il se sentait incapable de lui exprimer ce qu'il ressentait, et n'aurait pu le faire devant une assemblée aussi nombreuse, de toute manière.

— Ardith ! intervint Bronwyn. Oublies-tu que tu as promis à nos hôtes un tonnelet de cervoise ?

Ardith regarda sa sœur, en pleine confusion, puis elle s'empourpra de nouveau et retira sa main à Gerard.

— Non, certes ! répondit-elle avec empressement. Veux-tu faire asseoir le baron Gerard, Bronwyn ? Toi, Corwin, viens m'aider à porter le tonnelet. Si vous permettez, messire...

Elle s'esquiva en direction de la resserre sise près de la cuisine, et réprimanda son jumeau dès qu'il l'y rejoignit.

— Tu aurais pu m'avertir que le baron nous regardait !

— A dire vrai, j'avais oublié que Gerard était là, se défendit Corwin.

Ardith se demanda comment quiconque pouvait « oublier » une présence aussi forte que celle du jeune baron, quand il se trouvait dans la même pièce.

— Et tu aurais pu écrire de Normandie, nous rassurer sur ton état ! renchérit-elle.

— Voyons, Ardith. Si j'avais été blessé à mort, tu l'aurais su. Immédiatement.

Ils étaient seuls parmi les sacs de grains, les barriques de viande séchée, les tonnelets de cervoise et d'hydromel. C'était la raison pour laquelle ils pouvaient se permettre d'évoquer le lien singulier qui les unissait. Elva, lorsqu'ils étaient enfants, leur avait formellement interdit d'en faire état en public, sous peine de passer pour des sorciers.

— Le crois-tu vraiment ? s'enquit-elle. La Normandie est si loin !

Son frère posa une main sur son épaule.

— A ton avis ?

Il paraissait si sûr de lui, et elle avait tellement envie d'y croire...

— Peut-être as-tu raison, concéda-t-elle.

Puis elle se concentra sur la tâche à accomplir.

— La meilleure cervoise est là-haut, dans ce coin, me semble-t-il. Seras-tu assez fort pour en descendre un tonnelet ?

— Pour qui me prends-tu ? riposta Corwin en faisant glisser le tonnelet pour le charger sur son dos. Je serais capable de te jeter sur mon épaule sans même sentir ton poids, péronnelle !

Ardith jugea préférable de ne point le défier. Il serait capable de prouver ses dires.

— Combien y a-t-il d'hommes, demanda-t-elle, dans la compagnie de Wilmont ?

— Vingt, sans compter le baron Gerard et moi-même.

La jeune fille décompta mentalement les provisions dont elle disposait.

— Je vais avertir la cuisinière. Le repas de ce soir va mettre ses talents à l'épreuve : nous avons fort peu de viande fraîche.

— Les hommes ne s'en soucieront guère, à partir du moment où leurs écuelles seront pleines d'aliments chauds. En revanche, tu souhaites peut-être envoyer quelqu'un au village, afin de requérir de l'aide pour le service.

Ardith acquiesça.

— Oui. Et j'aurai besoin aussi de paillasses supplémentaires, pour ces soldats. La salle va être bondée, cette nuit.

— Tu n'as point à t'inquiéter de loger Gerard, ni la plupart de ses hommes. Quelques-uns sont déjà en train de dresser les tentes.

— Des tentes ? Par ce froid ?

Corwin sourit.

— Ce sont de vrais guerriers, sœurette, pas de délicats courtisans ! Viens voir.

Ardith le suivit hors de la resserre. Par une croisée, il lui montra le champ où les soldats de Wilmont érigeaient de petites tentes autour d'un autre chapiteau, monumental celui-là, en toile écarlate et dorée.

— Gerard aime ses privautés, expliqua le jeune écuyer. Par ailleurs, il ne demanderait jamais à ses hommes de dormir dehors s'il n'était prêt à le faire lui-même. Sa tente est peut-être plus opulente que les autres, mais il campe aussi.

La tente en question paraissait robuste, capable d'écarter les vents glacés de la nuit. Toutefois, que le baron renonce au confort d'un lit surprenait Ardith — et la soulageait grandement. Elle n'aurait pas à chercher le sommeil dans la même pièce que Gerard, et c'était tant mieux ; elle aurait déjà assez de mal à s'endormir sans cela.

— Bien, voilà qui résout un problème, dit-elle. Maintenant, il ne me reste plus qu'à trouver quelqu'un à envoyer au village.

Corwin sortit sur le perron et jeta un regard circulaire autour de lui.

— Voilà qui est fait, annonça-t-il. Ce garçon me semble en quête d'une occupation. Thomas ! Par ici !

Un jouvenceau aux cheveux châtains traversa la cour d'un pas vif.

— Thomas, voici ma sœur Ardith. Elle a une course à te confier. Fais vite, si tu veux avoir une chance qu'elle te nourrisse ce soir.

— Corwin ! protesta la jeune fille offusquée. Comment peux-tu dire une chose aussi méchante ? Si tu continues, c'est toi qui vas jeûner !

Son frère ajusta le tonnelet sur son épaule et rentra dans le manoir.

— Peu m'importe, ma belle. J'ai la cervoise, c'est tout ce qu'il me faut.

Ardith sourit, amusée, et regarda Thomas — dont le regard brun trahissait une large part d'incertitude. Non point au sujet du prochain repas, s'avisa-t-elle, mais au sujet de son identité.

Elle ne pouvait blâmer ce pauvre garçon, se dit-elle, car elle avait plus l'air d'une paysanne que d'une dame, dans sa tunique grossière et sans voile pour couvrir ses cheveux. Ce qui signifiait que Gerard avait dû se faire la même réflexion.

Laissant cette pensée de côté, elle fournit à Thomas les indications et les instructions dont il avait besoin. Après quoi elle alla aider la cuisinière en attendant l'arrivée des villageoises appelées en renfort.

Lorsque celles-ci arrivèrent, Ardith retourna dans la salle — et découvrit que son père était rentré. Mais ce qui la chagrina beaucoup plus, ce fut d'apercevoir sa tante siégeant dans un coin sombre, près de la tapisserie.

Elle se dirigea vers Elva, méfiante.

— Je ne m'attendais point à vous voir monter du village, ma tante.

Les yeux gris d'Elva, perçants, parcoururent la salle et s'arrêtèrent sur Gerard. Sa bouche fine prit un pli aigre, et l'inquiétude de la jeune fille grandit.

Plus la vieille femme prenait de l'âge, moins elle imposait de restreinte à sa langue. Et bien qu'elle n'ait jamais, jusqu'alors, osé exprimer à voix haute sa haine des Normands en présence du suzerain de Lenvil, le pire était à craindre.

Un jour, Elva risquait de se laisser emporter, et d'encourir un châtiment sévère.

Sa tante lui jeta un coup d'œil caustique.

— De quoi as-tu peur, petite ? Que j'attise le courroux de mon frère ? Rassure-toi : Harold est trop occupé à s'aplatir telle une limande devant le Normand pour remarquer ma présence. Retourne donc à tes tâches.

Ardith considéra son père d'un air soucieux. De fait, il était en train de relater sa journée d'inspection à Gerard, dont il capturait l'attention pleine et entière.

Non, pas si entière que cela, nota-t-elle un peu plus tard, en supervisant le service. De temps à autre, elle sentait le regard du jeune baron peser sur elle — et ignorait de son mieux les tressaillements qui agitaient son estomac. Comme elle réprimait les battements irréguliers de son cœur, lorsqu'il lui arrivait de croiser ses yeux verts ou d'être trop sensible au son de sa belle voix grave.

Le repas achevé, elle attendit qu'Harold ait convaincu Gerard et Corwin de l'accompagner à la chasse, le lendemain matin, avant de demander à son frère où il comptait dormir.

— Déroule-moi une paillasse dans la chambre à coucher, répondit ce dernier. J'ai eu mon content de froid et de pluie. Gerard préfère peut-être sa tente, mais pas moi.

— Quoi ? Dormir sous une tente ? explosa Harold. Ardith vous a sûrement dit, messire, que ce sera un honneur pour moi de vous céder mon lit. Et si elle ne l'a point fait, elle a négligé ses devoirs. Cela est votre dû !

La jeune fille retint son souffle. Elle redoutait que Gerard n'acquiesce à ces deux arguments : son droit à disposer du lit de maître, et sa propre négligence.

A sa vive surprise, le coup vint d'ailleurs.

— Non, Harold, gardez votre couche, répondit-il d'un ton qui n'admettait nulle réplique.

Après quoi il plongea les yeux dans ceux d'Ardith et ajouta, en pesant ses mots :

— Le confort de ma palette et de ses fourrures me suffira amplement… même si j'aurais plus de plaisir encore à le partager.

3.

L'enthousiasme de Gerard grandissait au fur et à mesure que l'épervier s'élevait dans le ciel. Le rapace — une femelle — montait bien à portée de vue, ses yeux perçants scrutant le sol en quête d'une proie que les chiens pourraient traquer.

Puis elle se mit à planer dans le ciel pâle de l'après-midi.

— Un autre lièvre, annonça-t-il calmement, lorsqu'il eut localisé l'animal que l'autour avait repéré.

— Elle ne manque jamais son but, celle-là, commenta Harold.

L'oiseau, alors, plongea en flèche vers la terre, dans un silence de mort — et tua.

Gerard siffla le signal que Corwin lui avait appris un peu plus tôt dans la matinée. La femelle épervier répondit par un cri victorieux et vint se percher sur le morceau de cuir molletonné qui recouvrait le bras tendu du jeune homme. Celui-ci la récompensa d'un morceau de viande crue, et s'émerveilla encore de la délicatesse avec laquelle elle le saisit de son bec crochu, sans toucher ses doigts.

Habitué à chasser avec des faucons pèlerins, il avait choisi ce bel autour gris sur le conseil de Corwin, afin d'en tester les facultés. Le résultat l'avait ébloui.

— Pas une marque sur le pelage, hormis l'endroit où les serres ont attrapé la tête, déclara le veneur en rapportant le trophée pour le soumettre à l'inspection de son maître. Voilà qui nous fait quatre prises fort propres, messire.

— Bien sûr, que ce lièvre n'est point marqué, appuya Corwin. Gwen ne déchire jamais une peau, c'est ce qui permet à Ardith d'utiliser les fourrures pour coudre des vêtements.

— Gwen ? répéta Gerard en jetant un coup d'œil surpris à l'habile chasseresse.

Harold émit un grognement.

— Oui-da. Ardith l'a baptisée ainsi. Et c'est un miracle que cette femelle sache travailler, vu la façon dont la petite la pourrit. Mais elles s'entendent comme larrons en foire. Je serais prêt à parier que cette oiselle est capable de rejoindre le poing de sa maîtresse sans même qu'elle l'appelle.

— Vous ne croyez pas si bien dire, père, confirma Corwin au grand dam de son géniteur. Elle le fait, au moins dans le pré et dans la cour. Ardith l'a formée, elle l'entraîne, la nourrit et n'emploie jamais d'autre rapace lorsqu'elle chasse.

— Que ne faut-il point entendre ! bougonna Harold. Changer un autour en animal de compagnie !

Gerard allait de surprise en surprise. En lui-même, il éprouvait une étrange fierté à savoir qu'Ardith avait dompté et façonné une telle merveille. Il connaissait des dames qui se plaisaient à faire voler des faucons, certes, mais aucune qui ait pris la peine d'entraîner son propre rapace.

— Si Ardith apprécie de chasser, pourquoi ne s'est-elle point jointe à nous ? s'enquit-il.

— Elle voulait mettre la dernière main à un vêtement que Bronwyn désire porter à la cour, répondit Corwin.

— Il n'est pas mauvais qu'elle ait de quoi s'occuper, pour une fois, grommela son père. Dieu sait qu'elle ne croule pas sous la besogne, en temps ordinaire.

Corwin détourna son visage pour cacher sa contrariété, tandis que Gerard s'obligeait à ne rien trahir de ses sentiments. Il avait eu maintes occasions, la veille, de noter la remarquable efficacité qui régnait au manoir. Et c'était Ardith, nulle autre, qui avait mené ses troupes d'une main aussi douce que ferme.

La blonde Bronwyn, dans ses beaux atours et ses fins brodequins d'agneau, s'était contentée de jouer les hôtesses — pendant que sa sœur, en tunique de bure et bottes de cuir, assurait le service d'une table copieusement garnie, commandait à un jeune garçon d'entretenir le feu, fournissait sans désemparer le vin et la cervoise qui emplissaient les gobelets et s'occupait même de demander à John, le capitaine de la garde de Wilmont, si ses hommes avaient besoin de couvertures supplémentaires.

Il avait pu constater, également, qu'Ardith était dotée d'une nature farouchement indépendante. N'avait-elle point décliné son invitation à partager sa couche ? Elle aurait pu ne pas saisir l'allusion, certes, mais il était persuadé du contraire.

— En dépit de son attachement à sa maîtresse, cet épervier a fort bien volé pour moi, aujourd'hui, déclara-t-il d'un ton léger.

A dessein, il avait atténué ses compliments. S'il s'était trop largement étendu sur les qualités de l'autour, Harold se serait fait un devoir de le lui offrir, et il n'en voulait pas.

C'était sa propriétaire, qu'il voulait.

Son hôte changea de position dans sa selle. Gerard, qui l'avait vu boiter la veille, devina que sa jambe le taquinait. Toutefois, la dignité du hobereau saxon ne lui permettait point de se plaindre devant son suzerain. Ce dernier décida de l'épargner, tout en ménageant son amour-propre.

— Je propose d'arrêter cette partie de chasse et de rentrer au manoir, dit-il. Notre tableau est amplement suffisant.

Ils avaient dans leurs sacoches, outre les quatre lièvres, des perdrix et des faisans. Un butin qui dépassait sans nul doute les prises ordinaires d'Harold, s'il ne faisait que de rares et brèves incursions en forêt. Mais, dans ce cas, qui approvisionnait les cuisines en viande fraîche ? se demanda le jeune baron. Ardith ? Peut-être. Elle en était bien capable, armée de sa superbe Gwen.

— Puis-je vous débarrasser de cet oiseau, messire ? proposa le veneur.

Gerard regarda la petite femelle qui lissait ses plumes, tranquillement installée sur son avant-bras. Il la coiffa de son capuchon et enroula les liens de cuir autour de son poignet.

— Non, répondit-il. Elle paraît satisfaite et ne me pèse point. Je vais la ramener moi-même.

L'homme lui jeta une œillade intriguée.

— A votre guise, messire.

Puis il alla se charger des éperviers d'Harold et de Corwin.

— Te plaît-il de chevaucher avec moi, Gwen ? murmura Gerard à sa compagne.

Elle émit une sorte de gloussement repu. Avec un rire amusé, le jeune homme tourna bride et prit la direction du manoir.

Peu après, étonné de ne plus voir Corwin à son côté, il le chercha des yeux et découvrit que son écuyer traînait quelques pas en arrière, absorbé dans la contemplation d'un bosquet qui se dressait sur sa dextre.

— Mon fils se remémore son triomphe, expliqua Harold en bombant le torse.

Il haussa la voix pour s'adresser au « héros ».

— Ce jour-là, j'ai vraiment été fier de toi, petit ! Je n'ai jamais rien mangé de meilleur que ce sanglier que tu avais tué de ton épée, alors que tu n'étais encore qu'un garçonnet à peine formé au métier des armes.

Corwin revint à la hauteur de Gerard.

— Passer cette bête par le fer n'a nullement été un haut fait, père, rectifia-t-il d'un ton posé. C'était la tuer ou être tué par elle.

Harold en appela à Gerard.

— Ce gringalet est par trop modeste. Il a quasiment coupé ce fauve en deux parties, la tête d'un côté, le reste de l'autre. Notre cuisinière a dû le recoudre afin de pouvoir l'empaler sur la broche. Peut-être vous rappelez-vous ce banquet, messire. Le baron Everart vous avait amenés à Lenvil, Richard et vous, pour célébrer la bravoure de mon fils.

— Ce n'était pas Richard, père. C'était Stephen, corrigea Corwin.

Harold fronça ses sourcils broussailleux.

— En es-tu sûr ? Il me semblait pourtant…

— Tout à fait sûr. Richard était souffrant, il n'avait pu venir.

Son père fixa un moment le lointain, la mine dépitée, avant d'accorder :

— Oui, tu as raison, il s'agissait du jeune Stephen. Peu importe. Ce fut un beau festin, digne de ta prouesse.

Gerard se souvenait parfaitement de ce repas. Assis entre Bronwyn et Edith, il avait longtemps rongé son frein — hochant la tête pour acquiescer aux bavardages débridés de la première, se demandant si la seconde cesserait un jour ses prières et lui permettrait enfin de commencer à manger.

En proie à un ennui sans fond, il avait distraitement promené son regard sur la salle… et aperçu, soudain, une tête brune qui émergeait d'un coin de la tapisserie.

Le banquet achevé, il avait contourné les tables pour aller voir de quoi il retournait, et avait découvert Ardith tapie dans sa cachette. Cette délicieuse surprise avait été le seul bon moment de la soirée, si languissante par ailleurs.

— Votre père dit vrai, Corwin, déclara-t-il. Non seulement vous aviez sauvé votre vie, mais vous aviez aussi sauvé celle d'Ardith. Cette action d'éclat méritait doublement d'être fêtée.

A ces mots, il vit pâlir son écuyer — qui détala avant qu'il pût lui demander la raison de son émoi.

Le jeune homme prit de l'avance et se saisit du sac de gibier que portait le veneur.

— Si nous voulons festoyer ce soir autour d'un autre banquet, lança-t-il, je ferais bien d'en hâter la préparation, je crois !

— Dis à Ardith de ne point mettre les lièvres en ragoût, ordonna Harold. Je les veux rôtis !

— Bien, père, acquiesça Corwin en s'éloignant à vive allure.

Ardith chassa une chèvre qui s'aventurait sur le seuil du manoir. Depuis que le temps avait tourné à la froidure, les bêtes cherchaient la chaleur qui régnait entre les murs. Les paysans partageaient peut-être leur chaumine avec leurs moutons et leurs bœufs, en hiver, mais elle ne voulait pas de cela chez elle. Fermement, elle repoussait les intrus dans leur enclos, à l'exception des chiens de chasse qui avaient coutume de dormir près du feu.

Apercevant Corwin qui démontait dans la cour, elle chercha du regard le reste des chasseurs et ne les vit point. Gerard n'était pas rentré. Elle s'efforça de dominer sa déception, en vain.

Un soupir souleva sa poitrine.

Elle avait toujours su qu'elle reverrait le jeune Normand, un jour ou l'autre. C'était inévitable. Elle ignorait, cependant, à quel point ces retrouvailles seraient douloureuses.

La nuit précédente, allongée sur sa palette, elle avait longuement revécu en pensée leur première rencontre. Elle s'était remémoré la douceur de Gerard à l'encontre d'une malheureuse jouvencelle blessée, les mots tendres par lesquels il avait cherché à dissiper son embarras. Mais son souvenir le plus vivace était le merveilleux bien-être qu'elle avait ressenti, blottie dans ses bras tandis qu'il la transportait jusqu'à sa palette.

Juste avant de s'endormir, aux petites heures du jour, elle avait réussi à se convaincre qu'elle ne faisait qu'embellir des fantaisies enfantines. Puis elle s'était mise à rêver et le nouveau Gerard, celui d'aujourd'hui, était revenu la hanter dans son sommeil.

Elle l'avait vu debout dans le vallon où le sanglier l'avait attaquée, tête nue, tendant les bras vers elle et l'enjoignant à le rejoindre. De toutes ses forces, elle avait voulu courir vers lui — mais plus elle avançait, plus la vision s'éloignait. Elle n'était pas parvenue jusqu'à lui, et le désespoir qu'elle en avait éprouvé la poursuivait encore.

Il lui avait bien fallu admettre, à son réveil, qu'elle était toujours sous le charme du beau baron de Wilmont, et qu'elle ne pourrait qu'en souffrir. Elle avait donc résolu de se tenir aussi loin de lui que possible, tant qu'il serait à Lenvil. Plus tard seulement, lorsqu'il repartirait, elle s'accorderait une fois encore la faiblesse de pleurer sur son triste destin, puis elle écarterait à tout jamais de son âme le fol espoir d'avoir un jour un mari et des enfants.

Corwin lui tendit le sac qui contenait le gibier. Elle faillit le lâcher, tant il était pesant.

— Belle chasse, observa-t-elle en en inspectant le contenu.

— Père m'a prié de te dire…

— Qu'il veut les lièvres rôtis, acheva Ardith à la place de son jumeau. Je sais.

Elle secoua la tête.

— Il est prêt à sacrifier les quelques dents qui lui restent pour sauvegarder sa fierté. Qui a capturé ces lapins ?

— Gerard, avec Gwen.

— Elle s'est donc bien comportée avec lui ?

— Fort bien.

Aux brèves réponses de son frère, la jeune fille devina qu'une contrariété le tourmentait. La requête qu'il lui adressa peu après confirma ce pressentiment.

— Ardith, pouvons-nous parler en privé ?

— Certes. Suis-moi.

Elle rentra dans le manoir, héla une servante à qui elle confia le sac, avec les instructions adéquates à transmettre à la cuisinière, puis elle alla s'asseoir à une table et emplit deux coupes d'hydromel.

Corwin s'installa face à elle, sur un tabouret. Il but une longue rasade, ses yeux bleus rivés sur ceux de sa sœur, puis il détourna son regard, comme s'il avait lu dans ses pensées les plus intimes et ne supportait point sa découverte.

— Corwin ? murmura-t-elle.

Il soupira et se pencha en avant, les bras croisés sur la table.

— Ardith, es-tu heureuse de la vie que tu mènes à Lenvil ?

Cette question était si inattendue qu'elle prit la jeune fille de court. Après un instant de réflexion, elle choisit de se tenir à la lisière de la vérité.

— Elle me satisfait, répondit-elle. Mes tâches me tiennent occupée, j'ai des gens à qui parler, mon épervier et mon cheval pour me distraire. Je n'ai nullement à me plaindre.

Le ton de Corwin se fit sarcastique.

— Sans oublier notre père ! Il est convaincu que tu passes tes journées à ne rien faire. Si tu disparaissais quelque temps, il serait bien forcé de voir qui mène cette maison ! A l'entendre, mère avait si bien formé nos serviteurs qu'ils n'ont eu qu'à continuer sur leur lancée, après son trépas. Morbleu ! Je donnerais cher pour…

— Corwin, je t'en prie ! Cesse ces discours, coupa Ardith d'une voix ferme.

Elle posa une main sur le bras de son frère.

— Père est tel qu'il a toujours été. Il n'a jamais accordé le moindre intérêt à ses filles. Il nous tient toutes pour des écervelées, dénuées d'utilité. Observe, ce soir, la façon dont il traite Bronwyn. Sais-tu qu'il ne lui a pas adressé une seule parole aimable, depuis son arrivée ?

— Bronwyn a son propre foyer, où elle retournera sous peu, et un époux qui la dorlote comme une princesse. Toi, en revanche, tu es contrainte de rester ici, à supporter l'aigreur de cet ours mal léché.

Ardith sourit.

— Tu es gentil de te préoccuper de ce que je puis ressentir, mon frère. Sache toutefois que j'ai appris depuis fort longtemps à ignorer les piques de notre père. Plus l'âge le rend grognon et malcommode, plus je ferme mes oreilles, voilà tout.

— Il n'est pas le seul à t'avoir traitée rudement, renchérit Corwin. Mère n'était pas plus douce à ton égard. Elle s'est montrée froide avec toi jusqu'au jour de sa mort et il a encore fallu, alors, qu'*il* t'abandonne à la merci d'Elva ! Surtout après ce maudit…

Le jeune homme s'interrompit, inspira profondément et crispa les paupières.

Alarmée par sa détresse, Ardith demanda :

— Que s'est-il produit, pour te mettre dans un tel état ?

Corwin rouvrit les yeux et se racla la gorge.

— Père a osé soutenir devant Gerard que tu étais oisive. Ensuite, alors que nous longions le bosquet où tu as été... blessée, il en a remis une couche. Il n'a cessé de vanter ma bravoure et la bonne chère que ce sanglier nous a fournie, sans rappeler une seule fois qu'il avait failli perdre une fille, ce jour-là. Et Gerard, pour finir, m'a... félicité de t'avoir sauvé la vie.

— Ne mérites-tu point ces éloges, Corwin ? protesta la jeune fille. Si tu n'avais pas tué ce sanglier, il m'aurait attaquée derechef et pour le coup je serais morte, sans doute aucun.

— Si je t'avais protégée comme je l'aurais dû, cet animal ne t'aurait pas touchée. Et sans cette blessure, tu aurais pu te marier et échapper au cinglant mépris de notre père.

L'expression douloureuse de son jumeau, ses paroles incisives pénétrèrent telles des épines acérées dans le cœur d'Ardith. Jusqu'au fond. Jamais, jusqu'alors, elle n'avait imaginé quel terrible fardeau il portait depuis plus de cinq ans. Toutefois, si elle tentait en cet instant d'alléger sa culpabilité, il ne l'écouterait pas. Elle le savait.

En outre, Harold n'allait pas tarder à rentrer. Et s'il trouvait son fils abattu de la sorte, c'était sur elle qu'il en rejetterait la faute, probablement.

Elle réfléchit au moyen de détourner son frère du passé. Puisqu'elle ne pouvait le consoler sur ce point, il ne lui restait plus qu'à le rassurer sur le présent et l'avenir, décida-t-elle.

— Ce qui est arrivé est arrivé, Corwin, nous n'y pouvons rien et il est inutile de s'appesantir là-dessus. Pour ma part, j'en ai pris mon parti. Ce qui compte, c'est le jour d'aujourd'hui et tous ceux qui suivront. Je te le répète, mon sort me satisfait. J'ai un toit sur la tête et de la viande sur mon tranchoir. Tôt ou tard, c'est toi qui seras seigneur de Lenvil à la place de père. Alors, tu décideras si je dois rester au manoir, et quelle place y sera la mienne.

Corwin la dévisagea d'un air horrifié.

— Ardith ! se récria-t-il. Jamais je ne te chasserai de cette demeure, voyons ! Tu auras toujours ta place ici.

La jeune fille sourit.

— Dans ce cas, je n'ai aucun regret.

Elle mentait. Elle en avait un, un seul, et ce regret portait le nom de Gerard. Mais elle ne voulait plus y penser.

— Je souhaite..., commença son frère, avant de s'interrompre.

Ardith entendit alors l'équipage qui rentrait. Elle n'avait plus le temps de combattre les démons de son jumeau.

— Corwin, dit-elle en hâte, voudrais-tu me faire la faveur d'éloigner Gerard du manoir pendant une heure ou deux ?

Distrait, le jeune homme se ressaisit et fronça les sourcils.

— Pourquoi donc ?

— J'ai fait préparer une compresse chaude, afin de soulager la jambe de père. S'il n'en bénéficie point, il sera d'une humeur noire pour le restant de la journée. Et il refusera de se soigner en présence de Gerard, cela est certain.

— Comment sais-tu que sa jambe le fait souffrir ?

— Elle le tourmente toujours après une chevauchée.

Corwin acquiesça d'un signe de tête et ils quittèrent leur siège.

Alors qu'Ardith s'orientait vers la porte, elle discerna soudain, au bord de son champ de vision, un mouvement qui retint son attention. Tournant les yeux de ce côté, elle sentit son cœur bondir dans sa poitrine : le petit Kirk, qui savait à peine marcher, s'approchait des pierres disposées en rond autour du feu et tendait vers elles une menotte potelée. Aussitôt, jupe et natte volant, la jeune fille se rua sur lui et l'atteignit au moment où il posait les doigts sur une pierre brûlante.

L'enfant poussa un hurlement. Ardith se pencha pour le prendre dans ses bras, ne songeant à rien d'autre qu'à la colère blanche qui déferlait dans son esprit. Elle vérifia prestement les doigts du bébé, qui n'étaient que rougis, et chercha sa mère du regard.

Elle était invisible.

— Belinda ! cria-t-elle, furieuse.

— Cesse tes glapissements, fille, ordonna Harold qui entrait, Gerard sur les talons. Ta voix de crécelle m'insupporte. Qu'est-ce qui cause ton courroux, cette fois ?

— Kirk s'est brûlé la main sur les pierres, parce que sa mère l'a laissé seul une fois de plus ! répondit Ardith. Mais elle ne s'en tirera pas indemne, je le jure ! Quand je la trouverai, elle goûtera au martinet. Si elle ne veut pas veiller sur son fils, qu'elle le confie à quelqu'un d'autre, pour l'amour du ciel !

Là-dessus, elle essuya tendrement les grosses larmes qui roulaient sur les joues du bambin, tandis qu'il suçait ses doigts meurtris.

— N'as-tu pas mieux à faire que de t'occuper du lardon d'une gueuse ? bougonna son père.

Ses paroles n'eurent pas de quoi surprendre Ardith. Le geste qui suivit, en revanche, la cloua sur place : Harold s'approcha de l'enfant, retira ses petits doigts de sa bouche baveuse et les examina avec attention.

— Bah ! Au moins, nous pouvons gager qu'il aura appris à se méfier du feu, marmonna-t-il.

Il lâcha la main de Kirk et se dirigea en boitant vers l'estrade.

Ardith restait toujours pantoise. Elle n'avait jamais vu son père porter le moindre intérêt à un enfant du domaine — à l'exception d'un seul : Corwin, son fils. La plus absurde des notions lui traversa l'esprit, mais elle se trouva incapable de l'écarter. Tout en se traitant de folle, elle ne put s'empêcher de scruter les traits du garçonnet, en quête d'une ressemblance avec Harold.

Elle ne put rien déduire de cet examen. Kirk tenait de sa mère, et nullement de son géniteur.

Alors qu'elle se mordillait la lèvre, perplexe, elle poussa un cri et sursauta violemment : un flot d'eau tiède venait de lui frapper le dos, trempant sa tunique et ses cheveux. Elle avait même des gouttes sur le visage !

Tournoyant sur elle-même, elle découvrit Corwin en train de reposer un seau à ses pieds.

— Bonté divine ! piailla-t-elle. As-tu perdu le sens ?

— Eusses-tu préféré que je te laisse brûler vive ? rétorqua son frère.

Ardith sentit alors que l'on tirait sur sa natte. Gerard en avait saisi le bout entre ses doigts, et le lui montra. Une horrible odeur de roussi lui envahit les narines, tandis qu'elle contemplait, ahurie, la pointe carbonisée de ses cheveux au-dessous du lien de cuir. Elle en avait bien perdu trois pouces ! songea-t-elle avec chagrin.

— Votre natte a dû frôler les flammes quand vous vous êtes baissée pour ramasser cet enfant, déclara le jeune homme.

— Oh !

Ce fut tout ce qu'elle put dire. Elle gardait les yeux rivés sur les doigts de Gerard, qui trituraient machinalement ses mèches brûlées. Lorsqu'elle les releva, elle vit passer sur son visage une expression étrange, qu'elle ne put déchiffrer.

Puis il s'empara de Kirk qu'elle serrait toujours contre elle et lança des ordres brefs :

— Corwin, allez quérir la mère de ce petit ! Ardith, allez vous changer avant de prendre froid. Bronwyn, occupez-vous d'elle.

— C'est moi qui vais m'occuper d'Ardith, intervint Elva.

La jeune fille n'avait vu entrer ni sa sœur, ni sa tante. Et elle leur accorda peu d'attention, fascinée qu'elle était par la façon dont Gerard juchait le petit garçon sur ses épaules.

Il semblait avoir fait cela toute sa vie, pensa-t-elle. Et il ne protesta même pas quand Kirk empoigna ses cheveux à pleines mains pour assurer son équilibre.

En revanche, il darda un regard glacial sur Elva.

— N'êtes-vous point l'herboriste de Lenvil ?

Les prunelles d'Elva étaient plus froides encore, si c'était possible.

— Je le suis, messire.

— Dans ce cas, vaquez à vos tâches, femme. Harold a besoin de soins.

Avant que sa tante puisse répondre, Ardith déclara :

— Il y a une compresse chaude dans le chaudron.

Puis elle se tourna vers Gerard.

— Mon père refusera de se soigner si vous demeurez dans cette salle, messire.

Il la contempla un instant, fixement.

— J'emmène cet enfant avec moi dans ma tente, dit-il enfin. Corwin y conduira sa mère, lorsqu'il l'aura trouvée.

Il se dirigea vers la porte, ne s'arrêtant que pour arracher une couverture à la palette d'un domestique et pour la draper autour du petit garçon.

— Daymon lui manque, murmura Corwin.

— Daymon ? répéta Ardith sans comprendre.

— Son fils. Il doit avoir un an de plus que Kirk, à peu de chose près.

Le cœur de la jeune fille sombra dans sa poitrine.

— J'ignorais que Gerard s'était marié.

— Il ne s'est pas marié. Daymon est son bâtard, mais tu ne pourrais jamais le deviner, à voir le traitement qu'il lui accorde.

Le jeune homme soupira.

— J'ai intérêt à trouver Belinda, et prestement. Si Gerard s'est pris d'affection pour Kirk, mieux vaut ne pas le laisser trop longtemps couver son courroux : je crains qu'elle n'ait droit à une réprimande bien pire que celle que tu lui promettais !

Il s'éloigna à grands pas, tandis qu'Elva, frémissante de rage, marchait sur le chaudron.

Ardith, soupirant à son tour, se dirigea vers la chambre, suivie de Bronwyn.

— Doux Jésus ! gémit cette dernière en s'emparant d'une main de la natte de sa sœur, et de l'autre d'une paire de ciseaux. Quel gâchis ! Couper tes cheveux me fend le cœur.

— Fais vite, ordonna Ardith.

Elle ferma les yeux, pendant que les crissements des ciseaux sonnaient le glas de mèches qui n'avaient jamais été touchées depuis sa naissance.

Quand ce fut fini, Bronwyn s'exclama :

— Ta tunique est roussie, elle aussi ! Elle est perdue. C'est un miracle que tu n'aies pas été brûlée.

Ardith s'ébroua.

— Puisque mes cheveux sont mouillés, autant les laver pour de bon, décida-t-elle.

— Tu vas attraper la mort ! protesta sa sœur.

— Je serai obligée de les sécher près du feu, de toute manière.

— A ta guise.

Bronwyn alla quérir un seau d'eau chaude et une barre de savon parfumé à la rose. Elle aida Ardith à frictionner ses longues mèches auburn, les rinça et lui ceignit la tête d'un linge. Ensuite, la jeune fille enfila les vêtements secs qu'elle lui avait préparés : un long chainse couleur crème, à l'encolure arrondie et aux manches resserrées, et le bliaut de drap jaune safran qu'elle portait en hiver.

Puis, armées de peignes de corne, les deux sœurs regagnèrent la salle commune pour y démêler les cheveux d'Ardith à la chaleur du feu.

En elle-même, celle-ci se lamentait : ses mèches n'atteignaient plus le bas de ses reins. Lorsqu'elles seraient torsadées, sa natte frôlerait tout juste sa taille, au lieu de caresser ses hanches. Cette perte lui paraissait terrible. Mais elle eut tôt fait de se consoler. Qu'importaient quelques pouces de chevelure, se dit-elle, comparés à ce qui aurait pu arriver à Kirk ? S'il avait trébuché, s'il était tombé dans le feu...

Elle en frémit d'horreur. Il fallait espérer que Gerard tancerait vertement Belinda, pour lui rappeler ses devoirs de mère. A lui faire redouter le jugement dernier ! Et elle comptait bien rajouter sa part, après le souper.

En outre, en plus des remontrances qu'elle avait à faire à la jeune femme, elle voulait lui poser une question. Belinda, qui offrait librement ses faveurs à tous les hommes qui le lui demandaient, n'avait jamais nommé le père de son fils. Si ses soupçons étaient justes, si Kirk était réellement son demi-frère, le problème serait réglé : cette mère indigne n'aurait plus à se préoccuper de son petit garçon.

Tout en se coiffant, Ardith façonnait son plan dans sa tête — et se demandait si Harold le verrait d'un bon œil. Accepterait-il de reconnaître son bâtard et de l'élever comme son fils ? Elle pourrait lui citer en exemple Gerard et le baron

Everart. Sans parler du roi, qui avait reconnu tous les rejetons qu'il avait engendrés hors mariage. A en croire Bronwyn, Henry comptait à ce jour dix enfants, dont deux seulement étaient légitimes.

Belinda protesterait-elle ? Refuserait-elle d'abandonner son fils ? Il y avait fort à parier que non. Ne pas avoir à se soucier de lui la rendrait plus libre de s'amuser à son aise.

La jeune fille pinça les lèvres. Une ribaude avait certainement son utilité au manoir — ne fût-ce qu'en détournant les hommes d'armes des jouvencelles du village, qui se trouvaient ainsi protégées de leurs avances. Néanmoins, les « activités » de Belinda lui agaçaient les nerfs, quelquefois.

Ce jour-là, par exemple, on était en droit de se demander comment se terminerait certaine entrevue sous une certaine tente.

La jeune catin offrirait-elle son corps à Gerard, en échange du pardon de ses fautes ? Et Gerard accepterait-il ?

Le soir venu, le jeune baron aurait peut-être la compagnie qu'il espérait, sous les fourrures de sa couche…

4.

Après le repas, on avait laissé mourir le feu qui brûlait dans la cuisine et seuls les tisons éclairaient faiblement la pièce, dont les fenêtres étaient obscurcies par des volets. Ce fut dans cette pénombre propice aux confidences — ou aux aveux — qu'Ardith se confronta à Belinda.

— A l'avenir, ma dame, je prendrai mieux soin de Kirk, assura la jeune mère.

Sa maîtresse ne doutait point qu'elle respecterait sa promesse, au moins tant que Gerard séjournerait à Lenvil. D'après Corwin, ce dernier avait menacé de l'attacher au pieu que les soldats utilisaient pour s'exercer à la lance, si jamais le moindre mal arrivait à son fils.

L'avertissement avait porté : toute la soirée, Belinda n'avait pas quitté l'enfant d'une semelle. Maintenant encore, il dormait sur son épaule, drapé dans les plis de sa mante.

— Je vous crois, dit Ardith. Toutefois, mes préoccupations ne concernent pas seulement la sécurité de votre petit garçon. Répondez-moi franchement, Belinda : Kirk pourrait-il être le fils de mon père ?

— Non, ma dame.

Désappointée, la jeune fille insista :

— En êtes-vous certaine ? Savez-vous qui a engendré ce petit ?

— Je suis sûre, en tout cas, qu'il ne s'agit point de sire Harold, ma dame. Quand un homme vieillit, ses parties viriles se ramollissent. Ce pauvre Harold a bien de la peine à redresser son outil, au jour d'aujourd'hui.

— Oh, vraiment ? rétorqua Ardith, la voix étranglée par la surprise et l'embarras.

— Oui-da. Votre père n'est plus en mesure d'avoir des rejetons. Voyez-vous, ma dame, pour que la semence d'un homme prenne racine, il faut qu'il la plante loin et profond dans le giron d'une femme. Harold ne reste plus assez longtemps en place et ne besogne plus assez fort pour semer ses graines avec succès.

— Je vois, murmura la jeune fille.

— Je n'en dirais pas autant du jeune baron, qui est aussi robuste et plein de sève qu'un taureau, ajouta Belinda avec une complaisance mêlée d'envie. Couchez assez de filles sous lui, et il serait capable d'engendrer sa propre armée, j'en mettrais ma main au feu ! Ah, pour labourer longtemps et profondément, on peut sûrement compter sur lui, c'est moi qui vous le dis. Il est équipé pour cela. Je le verrais bien engrosser trois ou quatre gueuses d'une traite, sans avoir besoin de se reposer entre deux.

« Sainte Mère de Dieu ! » pensa Ardith ahurie. Comment Belinda pouvait-elle parler avec un tel naturel des parties privées de son père… et de celles de Gerard, ainsi que de l'acte qui conduisait à la procréation !

Certes, elle n'ignorait rien de la manière dont les hommes et les femmes s'accouplaient. Il suffisait de traverser la salle commune, la nuit, pour voir soldats et servantes, serfs et paysannes s'agiter avec vigueur sur leur paillasse.

Ces scènes et les sons qui les accompagnaient avaient suscité un tel dégoût chez sa sœur Edith qu'elle les avait fuis en devenant nonne. Les trois autres, en revanche, s'étaient résignées à se marier et à « servir » leur époux comme elles le devaient. Une corvée qui ne semblait point leur répugner autant que l'on eût pu s'y attendre, au demeurant. Bien que Bronwyn n'ait jamais abordé ouvertement ce sujet, Ardith la soupçonnait de prendre un vif plaisir à son commerce avec Kester.

La seule fois où Ardith avait osé effleurer la question, alors qu'elle apprenait l'art des sages-femmes avec Elva, sa tante avait fermement condamné ces pratiques comme étant un pur gaspillage d'énergie.

— Ce sont les hommes qui ne peuvent résister au besoin de forniquer, avait-elle déclaré. Ces sots mesurent leur valeur à la taille de leur verge, et à l'usage qu'ils en font ! Les femmes, elles, n'ont qu'à rester allongées sur le dos, sans bouger, en espérant qu'ils concluront leur affaire au plus vite. Estime-toi heureuse, ma fille, de ne jamais avoir à endurer les demandes d'un mâle.

Ardith aurait aimé savoir si elle parlait d'expérience, mais elle n'avait pas eu le courage de l'interroger sur ce point. De fait, elle supposait qu'Elva était vierge, puisqu'elle ne s'était jamais mariée. Mais elle ne parvenait pas non plus à la croire totalement : trop de servantes arboraient un sourire éclatant et une mine réjouie, au matin, lorsqu'elles avaient partagé la palette d'un homme. Et Belinda, par ailleurs, ne paraissait nullement souffrir du traitement qui lui était imposé plus souvent qu'à son tour.

La ribaude avait-elle couché avec Gerard ? se demanda la jeune fille. Etait-ce ce qui lui avait permis d'évaluer sa force et ses capacités ? Non, trancha-t-elle. Elle avait plutôt semblé regretter des plaisirs qu'elle n'avait pas eu l'heur de connaître.

Quelque peu rassérénée par cette pensée, elle s'enhardit au point de dominer sa gêne, tant ce sujet la fascinait.

— Comment pouvez-vous deviner… la conformation d'un homme et ses prouesses sans l'avoir approché ? s'enquit-elle en rougissant.

Belinda sourit.

— A ses mains, ma dame. Prenez celles du baron Gerard, par exemple. Ses doigts sont longs et forts, ce qui laisse supposer que son instrument doit leur ressembler. Je gagerais que vous ne pourriez le saisir d'une seule poignée, celui-là. Voulez-vous que je vous le décrive comme je l'imagine, si jamais il devait vous…

— Non ! se récria vivement Ardith.

Elle inspira à fond et se ressaisit tant bien que mal.

— L'intérêt que je porte à ces questions n'a rien de personnel, se défendit-elle. C'est mon rôle de guérisseuse, qui me pousse à vous interroger. Si je dois traiter certaines affections dans ce registre, il me faut savoir comment les choses fonctionnent, comprenez-vous ?

— Bien sûr, ma dame.

Belinda avait réprimé son sourire, par respect pour sa maîtresse, mais l'amusement qui perçait dans sa voix disait assez qu'elle n'était pas dupe.

Gerard repoussa son gobelet vide.

La salle commune était silencieuse, à l'exception des craquements qui montaient du feu et de quelques ronflements intermittents. Corwin, qui avait succombé au sommeil, gisait à plat ventre sur un banc. Harold dormait aussi, le visage enfoui dans ses bras croisés sur la table. Gens d'armes et serviteurs avaient rejoint leurs paillasses disséminées sur le sol.

La porte d'entrée s'ouvrit et John entra, précédé par une bourrasque d'air glacé. Il se fraya un chemin entre les palettes pour s'approcher de la table.

— La garde est en place, messire, annonça-t-il.

Gerard l'étudia un instant, les paupières mi-closes, avant de lui désigner un tabouret.

— Pourquoi est-ce vous qui venez me faire votre rapport, et non le capitaine de Lenvil ? demanda-t-il.

John ôta son heaume. Il avait des cheveux très noirs et une barbe abondante, proprement taillée. Jetant un coup d'œil à Harold endormi, il répondit sans l'ombre d'une gêne :

— Peut-être ai-je outrepassé mes pouvoirs, messire, mais il m'a paru bon de le faire. Le manoir n'est protégé ni par une palissade défensive, ni même par des buttes de terre. J'ai donc jugé nécessaire de poster des sentinelles supplémentaires. Je n'éprouve nulle honte à vous avouer que je me sens tout nu, dans cet endroit ouvert à tous les vents.

— Assigner les gardes qui vous semblent utiles relève de vos attributions, observa Gerard.

— Certes, messire. Pour ce qui est des hommes de Wilmont. Toutefois, si vous faites une ronde ce soir, vous trouverez aussi des soldats appartenant à l'escorte de lady Bronwyn, en plus des nôtres et de ceux de Lenvil. Ils ont demandé à être employés. Ils sont stationnés ici depuis quinze jours sans rien faire, et craignent de se rouiller.

Le jeune homme baissa la voix.

— J'ai trouvé ici un manque de discipline qui me tourmente grandement, messire. La garde de Lenvil est loin d'être efficace. J'ai dû réveiller plusieurs sentinelles qui ont rejoint leur poste en grommelant. Ces paresseux espéraient que nos hommes assumeraient à leur place la surveillance de la nuit.

Gerard fronça les sourcils.

— Est-ce à dire qu'ils négligent couramment leurs devoirs ?

— Je le crains. Ils n'ont point d'entraînement régulier au

maniement des armes, ne pratiquent aucun exercice physique et ne s'adonnent à nul travail de force pour aguerrir leurs muscles. Une attaque ennemie devrait-elle survenir, je gage que le manoir serait pris avant même qu'un cavalier ait pu atteindre Wilmont pour requérir de l'aide. Lenvil est vulnérable, messire.

Une flambée de colère incendia les veines de Gerard. Il était furieux contre Harold d'avoir laissé dégénérer ainsi la situation, et contre lui-même de n'avoir pas évalué sur-le-champ une telle faiblesse.

En tant que suzerain de Lenvil, c'était à lui qu'incombait la défense de son fief, en dernier ressort. L'idée qu'une seule de ses possessions pût courir un danger lui était insupportable ; mais que Lenvil, tout particulièrement, fût une proie facile, voilà qui le mettait en rage.

Depuis son arrivée ici, il avait trouvé le repos.

La guerre en Normandie avait été longue et âpre. La mort de son père lui avait porté un coup brutal. Le courroux qu'il éprouvait à l'égard de Basil lui rongeait les boyaux, et la décision du roi de juger ce félon à la cour révulsait ses instincts de guerrier.

Lenvil lui avait offert le répit et le havre de paix auxquels il aspirait de tout son être. Or, il découvrait que ce répit était trompeur ; il ne pouvait l'accepter de bonne grâce !

A l'autre bout du passage voûté qui séparait les deux pièces, il aperçut un éclair jaune. Il se rembrunit de plus belle. Pourquoi Ardith n'était-elle pas couchée, à cette heure tardive ? Qu'attendait-elle ? Sûrement pas de lui parler. Elle l'évitait comme s'il avait la peste.

— Demain, dit-il à son capitaine, nous évaluerons la gravité du problème. Organisez donc une épreuve physique quelconque, de manière à tester les réactions de ces hommes.

John sourit jusqu'aux oreilles.

— Un jeu de balle ferait-il l'affaire, messire ?

Les traits du jeune baron se détendirent. Il hocha la tête, amusé.

— Vous mènerez une équipe, et moi, l'autre. Cela vous va-t-il ?

— J'en serai ravi, messire.

— Parfait. Allez dormir, John. Je me charge de la dernière inspection, et gare à ceux que je surprendrai à ronfler !

Le jeune homme se leva et prit son heaume sous son bras.

— Dans ce cas, messire, je vous dis à demain, sur le terrain de jeu. Préparez-vous à une défaite sanglante.

Gerard le suivit des yeux en riant doucement, tandis qu'il quittait le manoir pour rejoindre sa tente et sa palette. Puis il reporta son regard vers le passage où Ardith demeurait cachée.

Il soupira. L'ardeur que la jeune fille mettait à esquiver sa présence l'ennuyait grandement — et lui faisait l'effet d'un défi. C'était à elle, pour la majeure part, qu'il devait de se sentir si bien à Lenvil. Mais c'était elle, aussi, qui lui donnait la pénible impression d'être un intrus. Un indésirable.

Elle le désarçonnait, troublait son équilibre intérieur.

Après la semonce qu'il avait administrée à Belinda au sujet de son fils, il était revenu au manoir et avait découvert Ardith debout près du feu, en train de sécher ses longs cheveux déployés sur ses épaules et dans son dos. Lorsqu'elle s'était ébrouée, ses mèches auburn avivées par l'éclat des flammes s'étaient illuminées de reflets rougeoyants, au point de paraître vivantes.

Elle était superbe. Vêtue d'un bliaut couleur safran qui moulait divinement son buste, sa taille et ses hanches, avant de s'évaser en plis moelleux autour de ses chevilles, elle était aussi attirante qu'une sirène. Lorsqu'elle s'était renversée en arrière et avait cambré les reins, les paupières closes, pour glisser son peigne dans la soie de sa chevelure, le désir lui avait embrasé le sang.

La sensualité de sa pose ne pouvait que l'inciter à la rejoindre, à presser sa virilité exacerbée contre ce joli ventre plat si innocemment offert à son regard et à ses mains. A l'idée de soulever ses jupes, d'enfouir son membre gorgé de sève au creux de ces cuisses rondes dont il devinait la tendre courbure sous l'étoffe, il avait été pris d'un violent frisson.

A cet instant, Ardith avait rouvert les yeux et l'avait aperçu, immobile sur le seuil. Elle avait déclaré à sa sœur que ses cheveux étaient secs, puis elle avait prestement détalé en direction de la chambre. Un moment après, elle était revenue, les cheveux nattés et recouverts d'un voile, mais elle l'avait ignoré de son mieux tandis qu'elle vaquait à ses diverses tâches.

Et, des heures plus tard, elle continuait à l'éviter, se refusant à pénétrer dans la salle commune tant qu'il s'y trouvait encore !

Brusquement, la patience de Gerard céda.

— Ardith ! ordonna-t-il d'un ton bref. Sortez de là !

Elle apparut, émergeant de l'ombre à pas lents. Elle portait toujours son bliaut safran, mais sa tête était découverte et sa lourde natte reposait entre ses seins.

— Eh bien, ma dame, qu'est-ce qui vous retient loin de votre couche ? demanda-t-il comme elle s'arrêtait sans prononcer un mot.

— J'attendais de venir chercher mon père, répondit-elle enfin. Il devrait dormir dans son lit.

Elle demeurait la fille dévouée, soucieuse du bien-être d'un père qui ne songeait pourtant qu'à la dénigrer, et qui ne se souvenait de son existence que pour la houspiller lorsque quelque chose manquait à son confort. Une telle loyauté était fort estimable, certes, mais pour l'heure elle irritait considérablement le jeune baron.

— Si Harold est assez stupide pour s'endormir en travers d'une table, lança-t-il, laissez-le où il est. Il ne mérite pas mieux.

Ardith haussa le menton.

— C'est vous qui êtes à blâmer de son ivresse, messire. Il ne pouvait aller se coucher avant que vous ne mettiez fin à toute cette ivrognerie pour regagner votre tente.

L'accusation était fondée. Néanmoins, Gerard décida de l'ignorer.

Son « messire » comportait une nette touche de censure. Comment sonnerait son nom, se demanda-t-il, sur ces jolies lèvres roses ? Quelle musique prendrait-il, prononcé par cette voix douce si mélodieuse lorsqu'elle souriait ? Ou, mieux encore, chuchoté d'un souffle altéré par la fièvre de la passion ?

Il baissa les yeux sur Harold. Le vieux bougre était trop imprégné de cervoise pour qu'on pût l'éveiller aisément. Si Ardith tenait à le faire dormir dans son lit, il fallait l'y porter.

Gerard se leva, trop vite pour son propre état, constata-t-il aussitôt. Le brasseur qui ravitaillait Lenvil produisait un breuvage puissant. Il attendit que son vertige se dissipe, puis commanda :

— Venez lui prendre les pieds.

Tandis que la jeune fille se mouvait entre les palettes pour le rejoindre, il glissa ses deux bras sous ceux d'Harold et l'empoigna solidement par le torse. Ardith se baissa, tirant sur les jambes de son père pour les dégager. Après quoi elle se détourna et se baissa de nouveau, les mains placées sous les genoux du dormeur, offrant au jeune homme la vue d'un délicieux petit derrière qu'il eut tout loisir d'admirer pendant qu'elle assurait sa prise.

Elle se redressa avec un grognement.

— Prêt, messire ?

— Prêt, ma dame. Prenez les devants.

Ils se mirent en route d'un pas qui manquait de fermeté, Ardith trébuchant sous le poids de son fardeau, Gerard luttant contre les effets combinés de l'alcool et du désir.

Lorsqu'ils laissèrent choir Harold sur son lit, le jeune homme était couvert de sueur. Il s'affala sur le bord de la couche, les coudes sur les genoux, le menton sur ses poings, et regarda autour de lui.

La chambre n'avait guère changé, au fil des années. Le lit du maître de maison dominait la pièce de sa masse imposante. Un petit réchaud empli de braises réchauffait l'atmosphère glacée. Trois palettes se partageaient le reste de l'espace : Bronwyn dormait sur l'une d'elles, les deux autres étaient vides. Elles attendaient Corwin et Ardith.

La jeune fille débarrassa son père de ses bottes et les déposa près du réchaud. Peu après, Gerard sentit qu'on tirait sur la couverture sur laquelle il était assis, mais il ne bougea pas.

Elle vint se poster devant lui.

— Messire, si vous vouliez bien vous lever un instant…, dit-elle.

Il tendit le bras pour lui prendre la main. Elle ne s'écarta pas.

— Est-ce que je vous déplais, Ardith ? Vous suis-je si hostile, pour que vous gardiez ainsi vos distances avec moi ?

— Non point, messire. Il n'était nullement dans mon intention de vous offenser, répondit-elle. Mais vous êtes notre hôte… et j'ai des tâches à accomplir afin de bien vous recevoir, alors que Bronwyn est mieux à même de vous distraire et de converser avec vous.

— Vous mentez fort mal, Ardith.

Elle mordit sa lèvre inférieure et détourna son regard. Gerard se leva, les sourcils froncés, en prenant son temps et ses précautions, cette fois. Il avait besoin de sortir prendre l'air, pour dissiper les effets de la boisson.

Comme il tenait toujours la main de la jeune fille, il perçut le léger tremblement qui la parcourait. De sa main libre, il lui saisit le menton et l'obligea à lever les yeux vers lui.

— Appelez-moi par mon nom, Ardith.

Elle hésita, puis prononça dans un murmure :

— Gerard.

Il fit glisser ses doigts jusqu'à sa joue.

Harold remua.

— Ardith, une timbale d'eau ! maugréa-t-il.

Ardith recula d'un pas.

Un instant, Gerard faillit jouer les tyrans. Il mourait d'envie d'envoyer paître ce rustaud, en lui ordonnant d'aller se chercher à boire lui-même, et d'entraîner la jeune fille jusqu'à sa tente. Il se contint à grand mal.

— A demain, Ardith, dit-il simplement.

Et il quitta la chambre.

— Ont-ils perdu le sens ? s'exclama Ardith.

— Non, répondit Bronwyn. Ce n'est qu'un jeu.

Elle était assise sur la pente de la colline, et tapota l'herbe givrée à côté d'elle.

— Assieds-toi près de moi et regarde, reprit-elle. Nous devrions être en sûreté, à cette hauteur.

Ardith ne l'aurait pas juré, bien que sa sœur ait choisi un emplacement situé à plus d'un jet de flèche des hommes qui évoluaient dans le champ au-dessous d'elles.

— Quand Corwin a mentionné un exercice physique, je croyais qu'il parlait de course à pied ou de lutte ! dit-elle. Je n'aurais jamais imaginé…

Elle s'interrompit, désignant d'un geste la mêlée innommable dont dépassaient en tout sens des jambes et des bras.

— … une folie pareille !

— N'as-tu jamais assisté à un jeu de balle ? demanda Bronwyn.

Ardith secoua la tête, tandis qu'elle fixait, horrifiée, un homme en train de lancer une boule de cuir à l'un de ses partenaires. Ce dernier empoigna le projectile à deux mains et se rua sous un véritable barrage humain formé par leurs adversaires.

— Ils vont se tuer les uns les autres ! s'écria-t-elle encore.

— Oh, tu auras sans nul doute quelques saignements à arrêter et quelques os à remettre en place, mais je ne pense pas qu'il y ait des morts à déplorer, commenta sa sœur.

— Quand ce carnage prendra-t-il fin ? s'enquit la jeune fille avec angoisse.

— Quand l'équipe qui détient la balle franchira la ligne adverse, à savoir le bout opposé du champ, expliqua Bronwyn. Celle qui réussira cette prouesse aura gagné. Pour l'heure, l'équipe du baron Gerard me semble en fort bonne voie.

Malgré la froidure de la journée, certains joueurs évoluaient torse nu, parmi lesquels Corwin et Gerard. A ce qu'Ardith pouvait discerner, ni l'un ni l'autre n'avait été blessé. Jusqu'ici. D'autres avaient eu moins de chance : du sang coulait de plusieurs nez, ainsi que de profondes balafres entamant des bras et des poitrines. La jeune fille tenta d'évaluer les blessures qu'elle aurait à soigner, mais son regard ne cessait de revenir à Gerard.

Lorsqu'il n'était pas enfoui sous une pile d'adversaires, il était aisé à repérer : il dépassait les autres d'une tête, et ses cheveux blonds éclairaient la grisaille de la matinée.

Des paquets de boue étaient accrochés à la toison qui recouvrait son torse musclé, aussi bien dessiné que celui d'une statue. Ses cuisses puissantes tendaient le drap de ses braies, dont les coutures semblaient sur le point de lâcher lorsqu'il luttait pour se dégager. Des bottes de cuir noir enlaçaient ses mollets.

Alors que ses compagnons évoluaient lourdement, il se mouvait avec grâce et souplesse. A la manière d'un grand chat, pensa Ardith. Ou plutôt d'un jeune lion...

Il plongea dans la bagarre, les doigts écartés, et extirpa la balle de la masse hurlante qui gigotait à ses pieds. Avec un grondement qui domina le tumulte ambiant, il fit volte-face et se mit à courir. Il sauta par-dessus un homme tombé à terre, mais un autre l'attrapa par la cheville — arrêtant son élan le temps qu'un troisième lui bondisse sur le dos.

Gerard le délogea d'un mouvement d'épaules, puis continua à secouer de la sorte tous ceux qui se ruaient sur lui tour à tour. Prise par l'excitation du jeu, captivée par ce fantastique déploiement de force et d'adresse, Ardith brûlait de crier son nom pour l'encourager à poursuivre. C'est alors que le cours des choses changea.

Les adversaires de Gerard l'attaquaient sans relâche, déterminés à l'abattre. Finalement quatre d'entre eux, cramponnés à lui telles des sangsues, réussirent à le plaquer à terre.

L'estomac de la jeune fille se contracta, tandis qu'elle guettait sa réapparition. Puis une clameur monta de la foule, mais elle n'aurait su dire si elle saluait la prouesse du baron ou le fait qu'il ait réussi à lancer la balle à Corwin.

Elle scrutait le terrain, retenant sa respiration. Quand elle vit enfin Gerard se remettre sur pieds, elle relâcha son souffle en tremblant et se dressa d'un bond.

— Ce jeu est barbare ! décréta-t-elle. Je rentre au manoir, préparer de l'eau chaude et des compresses.

Bronwyn, qui ne quittait pas la mêlée des yeux, haussa délicatement une épaule.

— A ta guise.

Ardith leva les mains au ciel, exaspérée, et tourna les talons. En chemin, elle apostropha trois servantes qui protestèrent, n'ayant nulle envie de se priver du spectacle de ces mâles en sueur pour la suivre.

— Vous verrez leurs attributs de près, sous peu ! les tança-t-elle vertement. Si cette démence continue, ils vont tomber comme des mouches, d'épuisement ou de blessures, et auront besoin de vos soins. Je crains que nous n'ayons pas le temps de faire chauffer assez d'eau avant qu'ils nous ramènent les premiers éclopés.

Ses prédictions ne tardèrent pas à s'accomplir. Elle dut bientôt se démener pour nettoyer des écorchures, enduire de baume des meurtrissures, bander des poignets ou des chevilles foulés. Et il fut vite clair que les hommes de Lenvil avaient subi les plus gros dommages ; ils étaient presque tous en piteux état, alors que les soldats de Wilmont et les gardes de Bronwyn avaient mieux résisté à la furie de ces assauts répétés.

Alors qu'Ardith parcourait la salle du regard, cherchant un autre blessé à soigner, elle aperçut Thomas qui lui adressait un petit signe de la main, debout sur le seuil. Il était couvert de boue et passablement égratigné, mais semblait en assez bonne forme.

— Ma dame, lui murmura-t-il lorsqu'elle le rejoignit, pourrez-vous venir vous occuper du baron Gerard, quand vous aurez un moment ?

Une vive appréhension envahit la jeune fille. Elle se représenta Gerard gisant sur sa palette, les os brisés, saignant à profusion.

— Où est-il ? demanda-t-elle, la gorge nouée. Est-il grièvement blessé ?

— Il vous attend sous sa tente, avec une belle bosse sur la tête.

— Pourquoi n'est-il point venu se faire soigner ici, avec les autres ?

Thomas parut sincèrement choqué par sa question.

— Voyons, ma dame ! Il ne peut montrer sa faiblesse devant ses hommes !

Ardith regarda autour d'elle.

— Tout le monde est-il rentré, à part lui ?

— Il a été le dernier à quitter le terrain.

La jeune fille faillit demander qui avait gagné la partie, puis elle décida que cela ne l'intéressait pas. Elle alla quérir des linges et une bassine vide, qu'elle confia au jeune homme.

— La mare est gelée, dit-elle. Allez casser de la glace et portez-la dans la tente du baron.

5.

Ardith souleva le pan de toile qui protégeait l'entrée de la tente. Gerard était assis sur une escabelle, près d'une table basse, les pieds écartés pour assurer son équilibre. Les coudes appuyés sur les genoux, il avait le visage enfoui dans ses mains et était toujours torse nu.

— M'apportes-tu un linge mouillé d'eau froide ? grommela-t-il.

— J'ai envoyé Thomas chercher de la glace, répondit la jeune fille.

Lentement, le jeune baron releva la tête.

— Ardith ? Que faites-vous ici ? C'était à lui que je pensais m'adresser.

— Il est venu me quérir, en disant que vous aviez besoin de mes soins.

— Je n'ai nul besoin de soins. Il me faut juste un linge frais, morbleu !

— Votre serviteur en a jugé autrement, à ce qu'il semble. L'état de votre crâne paraissait l'inquiéter. Puisque je suis ici, me permettez-vous de l'examiner ?

Gerard hésita, réticent, avant de finir par acquiescer d'un signe du menton. Ce simple geste le fit vaciller.

Plantant ses dents dans sa lèvre inférieure, Ardith traversa le riche tapis orné de motifs orientaux qui recouvrait le sol.

Ses doigts tremblaient, lorsqu'elle écarta les cheveux moites de son patient. La bosse qu'elle découvrit était aussi grosse que l'œuf d'une oie, et d'une vilaine couleur bleuâtre.

Elle retint son souffle, incrédule.

— Vous avez *marché* jusqu'ici, après avoir reçu un coup pareil ?

— Naturellement.

Ardith secoua la tête.

— Les hommes et leur maudite fierté ! Je tenais mon père pour l'individu le plus obstiné de toute l'Angleterre, mais vous le dépassez encore, et de loin. Sans doute allez-vous m'assurer que vous ne souffrez point, par-dessus le marché !

Gerard bougonna.

— Pour l'amour du ciel, Ardith, il ne s'agit que d'une vulgaire bosse. J'ai survécu à bien pire, croyez-moi.

La jeune fille déglutit, la gorge nouée par ce qu'elle voyait — et qui confirmait amplement ses dires. Néanmoins, elle préféra ne pas lui demander d'où lui venait cette cicatrice sous l'oreille droite, ni quelle sorte d'arme avait creusé cette ligne irrégulière en travers de ses côtes gauche.

Thomas, alors, fit irruption sous la tente et posa la bassine pleine de glace sur la table.

— Vous faut-il autre chose, ma dame ? s'enquit-il.

— Non, répondit Ardith en enveloppant un gros glaçon dans un linge. Retournez au manoir et faites nettoyer vos écorchures.

Le jeune homme était sur le point de ressortir, quand son maître gronda :

— Thomas !

Il se détourna, poussant un soupir résigné.

— Messire ?

Gerard riva d'abord sur lui un regard courroucé, plus éloquent qu'une bordée de reproches. Puis il commanda :

— Tâche de trouver John et Corwin, et envoie-les-moi.

— Bien, messire.

Soulagé de s'en tirer à si bon compte, Thomas s'esquiva promptement.

Ardith, elle, avait reposé son paquet sur la table et regardait autour d'elle, cherchant un instrument quelconque qui lui permettrait de briser la glace en menus morceaux pour l'appliquer plus commodément sur le crâne de Gerard. Ses yeux glissèrent sans s'attarder sur la palette recouverte de fourrures, et s'arrêtèrent sur un grand coffre de chêne bardé de ferrures noires. La cotte de mailles du jeune baron, jetée en travers du couvercle, était surmontée d'un heaume conique de cuir et d'acier, avec une longue languette de métal destinée à protéger le nez de son propriétaire.

Ce n'était pas l'outil idéal, décida-t-elle. Dressée à côté, dans son fourreau, se trouvait son épée, dont la poignée incrustée de joyaux avait été si bien fourbie qu'elle étincelait. Cela ne convenait pas non plus ; à supposer qu'elle puisse soulever une arme de cette taille, elle n'était pas sûre de pouvoir en briser la glace.

Finalement, faute de mieux, elle se résolut à frapper le paquet sur la table. La glace craqua, mais ne se rompit pas.

— Posez cela et laissez-moi faire, déclara Gerard d'un ton las.

La jeune fille obéit et tressaillit quand il abattit son poing sur le linge, obtenant sur-le-champ le résultat escompté. Cela fait, il s'empara de la poche et l'appliqua lui-même sur son crâne.

— Vous devriez vous allonger, suggéra-t-elle.

— Pas tout de suite, répondit-il en fermant les yeux. Plus tard, peut-être, quand j'aurai parlé à John et Corwin.

— Passez au moins une tunique…

— Ma nudité vous offense-t-elle ?

Ardith se sentit rougir.

— Non point, messire. Je pensais simplement qu'avec la fraîcheur de l'air et le froid de la glace, il serait mieux de vous couvrir.

— Vous trouverez ce qu'il faut dans le coffre.

Avant de l'ouvrir, il fallait d'abord en dégager le couvercle. Ardith n'eut aucun mal à soulever le heaume, mais elle chancela sous le poids du haubert, qu'elle fit glisser sur le côté. La voie ainsi dégagée, elle tira du coffre une tunique en lin ivoire qu'elle déplia et tendit au jeune homme.

— Otez d'abord la boue qui vous recouvre, conseilla-t-elle.

Il haussa un sourcil.

— Avez-vous encore d'autres ordres en réserve, jeune friponne ?

Ardith ne put résister à l'envie de le taquiner.

— Pas dans l'immédiat, messire, mais si vous m'accordez un moment j'en trouverai certainement un ou deux de plus.

Gerard soupira, reposa le paquet de glace sur la table et brossa du plat de la main l'épaisse toison blonde qui ornait son torse. Ardith, captivée, ne parvint pas à détourner les yeux. Ces boucles rases étaient-elles aussi soyeuses au toucher qu'elles en avaient l'air ? se demanda-t-elle avec curiosité. Aussi douces que les cheveux qu'elle venait de caresser ?

John et Corwin mirent fin à son trouble en pénétrant sous la tente, alors que Gerard achevait d'enfiler sa tunique.

— Eh bien ? demanda-t-il aussitôt à son capitaine.

— Nos craintes se sont malheureusement confirmées, messire, répondit ce dernier.

Il jeta un coup d'œil en coin à Corwin, avant de continuer.

— A une exception près, tout au plus, les gardes de Lenvil manquent cruellement d'agilité et de vigueur. S'ils avaient dû se battre, j'ai bien peur que la plupart d'entre eux n'eussent pas résisté au premier assaut. Toutefois, je dois reconnaître que je ne les ai point vus l'arme au poing.

De toute évidence, John s'efforçait d'atténuer la sévérité de son rapport. Mais Ardith comprit soudain la véritable raison du « jeu » auquel elle avait assisté, et son cœur se serra : le baron avait voulu éprouver les soldats de son père, et ceux-ci avaient échoué.

Le commentaire qui suivit confirma ses angoisses.

— La nuit dernière, déclara Gerard, j'ai trouvé deux sentinelles assoupies à leur poste. Une autre ne m'a pas entendu approcher ; j'aurais pu lui trancher la gorge avant de l'alerter. Une seule a décelé ma présence assez tôt pour donner l'alarme.

— Je vais faire tomber les têtes de ces bons à rien, riposta Corwin, furieux.

Gerard lui décocha un sourire crispé.

— Pas si vite, jeune homme. Ils en auront encore besoin pour ce que je leur réserve, et de leur cervelle avec.

Il se tourna vers son capitaine.

— John, informez les gardes de Lenvil et de Wilmont qu'un entraînement sérieux commencera dès demain. Ceux de Bronwyn pourront se joindre à nous, s'ils le souhaitent.

Puis, de nouveau, il s'adressa à son écuyer.

— Corwin, veuillez inspecter les armes disponibles au manoir. Si cela s'avère nécessaire, vous prendrez des compléments dans nos propres réserves. Aucun soldat ne devra esquiver le combat sous prétexte qu'il est dépourvu d'équipement. Pour le reste, c'est à moi de discuter des faiblesses de Lenvil avec Harold. Est-ce clair ?

— Oui, messire, concéda le jeune homme, de fort mauvaise grâce.

— Bien. Maintenant, parlez-moi du capitaine de Lenvil.

Corwin soupira.

— Sedrick commandait déjà la garde avant ma naissance, expliqua-t-il. Il est à peu près de l'âge de mon père. Ce qui me surprend, c'est qu'il m'est toujours apparu comme un maître d'armes fort exigeant, tant pour la discipline que pour l'adresse. Comptez-vous demander à mon père de le remplacer ?

— Non ! protesta Ardith.

Trois paires d'yeux se rivèrent sur elle, exprimant la plus parfaite stupeur. La jeune fille avait conscience de se mêler de choses qui ne la regardaient point, mais elle n'avait pu se contenir : retirer son autorité à Sedrick lui paraissait impensable. Toutefois, en son for intérieur, elle devait admettre qu'elle avait pansé et bandé bien trop de blessures, ce matin-là. Se pouvait-il, réellement, que le vieux soldat ne fût plus à même d'exercer ses fonctions ?

— Nous verrons, répondit Gerard.

Il considéra son capitaine, l'air pensif.

— Je pensais partir dans deux jours, mais je ne m'en irai point avant d'avoir l'assurance que Lenvil est bien défendu. Nous y consacrerons le temps qu'il faudra. Allez !

John abattit une main sur l'épaule de Corwin.

— En route, jeune homme. Ce ne sont pas les tâches qui vont nous manquer.

Ils sortirent. Dans le silence qui suivit, Ardith revint près de la table et tendit le paquet de glace à Gerard. Quand les doigts du jeune baron effleurèrent sa main, elle sentit monter le long de son bras l'onde de chaleur qui la submergeait chaque fois qu'ils se touchaient. Ses pommettes s'empourprèrent. Il avait des mains puissantes et fortes, plus grandes que celles de la plupart des hommes qu'elle connaissait.

Les paroles de Belinda résonnaient dans son esprit : « A ses mains, ma dame. Prenez celles du baron Gerard, par exemple. Ses doigts sont longs et forts, ce qui laisse supposer… »

Non sans mal, elle détacha son regard de ces mains par trop révélatrices et le leva vers le visage du jeune homme. Ses yeux verts, si brillants, avaient pris la teinte sombre de l'émeraude. Ses lèvres serrées dessinaient une ligne sévère, ses mâchoires étaient contractées.

Il lui en voulait de son intrusion, pensa-t-elle.

— Pardonnez-moi, messire, murmura-t-elle. J'ai parlé sans réfléchir. Je n'ai pas à donner mon avis sur celui qui commande la garde.

Gerard balaya sa faute d'un revers de main. Il avait autre chose en tête.

— Dites-moi, Ardith. A quel degré Harold est-il malade ? demanda-t-il gravement.

— Sa jambe le fait souffrir lorsqu'il la sollicite par trop, répondit la jeune fille, surprise.

— Ce n'est pas tout.

Ardith se crispa. D'une manière ou d'une autre, il avait deviné que son père était affligé d'une autre infirmité bien plus invalidante, même si Harold traversait pour l'heure une bonne passe. Elle envisagea un instant de le nier, puis elle se ravisa. Gerard était le suzerain de Lenvil, il avait droit à la vérité ; en outre, elle n'avait pas dû superviser le domaine aussi bien qu'elle le croyait, et se sentait coupable.

— Sa mémoire est atteinte, avoua-t-elle sombrement. Certains matins, c'est une victoire pour lui de retrouver ses bottes. A dire vrai, il se souvient mieux d'événements lointains que de ce qui s'est passé la veille, maintenant.

Gerard la dévisageait sans ciller.

— Depuis combien de temps dirigez-vous Lenvil à sa place ? s'enquit-il à brûle-pourpoint.

— Depuis près de deux ans.

— Pourquoi n'avez-vous point informé Corwin ou mon père de cette situation ?

Ardith déglutit avec peine.

— Jusqu'ici, ni le manoir ni le village n'ont eu à en souffrir. Nos gens continuent à mener la même vie. Nous semons et récoltons comme par le passé, nos gains et les rapports de nos moulins suffisent à payer les redevances que nous devons à Wilmont. Néanmoins, je n'ai point su voir l'affaiblissement de notre garde et j'en suis fort marrie, messire. Veuillez accepter mes excuses pour ce manquement, que je déplore.

Gerard secoua la tête. La douleur qui contracta ses traits domina momentanément sa colère.

— Je vous en prie, murmura Ardith. Vous devez vous allonger.

Il esquissa un léger sourire.

— Me croyez-vous donc capable de marcher jusqu'à ma couche ? Pour ma part, je n'en suis plus aussi sûr.

— Permettez-moi de vous aider.

Il leva un bras. Ardith lui enlaça la taille, et fut aussitôt assaillie par les odeurs qui montaient de lui : il sentait le cuir, la sueur, le linge propre rangé dans un coffre de chêne... et autre chose. Une essence typiquement masculine, qui n'appartenait qu'à lui.

Elle brûlait de s'enfuir en courant autant qu'elle désirait rester blottie contre lui, sous son bras. Il se mit debout, appuyé sur elle. Les quelques pas qui les séparaient de la palette leur prirent une éternité, lui sembla-t-il, et pourtant cela ne dura pas assez longtemps à son goût.

Gerard se laissa glisser sur ses fourrures.

— Je veux votre parole, Ardith, que rien de ce qui s'est dit sous cette tente ne transpirera à l'extérieur. Ni à propos de la garde, ni à propos de ma tête.

Pour ce qui était de la garde, Ardith comprenait. Le reste, en revanche, la rendit perplexe.

— Tout le monde doit savoir ce qui vous est arrivé, protesta-t-elle. Vous avez été le dernier à quitter le champ !

— J'ai attendu que mes hommes soient partis, précisément, parce que j'étais à peu près incapable de marcher droit. Nul n'a rien vu. Seuls Thomas et vous connaissez l'importance de ma bosse et l'effet qu'elle a produit sur moi. Il se taira, je le sais. Je vous en demande autant.

Ardith avait si longtemps protégé la dignité et la fierté de son père qu'elle ne pouvait faire moins pour leur suzerain, se dit-elle. On ne badinait point avec l'orgueil et la prestance d'un chef, elle le savait.

— Je vous fais le serment de garder le silence, messire, assura-t-elle.

Il remit en place le paquet de glace qu'elle lui tendait. Le tressaillement qui parcourut ses traits rappela à la jeune fille qu'il souffrait.

— J'ai des poudres contre la migraine, au manoir. Je vais mêler un sachet à une pinte d'hydromel et vous faire porter ce remède par Thomas.

A peine avait-elle terminé sa phrase que les glapissements d'Elva résonnèrent à proximité de la tente.

— Ardith ! Ardith !

Ardith sourit à demi.

— Si je dois garder votre secret, messire, il me faut écarter ma tante d'ici. Promptement.

— La vieille pie, grommela Gerard. Toujours à fourrer son bec dans les affaires d'autrui.

La jeune fille mit ce jugement acerbe sur le compte de sa blessure, et s'empressa de sortir. Elle faillit heurter Elva, qui l'étreignit à l'étouffer.

— Oh, Ardith ! gémit-elle. Quand j'ai su que tu étais seule avec ce Normand… Es-tu saine et sauve ? T'a-t-il rudoyée ?

— Tout doux, ma tante, répondit Ardith en l'écartant gentiment. Je me porte à merveille. Le baron n'a nulle raison de me faire du mal.

Elva lui agrippa le bras.

— Sois prudente, mon enfant, je t'en conjure ! Cet homme est une bête féroce. Si tu n'y prends garde, il te mettra en pièces !

Ces avertissements fiévreux déconcertèrent la jeune fille. Elle n'imaginait pas que Gerard puisse lui nuire physiquement. Le seul danger qu'il présentait pour elle concernait son cœur, songea-t-elle, et les dommages étaient déjà faits.

Elle entraîna sa tante vers le manoir, tout en se préparant intérieurement à supporter la présence du jeune homme plus longtemps qu'elle ne l'avait prévu.

— Venez, dit-elle. Et cessez de vous tourmenter. Nulle bête, même la plus féroce, ne peut s'attaquer à une proie qui reste hors de son atteinte.

Gerard observait Corwin en train de harceler les gardes de Lenvil. Au bout d'une semaine d'exercices, les soldats avaient fait des progrès notables, mais le jeune homme était toujours aussi furieux. Découvrir que son héritage était à la merci du premier assaillant venu l'avait mis en rage, et il provoquait sans relâche ceux qui en avaient la charge. La tâche était rude pour ses adversaires : malgré son jeune âge, Corwin possédait une maîtrise des armes qui lui valait le respect de tous, y compris des chevaliers de Wilmont.

Après un long entretien avec Sedrick, qui avait fini par avouer que sa vue avait baissé, Gerard s'était réservé le droit de choisir un nouveau capitaine. Il avait parlementé avec chacun des hommes d'armes de Lenvil, les avait étudiés à loisir, mais ne s'était toujours pas décidé. Aucun, à ses yeux, n'était prêt à assumer cette importante fonction et il ne voulait à aucun prix confier la défense du manoir à un soldat qui n'était pas complètement à la hauteur de la tâche.

Par ailleurs, au fil des jours, il s'était avisé que ce n'était pas Lenvil, qu'il voulait protéger avant tout. Certes, ce fief avait de la valeur et devait revenir à Corwin. S'il était attaqué, si le manoir et le village étaient incendiés, les récoltes détruites, les paysans et le bétail disséminés, cette perte attiserait sa fureur et il réclamerait vengeance contre les coupables.

Mais un manoir et un village pouvaient être rebâtis, les champs replantés, les gens et les bêtes ramenés à leur place. En revanche, évoquer le sort d'Ardith dans une situation aussi dramatique lui était intolérable.

Il ne supporterait pas qu'elle ait à souffrir.

La pensée de la jeune fille ne le quittait pas. Il l'avait sans cesse au bord de l'esprit, vive et douce, ferme et courageuse, ravissante, délicieuse. Elle l'accompagnait partout où il allait, vision discrète et subtile qui le réconfortait. Il se surprenait à la chercher des yeux dans la cour ou dans la maison, à tendre l'oreille pour saisir le son de sa voix. Plus les jours passaient — et les nuits —, plus l'enchantement qu'elle lui prodiguait grandissait.

La faim qu'il avait d'elle aussi. Il ne pouvait la regarder sans éprouver aussitôt un désir brûlant qui lui tenaillait les reins.

Le jour où elle était venue le soigner sous sa tente, il avait cru qu'un accord tacite s'était établi entre eux. Pourtant, elle continuait à l'éviter comme si elle n'avait jamais caressé tendrement son front et ses cheveux, comme si elle ne s'était jamais pressée contre lui en l'enivrant de sa chaleur et de son parfum, d'une douceur unique.

Si son envie de coucher avec elle avait été le seul motif de ses tourments, il aurait pu lui ordonner de le rejoindre sur sa palette. Il en avait le droit. Plus d'une fois, il avait brûlé d'enrouler sa natte autour de son poing, de la traîner sous sa tente et de la jeter nue sur ses fourrures pour la posséder. Nul n'aurait songé à le lui reprocher.

Or, étrangement, il renonçait de son plein gré à ce droit pour gagner ses faveurs. Il voulait Ardith consentante et heureuse de se donner à lui. Enflammée par la passion, certes, mais pas seulement : il désirait son affection. D'elle, il souhaitait plus que la simple union des corps. Et s'il tenait tant à la protéger, s'il *fallait* qu'elle restât saine et sauve, c'était parce qu'il avait l'intention de l'épouser, lorsqu'il en aurait fini avec Basil.

Le consentement du roi était nécessaire à son mariage, mais il ne voyait pas pourquoi Henry désapprouverait son choix. Ardith n'était peut-être pas d'une noble lignée, mais elle descendait d'une bonne famille. Et si sa place de cinquième fille laissait présager une maigre dot, pourquoi le roi s'en soucierait-il, puisqu'il ne s'en souciait point lui-même ? Elle présentait l'avantage d'être saxonne, un élément qui aurait l'heur de plaire au souverain, il le savait. Henry Beauclerc rêvait de fondre Normands et Saxons en un seul peuple, le peuple d'Angleterre.

Ces bases solidement établies, Gerard était impatient, déjà, de s'atteler à la délicieuse tâche d'engendrer un héritier légitime pour Wilmont. Faire des petits avec Ardith serait pour lui le plus exquis des plaisirs ; il ne s'en lasserait jamais.

Pour ce qui était de Daymon, il était certain qu'Ardith accueillerait avec amour son petit bâtard. Tous les marmots du manoir lui couraient après pour qu'elle guérisse leurs coups ou leurs égratignures — et il soupçonnait fortement ses caresses et ses baisers d'être plus efficaces encore que ses baumes et ses onguents. L'affection qu'elle portait aux enfants crevait les yeux : ne l'avait-il pas vue prendre furieusement la défense du fils d'une ribaude ?

Elle avait toutes les qualités. Mais, corbleu, pourquoi fallait-il qu'il convoite à ce point la seule femme du royaume refusant de céder au désir qui flambait entre eux dès que leurs yeux se croisaient ?

Soudain, le tintamarre d'un cheval qui arrivait au grand galop lui fit tourner la tête. Sa dextre, instinctivement, se posa sur la poignée de son épée. Puis il reconnut le messager, monté sur l'un des coursiers les plus rapides de Wilmont. La bouche de l'animal écumait, quand son cavalier tira sur sa bride pour l'arrêter.

— Baron Gerard, déclara l'homme d'une voix haletante, en tendant un rouleau de parchemin. Ce pli vient de Walter. Il m'a prié d'attendre votre réponse.

Gerard défit le ruban et déroula le message. La rage l'aveugla dès qu'il prit connaissance de son contenu.

— Quand ? gronda-t-il.

— Hier, messire.

Le jeune baron écrasa le feuillet dans son poing serré, dont les articulations blanchirent.

— Que se passe-t-il ? s'enquit Corwin qui était venu le rejoindre.

— Frederick est rentré à Wilmont.

— Basil a-t-il pris Milhurst ?

— Frederick n'a pu le dire : il est revenu mort, attaché en travers de son cheval comme une pièce de gibier. Celui qui l'a tué a ramené sa monture assez près du château pour qu'elle rentre d'elle-même à l'écurie.

— Basil ?

— L'un de ses mercenaires, plus probablement.

Gerard explosa.

— Le diable emporte cette canaille ! Son audace dépasse l'endurance. Allez dire à John que les hommes devront être prêts à se mettre en marche demain matin. Nous partons pour Westminster.

Là-dessus, il rejoignit sa tente à grands pas et griffonna prestement quelques lignes d'une plume rageuse. Dans ce message destiné à Stephen, il octroyait à son frère la permission de prendre toutes les mesures défensives qui lui paraîtraient nécessaires.

Après la blessure de Richard, sa première impulsion avait été de plonger son épée dans le ventre de Basil de Northbyre. Il avait fallu l'autorité du roi pour lui faire entendre raison, et voir où était son intérêt : si les crimes de Basil étaient jugés à la cour, il avait une chance de recevoir les terres de son adversaire à titre de dédommagement, sans avoir à sacrifier des hommes pour les conquérir. Ceci lui permettrait de récompenser richement ses deux frères de leur loyauté, comme ils le méritaient, en lui évitant de démanteler Wilmont.

Dans un tel contexte, Gerard espérait presque que Basil aurait commis la bêtise d'attaquer Milhurst. Ce méfait supplémentaire ajouterait du poids à sa requête.

Il secoua la tête à cette idée. Non. S'il laissait le village de Milhurst ouvert à une attaque, ou s'il l'abandonnait à Basil après son raid victorieux, ce serait vu comme une faiblesse. Il ordonna encore à Stephen d'envoyer deux chevaliers et dix hommes d'armes sur les lieux. Pour la forme.

Cette question réglée, il concentra son attention sur son départ de Lenvil. Puisqu'il n'avait pas encore désigné le nouveau capitaine de la garde, l'idéal serait de confier le manoir à Corwin. Mais il avait besoin du jeune homme à la cour.

Quant à Ardith…

Il se demanda comment elle allait réagir, en apprenant qu'elle partait aussi pour Westminster.

— Elva, Ardith a besoin de votre aide. Vous devez monter au manoir. Nous partons demain matin et il reste quantité de choses à faire.

— Tu n'as qu'à l'aider toi-même, Bronwyn ! rétorqua Elva, sans daigner ouvrir la porte de sa chaumine qu'elle avait solidement barrée.

Elle secoua un carré de drap noir et en couvrit la petite table. Puis elle posa dessus une croix celtique à laquelle elle accordait beaucoup de prix, car elle lui venait de sa mère, trépassée depuis longtemps. A côté, elle plaça une grosse chandelle de suif.

— Ardith souhaite que vous preniez le manoir en charge, durant son absence ! insista Bronwyn derrière la porte close. Ce voyage la bouleverse. Savoir que vous la remplacerez lui apaiserait l'esprit. De grâce, ma tante ! Si vous ne venez pas, elle sera contrainte de confier la maison à quelqu'un d'autre.

Elva ne répondit pas. Peu après, elle perçut le grognement dépité de sa nièce et le bruit de ses pas qui s'éloignaient.

Elle alluma la chandelle. Des plis de sa cotte, elle tira une bourse en cuir dont elle déversa le contenu sur le drap. Une fois de plus, elle déplora la petitesse des os qu'elle avait réussi à arracher aux chiens. Maudit soit ce Normand, qui jetait ses restes à des animaux au lieu de les balancer par-dessus son épaule dans les jonchées !

Si encore ils étaient propres... Elva secoua la tête d'un geste irrité. Des bouts de viande et des morceaux de nerfs y restaient attachés, mais elle n'avait pas le temps de les nettoyer. Tant pis.

Elle prit les os dans sa main.

Des années auparavant, elle avait sous-estimé les forces du destin. Persuadée que sa précieuse petite fille était saine et sauve, elle n'avait pas pris la précaution d'augurer de l'avenir du Normand. Mais voilà que ce monstre était de retour, et prêt à emmener Ardith avec lui.

Une fois déjà, elle avait sauvé Ardith des griffes de Wilmont. Y parviendrait-elle encore ?

Il le fallait !

Elle ferma les yeux et marmonna l'incantation qu'elle avait entendu chanter par sa mère, jadis. Le sens lui en échappait, elle ne se souvenait que des sons.

Elle jeta les os sur l'étoffe noire et rouvrit les paupières pour interpréter leur message. Il était fort clair.

— Fils du démon ! siffla-t-elle, furibonde.

D'un revers de main, elle balaya la prophétie qui offensait si cruellement sa vue.

6.

Toutes les possessions d'Ardith tenaient dans un petit coffre, qu'elle acheva de garnir en étalant son voile de mollequin jaune paille sur son bliaut d'hiver, la seule tenue convenable dont elle disposait.

— Je ne comprends toujours pas pourquoi je dois suivre tout le monde à Londres, bougonna-t-elle.

— Lorsqu'un suzerain invite l'un de ses vassaux à l'accompagner en voyage, Ardith, le vassal accepte, déclara Bronwyn, qui trônait sur une malle deux fois plus grande que celle de sa sœur.

Un autre coffre, tout aussi grand et tout aussi plein, jouxtait le premier. La jeune femme avait résolu, fort prudemment, de se joindre à la compagnie qui s'apprêtait à quitter Lenvil.

— Le baron Gerard a invité notre père, rétorqua Ardith. Me demander de l'escorter comme garde-malade n'est qu'une décision de dernière minute.

— Ce n'est pas moi qui aurais pu prendre soin de lui, observa sa sœur. Il ne m'écoute point. Et je suis ravie que tu viennes. Nous nous distrairons mutuellement pendant le trajet. Oh, Ardith, ce sera si gai d'être ensemble à la cour ! Nous allons passer de si bons moments !

— Es-tu sûre que Kester verra d'un bon œil notre arrivée imprévue ?

— Sûre et certaine. Sa position de conseiller du roi lui donne droit à des appartements au palais de Westminster. Il y a largement assez de place pour nous tous. Vas-tu cesser de chercher des excuses pour t'esquiver, à la fin ? Tout est prêt. Tu pars, Ardith !

Si tout était prêt, c'était parce que la jeune fille avait passé le plus clair de la nuit à rassembler des provisions avec l'aide de John, que Gerard avait assigné à la surveillance du manoir durant son absence.

Elle ne comprenait pas, non plus, pourquoi Elva avait refusé de prendre la maison en charge. Elle avait pensé que sa tante se ferait une joie de ce séjour, ne fût-ce que pour le luxe de dormir dans le lit seigneurial.

Ce voyage, décidément, l'emplissait de sentiments partagés.

Certes, Harold ne s'était plus rendu à la cour depuis des années, pour présenter ses hommages au roi. Mais le vieil homme était en mauvaise santé, et Gerard le savait. Pourquoi l'engager à partir maintenant ? Avec une telle hâte ? N'auraient-ils pu bénéficier d'un peu plus de temps pour se préparer ? En outre, se mettre en route en cette saison, avec la menace de pluie, de neige et de frimas, paraissait fort mal avisé.

D'un autre côté, Ardith n'avait jamais vu Londres. Elle ne s'était jamais aventurée plus loin que le marché de Bury Saint Edmund, à deux heures de chevauchée à l'ouest de Lenvil. Et Bronwyn lui brossait un tableau alléchant de la cour, qui semblait fourmiller de gens intéressants et de spectacles magnifiques.

— Il te faudra plusieurs costumes neufs, déclara la jeune femme. Je possède quelques tenues qui pourraient t'aller, en les reprenant un peu. Toutefois, si elles ne te plaisent point, tu auras tout loisir de choisir parmi les coupons que j'ai en réserve et de te coudre des habits à ta convenance.

— Je n'aurai sûrement pas besoin d'une telle profusion de toilettes ! protesta Ardith.

— Trois ou quatre, au moins. Ah, on vient quérir nos bagages.

Bronwyn quitta son perchoir pour permettre aux hommes de son escorte de l'emporter.

— Prenez grand soin de ces coffres, recommanda-t-elle. Celui-ci doit aller sur la droite du chariot. Et assurez-vous que la bâche sera bien arrimée, surtout ! Le ciel semble prêt à crever. Vous savez combien il est difficile d'ouvrir les ferrures, quand la neige…

Le son de sa voix s'éteignit, tandis qu'elle suivait les porteurs hors de la chambre.

Restée seule, Ardith regarda autour d'elle. Toute sa vie, elle avait dormi dans cette pièce, évolué entre les murs de ce manoir. S'éloigner de ces lieux familiers lui serrait le cœur.

— Ardith, es-tu prête ? demanda Corwin en venant la rejoindre.

Elle tenta de lui retourner son sourire, mais n'y parvint pas.

— Pourquoi cette mine sombre, sœurette ? Ah, je le devine. Tu as du mal à quitter la maison pour la première fois…

— As-tu eu le cœur lourd, toi aussi, le jour où tu es parti de Lenvil ? s'enquit la jeune fille.

Son jumeau secoua la tête.

— Non. M'en aller à Wilmont avec le baron Everart m'apparaissait comme une grande aventure. Et j'avais Stephen pour me tenir compagnie. Nous nous sommes vite liés d'amitié, pendant le voyage. Où est ta mante ? Ah, la voici.

Corwin s'empara du vêtement le plus chaud de sa sœur, une cape doublée de fourrure de lapin, et la drapa sur ses épaules. Ardith se ceignit la tête et le cou d'une longue pièce de lainage, puis le jeune homme la prit par la main et l'entraîna hors de la chambre.

— Viens. Bronwyn t'attend dans sa litière. Vous pourrez bavarder votre content, toutes les deux, en roulant vers Westminster.

Ardith allongea le pas pour le suivre.

— Je pensais monter ma jument.

— Ta haquenée porte des provisions.

Sans lui laisser le temps de jeter un dernier coup d'œil à la salle commune, Corwin la poussa dehors.

— Quel superbe cortège nous allons former ! s'exclama-t-il en désignant de la main la longue ligne d'hommes d'armes, de chevaux et de chariots.

Thomas, debout en tête de la colonne, tenait les brides du destrier de Gerard et du coursier d'Harold. Derrière eux avancerait un groupe de soldats de Wilmont, suivi de la litière de Bronwyn et de son escorte. Le reste des gardes fermeraient la marche avec les chariots et les animaux de bât.

Ardith considéra avec méfiance l'étrange attelage de sa sœur. La litière ressemblait au bas d'une longue caisse de bois, nantie de deux perches fixées aux harnais des chevaux. Un toit en toile, maintenu aux quatre coins par des fuseaux, les protégerait de la pluie et de la neige. Des rideaux, que l'on pouvait ouvrir ou fermer à volonté, garnissaient les côtés. Ce véhicule devait être sûr, se dit-elle, sans quoi Bronwyn n'accepterait point de voyager à l'intérieur.

— Avance, Ardith ! Hâte-toi de monter, sinon nous allons te laisser en arrière, la taquina Corwin.

Sa sœur lui dédia un pâle sourire.

— Me promets-tu…

— Que doit-il promettre ? s'enquit Gerard en venant vers eux.

Corwin soupira.

— Ardith se montre difficile. Il semble, messire, qu'elle préférerait sa haquenée au confort de cette litière. Mais nous avons chargé sa jument de nourriture.

Gerard contempla un instant la jeune fille d'un air pensif.

— Nous pourrons peut-être trouver d'autres arrangements, plus tard. Si tout le monde est prêt, mettons-nous en route.

Vers midi, Ardith aurait volontiers gagné Londres à pied. Bronwyn, loin de lui tenir compagnie, s'était endormie, la traîtresse ! De fait, la jeune fille ne déplorait pas vraiment la désertion de sa sœur : elle aimait autant garder sa détresse pour elle, et s'épargner des commentaires malicieux ou désobligeants.

Le roulis et le tangage de la litière lui malmenaient l'estomac. En outre, avancer *à l'envers* lui paraissait une posture fort peu naturelle : fixer les yeux sur les lieux qu'elle quittait, sans voir ceux vers lesquels elle se dirigeait, ajoutait à son inconfort.

Et que dire de la banquette trop finement molletonnée, qui lui meurtrissait les fesses chaque fois qu'elle rebondissait sur cette maudite planche ! Elle avait bien essayé de ramener le bas de sa mante sous elle pour amortir les chocs, au début du voyage, mais elle avait vite dû y renoncer : les soubresauts de la carriole ne cessaient de déloger son vêtement et elle se cramponnait aux montants, les doigts raidis par des crampes. Que Bronwyn pût dormir sur ses deux oreilles dans de telles conditions dépassait son entendement.

Au cours de la matinée, Corwin était souvent passé près d'elle à cheval, en lui adressant un signe de la main. Ardith n'avait pu se résigner à lâcher prise pour lui répondre.

Quand elle entendit enfin son frère annoncer une halte, elle adressa une prière d'action de grâces à Dieu tout-puissant — Père, Fils et Saint-Esprit —, ainsi qu'à tous les saints qui lui revenaient à la mémoire.

Bronwyn se réveilla en sursaut quand la litière s'arrêta dans un grincement de roues.

— Gente Marie ! dit-elle en s'étirant avec délicatesse. Ai-je vraiment dormi toute la matinée ? Et je vois que le temps se maintient. Tant mieux. Nous pourrons poursuivre notre périple quelques heures encore sans avoir à chercher d'abri. Ah, baron Gerard. Comme c'est aimable à vous de venir nous assister…

Gerard ouvrit la portière. Bronwyn sauta gaillardement à terre, ne posant qu'un instant le bout des doigts sur son bras.

— Comment vous portez-vous, mes dames ? s'enquit le baron.

— Oh, tout à fait bien, messire, répondit la jeune femme. Hormis le fait que je meurs de faim. Ardith, veux-tu que je t'apporte du pain et du fromage ? Préfères-tu du vin, ou de l'hydromel ?

— Je… n'ai envie de rien, Bronwyn, merci, murmura faiblement Ardith. Je mangerai plus tard.

Sa sœur pencha la tête de côté et la dévisagea.

— Te sens-tu bien ? Tu me parais fort pâle.

Ardith inspira à fond dans l'espoir de calmer son malaise.

— Je vais bien, sois sans crainte. Va donc quérir ton repas.

Avec un petit haussement d'épaules insouciant, Bronwyn s'éloigna. Gerard, debout près de la portière, attendait.

— Avez-vous déjà voyagé dans l'un de ces véhicules, messire ? lui demanda la jeune fille.

— Non, répondit-il en inspectant la litière d'un bout à l'autre. Mais à voir la façon dont cette litière est conçue, j'imagine qu'elle doit tanguer comme un navire sur la mer.

— Sur la mer ?

— Oui. Une mer doucement agitée.

— Etes-vous souvent monté sur un bateau ?

— J'ai plusieurs fois traversé la Manche, entre l'Angleterre et la Normandie.

— Et votre avis, messire ?

Ardith lui sut gré de réprimer un sourire. Il savait qu'elle essayait de gagner du temps parce qu'elle était incapable de bouger, elle en était sûre.

— Il me plaît bien davantage d'avoir les deux pieds sur la terre ferme, ou tout au moins un bon cheval bien solide entre les jambes.

Sur ces mots, Gerard se pencha vers elle. Il écarta sa mante pour dégager sa taille, qu'il enserra de ses deux mains. Ce contact, ferme et chaud, rasséréna la jeune fille.

— Venez, Ardith. Nous allons marcher un moment, vous ne tarderez pas à vous sentir mieux. Posez vos mains sur mes épaules. Les deux, ma dame. Parfait. Maintenant, avancez-vous vers moi. Encore un peu.

— Je me sens si sotte !

— Vous fiez-vous à moi, Ardith ?

— Oui, messire.

— Alors inclinez-vous et laissez-vous faire. Je vais vous soulever pour vous sortir de là.

Ardith avait beau lui faire confiance, dès qu'il l'attira à lui elle s'affola et noua ses deux bras autour de son cou, s'y cramponnant comme à une planche de salut. Il se raidit un instant, puis ses mains resserrèrent leur emprise sur sa taille et elle se sentit s'envoler, portée par des bras puissants.

L'espace de quelques secondes, elle resta suspendue dans les airs, puis Gerard la déposa à terre. Lorsqu'elle eut les pieds sur le sol, elle se résolut enfin à le lâcher pour lui permettre de se redresser. Elle s'attendait à l'entendre rire, et se préparait à rire elle-même de sa couardise. Pourtant, lorsqu'elle leva les yeux vers lui, elle découvrit qu'il souriait gentiment, sans se gausser d'elle.

— En route, friponne. Voyons voir si vous êtes capable de tenir sur vos jambes.

Ardith coinça une main au creux de son bras et ils commencèrent à marcher en silence, remontant lentement la colonne jusqu'à ce que ses genoux cessent enfin de flageoler.

— J'espère que je n'aurai jamais à monter sur un bateau, déclara-t-elle fermement.

— Ce n'est pas si terrible, quand on s'habitue aux mouvements de la mer.

La jeune fille se sentait de nouveau le corps et l'esprit en harmonie.

— Comment se porte mon père ? demanda-t-elle.

— Assez bien.

Gerard s'arrêta.

— Vous vous souciez trop de lui.

— N'est-ce point pour veiller sur sa santé, que vous m'avez emmenée ?

— En partie seulement.

Dès que ces mots eurent franchi ses lèvres, Gerard mesura son erreur. Ardith retira sa main et lui fit face, les sourcils froncés.

— Dans ce cas, vous devez m'éclairer, messire. Je ne vous ai pas entendu exprimer d'autre raison à mon départ de Lenvil.

Le moment n'était pas venu de lui exposer ses plans, pensa le jeune homme. Il voulait d'abord parler au roi et s'assurer qu'Henry n'y voyait nulle objection, avant d'entamer avec Harold des pourparlers d'accordailles et de mariage. Mais elle était si délicieuse, son petit visage mutin levé vers lui, ses prunelles bleues lançant des étincelles de colère, qu'il hésita. Ne pouvait-il, au moins, lui donner une idée des joies à venir ?

Il n'avait pas eu l'intention de l'embrasser, ni même de l'entraîner aussi loin en avant de ses troupes. Toutefois, maintenant qu'ils étaient seuls, la tentation devenait trop vive.

Il prit ses joues entre ses mains.

— Je souhaitais vous avoir avec moi, murmura-t-il, avant de poser doucement ses lèvres sur les siennes.

Il décela sa surprise au léger tremblement de sa bouche. Il insista sans la brusquer, savourant son goût de miel en effleurant lentement cette pulpe rose dont la douceur l'enchantait. Enfin, elle réagit à cette esquisse de baiser, de la façon la plus délicieuse.

Gerard maudit son haubert qui l'empêchait de sentir les mains d'Ardith posées sur son torse, et le bout de ses doigts qui s'enfilaient dans les mailles d'acier. Il déplora plus encore sa tenue de soldat lorsqu'il la prit dans ses bras, incapable de percevoir la chaleur de son corps.

Ce qu'elle lui laissait deviner de sa nature passionnée, à fleur sous un fin voile d'innocence, faillit avoir raison de sa volonté. Il devait s'en tenir à un baiser, se rappela-t-il fermement. Non sans mal, il se contraignit à garder les mains sur sa taille, réprimant son envie de caresser cette ravissante poitrine arrondie qui battait contre lui telle une colombe prisonnière.

Il connaissait ses limites, et releva la tête dès qu'il se sentit en danger de les atteindre. Ardith gardait les paupières closes. Ses lèvres gonflées restèrent un instant tendues vers lui, comme si elle espérait qu'il l'embrasse encore, puis elles se relâchèrent.

Lorsqu'elle ouvrit les yeux, ce qu'il lut dans son regard déconcerta grandement le jeune homme. Il y vit une tristesse insondable, voilée par la buée des larmes.

— Oh, Gerard…, chuchota-t-elle. Parfois, on ne peut avoir ce que l'on souhaite le plus ardemment.

« Pas tout de suite, certes, mais bientôt », se promit-il en lui-même. Il n'ignorait rien des secrets de la séduction : un baiser par-ci, une caresse par-là, quelques mots tendres murmurés à l'oreille… Dès qu'il serait en mesure de la demander en mariage, elle ne le repousserait pas, il le savait. Sa réponse à ce premier baiser le lui prouvait amplement. Mais pourquoi ce doux échange l'emplissait-il d'une telle tristesse ?

Avant qu'il ait pu l'interroger, Ardith s'écarta et regarda derrière elle, en direction du cortège. Un cheval approchait.

— Nous avons un problème, messire, annonça Corwin en souriant jusqu'aux oreilles. Nous sommes suivis.

Gerard fronça les sourcils.

— Par qui ?

— Elva.

— Elva ? s'exclama Ardith.

— Oui. Je l'ai priée de retourner à Lenvil, mais elle refuse. A l'entendre, elle est devenue une paysanne affranchie, quand notre père l'a bannie du manoir. Elle réclame donc le droit d'aller librement où cela lui plaît, comme une simple villageoise.

— Et où va-t-elle ? s'enquit le baron.

Corwin démonta.

— Elle te suit, Ardith. Elle assure que tu auras besoin de ses conseils, à la cour.

La jeune fille croisa les bras, la mine sévère.

— Je gagerais qu'elle a encore lancé ses maudits ossements, afin de lire l'avenir dedans ! Chaque fois qu'elle les consulte, elle y voit les pires prédictions !

— Superstition de bonne femme, grommela Gerard en reprenant la direction de la colonne.

Ardith le suivit.

— Oui, acquiesça-t-elle, mais Elva croit dur comme fer aux rites anciens.

— Doit-on la laisser nous accompagner ? demanda Corwin. Elle est plus âgée que père, et cette marche sera pénible pour elle.

Gerard haussa les épaules. A ses yeux, une personne de plus ou de moins ne comptait guère.

— Qu'en pensez-vous, Ardith ?

— Si Bronwyn est d'accord, qu'elle prenne ma place dans la litière. Je marcherai.

Le jeune baron renvoya son écuyer, avec l'ordre de s'occuper de sa tante.

— Pourquoi renoncer au privilège d'être transportée ? s'enquit-il. Rien ne vous y oblige.

— Je laisse volontiers ma banquette au premier qui en voudra, croyez-moi, répondit Ardith. Il n'est pas question que je remonte dans cet instrument de torture.

Le courroux envahit Gerard. La future maîtresse de Wilmont, marcher dans la poussière comme une vulgaire paysanne ? Il ne l'admettrait pas.

— Thomas ! cria-t-il. Va-t'en quérir ma cape !

Le jouvenceau lâcha la bride du grand destrier et partit en courant vers le chariot qui contenait les possessions de son maître. A la vive stupeur d'Ardith, l'animal ne bougea pas.

Du milieu de la colonne monta soudain le bruit d'une dispute. Harold tançait sa sœur de son insolence, et Elva lui répondait d'un ton virulent.

— Juste ciel ! s'écria Ardith.

Comme elle s'élançait, Gerard la retint.

— Laissez-les donc se quereller. Ils sont en mesure de se défendre.

Thomas revint, portant le vêtement demandé. Gerard jeta la cape doublée de castor sur ses épaules et la fixa d'un fermail en or. Puis il saisit la bride de sa monture, mit un pied à l'étrier et se jucha souplement en selle. De là-haut, il abaissa un regard sévère sur Ardith.

— Etes-vous toujours déterminée à marcher ?

— Oui, messire.

Il poussa un soupir résigné, puis lui tendit une main.

— Venez, ma dame. Vous chevaucherez avec moi.

La perspective de se hisser sur cette énorme bête noire à la robe brillante, qui était faite pour le combat et dépassait sa jument de plusieurs paumes, emplit Ardith d'appréhension. Les destriers, lui avait-on toujours dit, étaient des animaux féroces, qui protégeaient farouchement leur maître. Elle hésita.

— Je croyais qu'un destrier ne devait jamais porter une femme, dit-elle. Que cela attirait le malheur.

— Encore des sottises de bonne femme ! rétorqua Gerard.

La jeune fille regarda derrière elle. Tout le monde attendait. Monter en amazone derrière le jeune baron ne serait guère mieux que de voyager en litière, se dit-elle, mais si elle refusait l'invitation de Gerard, ce serait vu comme une insulte.

Elle leva les bras. Gerard se pencha et la saisit solidement sous les aisselles. Elle posa un pied sur sa botte, s'apprêtant à sauter derrière lui.

— Vous devriez écarter votre cape, messire. Je ne puis m'asseoir…

Elle n'eut pas le temps d'achever sa phrase. Il la souleva de terre, et elle échoua brutalement sur ses cuisses.

— … dessus, termina-t-elle en lui jetant un regard noir.

— Cette solution ne vous agrée-t-elle point davantage ? demanda-t-il.

La position qu'elle occupait était certes beaucoup plus confortable, mais Ardith se garda bien de l'admettre. Elle était par trop mal à l'aise. Pendant plus de dix jours, elle s'était évertuée à éviter Gerard et voilà qu'elle se retrouvait perchée sur ses genoux, peu après un baiser qui l'avait complètement retournée. Toutes les fibres de son corps l'avertissaient du danger.

Elle sentit que son compagnon tirait sur sa mante pour en couvrir ses jambes. Puis il releva son col, auréolant ses cheveux blonds d'un liseré de fourrure noire, et les enveloppa tous les deux de peaux de castor. Après quoi, sans se retourner vers ses hommes, il pressa les flancs de sa monture qui se mit en route.

Blottie dans ce cocon de douceur et de chaleur, Ardith fut assaillie par le sommeil qu'elle avait repoussé toute la matinée. Combattant sa torpeur, elle écarta son visage du torse de Gerard et fixa la route qui s'étendait sans fin devant eux à travers la campagne. Du haut d'un destrier, constata-t-elle, la vue portait à des lieues.

Dans leur dos, elle percevait les sons qui montaient de la colonne : le piétinement des sabots, le pas lourd des soldats qui marchaient à pied, le grincement des longerons qui reliaient la litière à son attelage, le craquement des roues. Elle se redressa et tourna la tête pour jeter un coup d'œil par-dessus l'épaule du baron.

— Qu'est-ce qui vous rend si curieuse, friponne ? lança ce dernier. Vous faut-il toujours jouer à la mère poule, soucieuse de ses poussins ?

— Etes-vous sûr que tout le monde était prêt à repartir ? s'enquit Ardith. Comment savez-vous si l'un de vos hommes n'était pas en train de se soulager derrière un buisson ?

— Dans ce cas, il a intérêt à relever ses chausses en vitesse pour nous rattraper, répondit Gerard. L'un des rares privilèges que j'apprécie, dans ma position, c'est que je puis partir sans mes soldats, mais qu'ils ne peuvent partir sans moi.

— Et si le cheval de mon père faisait une chute ? Si la litière de Bronwyn se détachait ? Si la roue d'un chariot se brisait ? Continueriez-vous votre chemin sans vous en soucier ?

— Corwin viendrait m'en avertir. C'est son rôle, de surveiller le bon avancement de la colonne et de m'informer des problèmes qui peuvent survenir. Si je ne cessais de vérifier que tout va bien, à quoi servirait mon écuyer ?

— Vous lui accordez une grande confiance.

Gerard acquiesça.

— Oui, comme à la plupart de ceux qui me servent.

— John est-il de ceux-là ?

— Certes. Je ne doute point d'avoir laissé Lenvil entre de bonnes mains.

Ardith partageait cette opinion.

— A qui d'autre vous fiez-vous ? poursuivit-elle.

— A vous, par exemple. Ne vous ai-je point confié un secret ?

— Peut-être semez-vous votre confiance à la légère, messire.

— Non, ma dame. Quand je la juge méritée, je la perds rarement. Et tant de questions vont finir par vous épuiser. Vous me semblez lasse, vous devriez dormir.

« Dormir ? En aussi périlleuse posture ? Jamais ! », se jura la jeune fille.

— Je préfère m'en dispenser, messire, répondit-elle, une pointe de défi dans la voix.

— Vous êtes une forte tête, gente damoiselle. Un jour ou l'autre, vous aurez à le regretter. De grâce, montrez-vous raisonnable : nulle tâche ne vous requiert, vous n'avez ni ordre à donner, ni blessé à soigner. D'ici trois heures, environ, nous atteindrons l'abbaye où nous nous restaurerons et entendrons les vêpres, avant de goûter à une nuit de repos. Il me déplairait fort qu'un membre de mon escorte m'embarrasse en s'endormant sur son écuelle ou pendant les prières.

— Jamais une telle chose ne m'arriverait ! se récria Ardith, offusquée.

— Croyez-vous ?

Piquée au vif par ces remontrances railleuses, elle décida de ne plus adresser la parole à ce Normand arrogant et sermonneur. Puisqu'il voulait qu'elle se taise, elle se tairait jusqu'à la fin de l'étape, décida-t-elle. Et tant pis pour lui si le silence lui pesait.

Elle tira son écharpe sur sa joue, afin de protéger son visage des mailles de son haubert, et s'appuya contre lui. Très vite, bercée par le mouvement régulier du cheval, elle ferma ses paupières alourdies. Malgré toutes les couches d'étoffe et de métal qui les séparaient, elle percevait sous son oreille les fermes battements d'un cœur d'homme, qui ajoutaient à sa torpeur. Et soudain, alors qu'elle glissait irrémédiablement vers le pays des songes, elle sentit des lèvres chaudes se poser sur son front.

— Ah, ma douce friponne, chuchota Gerard. Il vous reste encore beaucoup à apprendre. Bientôt, vous découvrirez que j'obtiens toujours ce que je désire.

Ardith fut tirée de son somme par un tendre baiser, semblable à celui qui avait accompagné son endormissement. Un souffle tiède balaya sa joue.

— Nous arrivons, ma dame.

Délicieusement engourdie, elle tourna la tête vers l'imposant édifice qui se dressait devant eux. Une tour carrée, nantie de cloches, montait à l'assaut du ciel. Le vaste bâtiment de schiste gris s'étalait sur une large portion de terre. Des moines tonsurés, vêtus de robes noires, se hâtaient vers les voyageurs pour les accueillir.

La jeune fille se redressa avec effort.

— Etes-vous déjà entrée dans une abbaye ? s'enquit son compagnon.

— Jamais, bien que j'aie vu celle de Bury Saint Edmund. Toutes les possessions de l'Eglise sont-elles aussi gigantesques ?

— Beaucoup le sont, et nombre d'abbés contrôlent des domaines aussi étendus que les fiefs de certains barons. Un évêque à la tête de plusieurs abbayes de ce type règne sur des sommes d'argent faramineuses, équivalentes au trésor royal.

Voilà donc pourquoi Henry Beauclerc renâclait à laisser les hauts dignitaires de l'Eglise nommer les évêques à sa place ! pensa Ardith. Et pourquoi le pape rechignait tout autant à lui abandonner un tel pouvoir...

Gerard arrêta son destrier au bas des marches qui conduisaient à de massives portes de chêne. Celles-ci pivotèrent sur leurs gonds, livrant passage à un petit homme frêle qui n'était pas plus richement vêtu que les autres moines, mais qui respirait l'autorité.

Le jeune baron le salua avec déférence, d'un signe de tête.

— Sire abbé Cottingham, nous vous prions de bien vouloir nous accorder l'hospitalité pour la nuit.

— Elle vous est accordée de grand cœur, Gerard de Wilmont.

Soyez le bienvenu dans notre humble abbaye. Puissiez-vous trouver la paix entre nos murs.

— Une place où étendre ma palette et un morceau du meilleur fromage qui se fabrique dans toute l'Angleterre est tout ce que je souhaite, l'abbé.

Un sourire éclaira le visage ridé du religieux.

— Si tous les nobles voyageurs que nous hébergeons pouvaient être aussi aisés que vous à contenter !

Il redevint grave.

— Feu votre père, que son âme repose dans les cieux auprès de Notre-Seigneur, se montrait aussi modeste que vous l'êtes dans ses désirs. L'aimable compagnie d'Everart me manquera. Mais entrez donc, avant que le froid ne vous saisisse. Une chaude flambée et une pinte d'hydromel vous attendent.

A la mention d'un fromage qui semblait succulent, l'estomac d'Ardith grogna d'envie, lui rappelant qu'elle n'avait rien avalé depuis son départ. Lorsque son malaise s'était dissipé, elle n'avait plus eu le loisir de songer à se sustenter — pour des raisons qu'elle préférait oublier.

Gerard lança sa bride à Thomas, qui avait surgi près de la tête de son cheval. Puis il glissa les mains sous la mante de la jeune fille, lui empoignant les côtes.

— Prête, ma dame ?

Ardith jaugea d'un coup d'œil inquiet la distance qui les séparait du sol.

— Ne devrions-nous point attendre que l'on nous aide ? suggéra-t-elle. Corwin pourrait peut-être…

— Ne vous ai-je pas hissée en selle sans secours ? rétorqua le jeune homme.

— Si fait, messire. Toutefois…

— Je suis tout aussi capable de vous en descendre.

Et il la fit glisser jusqu'à terre, sans effort apparent. Ce qui n'aurait pas dû la surprendre, songea-t-elle en se remémorant la formidable musculature qu'elle avait pu admirer à loisir pendant le jeu de balle, et après.

Elle se ressaisit aussitôt, honteuse. Comment pouvait-elle nourrir de telles pensées ? Et en présence d'un abbé, de surcroît !

Elle se tourna vers l'auguste personnage, qui désignait à Gerard un moine debout près de lui.

— Le frère Zacharie va conduire les dames dans le quartier qui leur est réservé, dit-il. On leur fournira de l'eau chaude et une collation.

— Grand merci, sire abbé, murmura Ardith.

Le religieux parut ne pas l'entendre, ni la voir.

— Nos compagnes ont eu une journée harassante, déclara Gerard. Elles apprécieront ces attentions à leur juste valeur, j'en suis certain.

L'abbé Cottingham hocha la tête.

— Je les dispenserai aussi de l'office du soir, afin qu'elles puissent se reposer.

Sur ce, le jeune baron démonta. Et soudain, durant le court instant où il tournait le dos, Ardith se trouva prise sous le regard de l'abbé. Ses prunelles marron, qui avaient viré au noir, exprimaient un mépris brûlant et la pire des condamnations.

7.

— Ton imagination t'emporte, Ardith ! protesta Bronwyn.

— Je n'imagine rien du tout, répliqua la jeune fille. L'abbé Cottingham me déteste, je puis te l'affirmer. Non seulement il m'a ignorée quand je lui ai parlé, mais il m'a considérée par la suite comme si je n'étais qu'un infâme tas de poussière sous ses pieds. Et le repas qu'il nous a fait servir confirme ses sentiments, ce me semble ! Ceci est à peine mangeable ! Offrirais-tu pareille collation à des hôtes ?

— Non, mais je ne suis pas un moine, contraint de nourrir sur ses maigres subsides une compagnie aussi nombreuse que la nôtre, répondit sa sœur.

Ardith considéra avec rancœur la tranche de pain rassis et la fine lamelle de fromage — excellente, au demeurant — qui jouxtaient un gobelet d'hydromel coupé d'eau. Elle aurait gagé que l'abbé avait réservé un autre traitement à Gerard.

— Qui plus est, nous sommes confinées telles des pestiférées dans cette cellule exiguë, que nous n'avons pas le droit de quitter ! renchérit-elle d'un ton virulent. As-tu vu l'expression du frère Zacharie, lorsqu'il est venu quérir Elva pour s'occuper de notre père ? Il était fort clair que *mes services* étaient indésirables ! Pour une raison que j'ignore, l'abbé ne veut pas me voir hanter les couloirs de sa précieuse abbaye !

Bronwyn, qui avait achevé sa frugale portion, brodait tranquillement un carré de soie, assise sur le bord de sa couchette.

— Je n'en suis nullement étonnée, dit-elle. Tu es jeune, non mariée et fort belle, de surcroît. La tentation incarnée.

— Pour des moines ? se récria Ardith, incrédule.

— Crois-tu que les moines ne puissent avoir des pensées luxurieuses ? Ils restent des hommes, sous leur robe. L'abbé ne t'en veut pas personnellement, Ardith ; il tient juste à protéger ses frères du péché.

La jeune femme releva les yeux et sourit à sa sœur.

— A ton insu, tu as offert une vision enchanteresse à ces malheureux, à ton arrivée. Juchée sur ce grand destrier, émergeant à peine du sommeil dans ton nid de fourrure, tu avais tout d'une apparition — et d'une redoutable séductrice, permets-moi de te le dire.

Ardith, aussi furieuse que mortifiée, mordit dans son fromage pour combler un peu le vide grondant de son estomac. Une séductrice, vraiment ! Etait-ce sa faute, si elle avait succombé à la fatigue dans les bras de Gerard aussi aisément qu'un nourrisson repu niché dans ses langes ? Elle avait à peine dormi la nuit précédente, sans parler des heures d'agonie passées dans la litière de Bronwyn !

Cette dernière, qui avait embrouillé son fil, poussa un grognement dépité et lui tendit son cerceau.

— Peux-tu m'aider ?

Ardith se pencha sur le nœud. Il lui parut cent fois plus facile à démêler que ses propres tourments. Le souvenir des baisers de Gerard la mettait à la torture. Elle n'aurait jamais dû le laisser prendre de telles libertés avec elle ! Mais, d'un autre côté, comment aurait-elle pu l'en empêcher ?

La première fois qu'il l'avait embrassée, elle avait été prise de court. Qui eût pu deviner que le jeune baron se permettrait un acte aussi audacieux en plein jour, au beau milieu d'une route, à quelques toises à peine de dizaines de soldats qui pouvaient les voir ?

Il aurait fallu qu'elle le repousse, certes, mais la tempête d'émotions qui l'avait submergée alors l'avait rendue incapable de réagir. Et une fois serrée contre lui, il était trop tard pour qu'elle songeât encore à se défendre : prise d'un délicieux vertige, le cœur en déroute et la tête emplie de mille couleurs irisées, elle n'avait pu que s'abandonner au plaisir qu'il lui prodiguait.

Durant ce baiser, elle avait appartenu à son beau Normand blond comme si les accordailles prévues entre eux de longue date avaient eu lieu, et débouché sur le mariage escompté. Elle avait été transportée par la joie infinie que Gerard faisait éclore en elle, pareille à une fleur merveilleuse trop longtemps gardée sous la paille. Et puis, lorsqu'il s'était écarté, son rêve s'était brisé. Cruellement.

Le désespoir qu'elle en avait éprouvé l'avait mise au bord des larmes. Il n'avait pas eu le temps de lui expliquer ce qu'il attendait d'elle, et sur le moment elle n'y avait pas accordé d'importance. L'irruption de Corwin, l'apparition inattendue d'Elva l'avaient aidée à surmonter son bouleversement intérieur.

Ce répit n'avait pas duré. Lorsque Gerard l'avait contrainte à monter devant lui, la douceur de ses gestes et de ses attentions avaient ravivé dans son cœur bonheur et chagrin. Juste avant de s'endormir, elle avait vaguement senti la caresse de ses lèvres sur son front, entendu les mots qu'il murmurait — l'arrogante affirmation qu'il obtenait toujours ce qu'il désirait. Elle s'en souvenait comme d'un rêve diffus, irréel. Mais le souvenir de cet autre baiser et de son souffle sur sa joue, à son réveil, restait fort présent à son esprit. Jamais, de sa vie, elle n'avait été tirée si agréablement d'un profond sommeil…

Soudain, Bronwyn éclata de rire.

— Oh, Ardith ! Maintenant que j'y réfléchis, je me demande si l'abbé ne veut pas d'abord *te* protéger de ses moines ! M'est avis qu'il doit te croire la chasse gardée de Gerard. Sa maîtresse.

Ardith retint une exclamation offusquée, et faillit lancer le cerceau à sa sœur, dans son courroux.

— Pourquoi penserait-il une chose pareille ?

— Pourquoi ne le penserait-il point ? riposta sa sœur. Rappelle-toi la façon dont tu es arrivée à l'abbaye. N'importe qui eût pu s'y méprendre.

Interloquée, Ardith porta ses mains à son visage pour en cacher la rougeur.

Bronwyn reprit avec un gloussement amusé :

— Ne te mets pas dans cet état. Il n'y a pas de quoi. Sans doute ne reverras-tu jamais l'abbé Cottingham, ma douce. Que te chaut son opinion ?

Puis, brusquement, elle se rembrunit.

— Quel dommage que tu ne puisses appartenir à un homme, Ardith. Tu ferais une si bonne épouse !

— Epargne-moi ta pitié, rétorqua vertement la jeune fille. Ce qui est, est. On n'y peut rien changer.

— Je ne suis pas d'accord avec toi. Non seulement ton sort peut être modifié, mais le plus tôt sera le mieux. Notre père s'est un peu trop vite satisfait à mon gré d'une injustice qui sert à merveille ses intérêts. Après mûre réflexion, je crois avoir trouvé une solution.

— Une solution à quoi ? s'enquit Ardith avec lassitude.

— Au problème de te trouver un mari.

— Bronwyn…

— Ecoute-moi, petite sœur. Ton incapacité à procréer ne constitue pas un obstacle irrémédiable au mariage, ainsi que tu le penses. Certes, nous devons écarter de notre liste les prétendants les plus notables du royaume — ceux qui ont besoin d'engendrer un héritier. Mais il reste les autres !

— Les autres ? répéta Ardith, abasourdie.

— Oui, les autres, confirma Bronwyn.

Elle posa son ouvrage et énuméra sur ses doigts :

— Les veufs qui ont déjà un fils ou deux, qui souhaitent reprendre une épouse pour réchauffer leur couche, jouer le rôle de châtelaine dans leur demeure et élever les enfants de leur premier lit. J'en connais une bonne dizaine qui répondent à cette description. Bien sûr, il faudrait te trouver une dot.

— Je ne serai jamais dotée, Bronwyn, tu le sais parfaitement. Ce qui me prive d'emblée de toute espérance, fait que ces discours sont stupides — et ne me rend pas malheureuse pour autant. Corwin m'a promis que j'aurai toujours ma place à Lenvil. Pourquoi aurais-je besoin de me marier ?

— Corwin peut être sincère dans ses intentions, mais se trouver dans l'impossibilité de tenir sa parole, Ardith. Il devra se marier un jour, lui aussi, et qui te dit que son épouse acceptera cet arrangement ? Qu'elle ne te verra pas comme une rivale, non seulement dans l'affection de notre frère, mais aussi dans sa maison ? Les gens de Lenvil sont si accoutumés à t'obéir et à te servir qu'ils risquent de faire grise mine à une nouvelle maîtresse. Ne vois-tu point les difficultés qui pourraient survenir de tels conflits de loyauté ?

De fait, Ardith imaginait fort bien ce qu'une telle situation aurait de désagréable, tout à coup. Pour elle comme pour Corwin.

— Mais je suis dépourvue de dot ! insista-t-elle.

Bronwyn demeura fermement campée sur ses positions.

— Te souviens-tu comment père a presque ruiné le domaine, de manière à doter convenablement Agnes ? Quels stratagèmes il a trouvé pour permettre à Elizabeth de se marier, en promettant à son beau-père des rentes sur les futurs revenus de Lenvil ? Et lorsque Edith est entrée au couvent, cela n'a pas été sans frais non plus.

Ardith hocha la tête.

— Cela est vrai. En revanche, tu n'as rien reçu. Et tu n'étais que la quatrième fille.

— J'ai eu la chance que Kester me veuille pour moi-même et qu'il n'ait besoin ni d'argent, ni de terres. En eût-il été autrement, père aurait probablement trouvé une solution.

Ardith plissa les paupières.

— Veux-tu dire qu'il parviendrait à me doter au moins un peu, s'il le voulait ?

— Sans doute. Tout homme qui s'intéressera à toi saura de toute façon qu'il ne peut s'attendre à grand-chose, vu ton rang dans notre famille et le fait que Lenvil possède plus de terres que d'argent dans ses coffres. Néanmoins, les prétendants ne te manqueront nullement, j'en suis convaincue. Une fois que tu seras correctement vêtue et exercée aux manières de la cour, je pense même que tu feras tourner maintes nobles têtes. Veux-tu gager que nous devrons écarter des hordes de mâles de notre porte ?

— Bronwyn !

— Crois-tu que je plaisante ? Nenni, ma belle. Tu sous-estimes ta joliesse et ta grâce. Tu offriras, de surcroît, un visage neuf, plein de fraîcheur et d'innocence, dans une cour grouillant de femmes perverses et rouées. Ne te méprends point, petite sœur : tu *seras* recherchée. Nous aurons seulement à veiller au choix de ceux que nous laisserons t'approcher.

— Des veufs nantis d'un héritier et d'une bourse bien garnie ?

— Parfaitement.

Ardith secoua la tête, incrédule. Quel homme voudrait d'une épouse stérile, tout juste bonne à lui apporter quelques miettes ? Cette notion lui semblait absurde, et cependant...

Brusquement, elle mit fin à ses rêveries et revint sur terre. A quoi songeait-elle ? Comment pourrait-elle épouser un inconnu, alors qu'elle éprouvait ce qu'elle éprouvait pour Gerard ? D'un autre côté, réfléchit-elle, les sentiments n'entraient guère dans les considérations des futurs époux. Les contrats de mariage reposaient sur des alliances matérielles. L'affection ne se développait que plus tard entre mari et femme — si elle était destinée à naître un jour.

Elle avait écarté depuis si longtemps l'idée de se marier, que la caresser de nouveau, et sous un angle radicalement différent de ce qu'elle avait toujours envisagé, la désarçonnait.

Jusqu'ici, lorsque ce rêve défendu revenait l'effleurer, elle n'avait jamais imaginé d'autre époux possible que Gerard. Se pouvait-il qu'avec le temps elle puisse un jour s'attacher à un autre homme ? Aller jusqu'à l'aimer ?

Se pouvait-il que les baisers d'un autre que lui, un jour, allument en elle ce feu qui lui embrasait le cœur et le sang, emmêlait ses pensées, ramollissait sa volonté ?

Comment le saurait-elle, puisque le jeune baron résumait à lui seul l'expérience qu'elle avait des hommes ? Avait-elle laissé les puériles fantaisies d'une enfant de douze ans obscurcir son bon sens ?

— Rien ne t'oblige à épouser un homme qui ne te plaira point, reprit gentiment Bronwyn, comme si elle avait deviné ses pensées. Toutefois, si l'un de tes prétendants t'agréait et que père rechignait à te doter, nous pourrions requérir l'argent nécessaire de Gerard.

Cette suggestion arracha un grognement à la jeune fille.

— Jamais, de ma vie.

— Pourquoi pas ? Il est le seigneur de Lenvil. On a déjà vu un suzerain doter la fille d'un de ses vassaux.

L'étincelle malicieuse qui pétillait dans les yeux de sa sœur attisa la méfiance d'Ardith.

— Tu dois reconnaître que notre jeune baron a de l'amitié pour toi, insista Bronwyn. Il t'a fait une grande faveur, aujourd'hui. La plupart des chevaliers frémiraient de dégoût, à l'idée qu'une femme puisse seulement *effleurer* leur précieux destrier. Or, Gerard t'a juchée dessus !

Elle se mit à rire.

— J'aurais voulu que tu voies la mine horrifiée de notre père !

Les gonds de la porte grincèrent, et Elva entra. Ardith fut soulagée de ce divertissement bienvenu.

— Comment se porte père ? s'enquit-elle.

— Comme toujours après une chevauchée trop longue, répondit sa tante. Il est d'une humeur noire et sa jambe le fait souffrir. On eût pu penser qu'à son âge, Harold aurait assez de jugeote pour renoncer à un voyage pareil.

— Elva ! protesta la jeune fille. Vous êtes plus âgée que lui et vous envisagiez de faire ce trajet à pied ! Quel est le plus fou de vous deux, je vous prie ?

— Les signes indiquent que je dois rester près de toi, ma fille, parce que tu auras besoin de moi. Je n'avais d'autre choix que de te suivre.

Un carillon l'interrompit.

— Ah ! Les cloches sonnent complies. Les moines vont se mettre en prière, dit-elle.

Peu après, en effet, un chœur de voix d'hommes s'éleva des profondeurs de l'abbaye. Les psaumes qu'ils psalmodiaient en latin montaient et descendaient dans la pénombre du crépuscule, étrangement envoûtants.

— Réfléchis à ma proposition, chuchota Bronwyn à sa sœur, alors qu'elles s'agenouillaient en se signant. Nous en reparlerons quand nous atteindrons Westminster.

Le troisième jour qui suivit leur départ de Lenvil, le temps cessa de se montrer clément. Ardith pressait sa haquenée à travers les flocons qui tombaient doucement du ciel, aussi légers que du duvet. Il lui importait peu de chevaucher sous la neige, à partir du moment où un vent cinglant ne se mettait pas de la partie.

Depuis qu'elle avait retrouvé sa monture, libérée des sacs que l'appétit des soldats avait vidés, la jeune fille découvrait que ce voyage lui plaisait, en fin de compte. Gerard imprimait au cortège une allure rapide, mais qui n'avait rien d'éprouvant. Corwin se montrait attentif, s'arrêtant à sa hauteur lors de ses allées et venues incessantes. Et quand la route était assez large, Ardith trottait au côté de la litière, ce qui lui permettait de converser un moment avec Bronwyn et Elva.

La plupart du temps, cependant, elle précédait l'attelage, avançant derrière les soldats de Wilmont. Par-dessus leur tête, elle apercevait Gerard et son père qui menaient la colonne.

La folle suggestion de sa sœur n'était jamais très loin de ses pensées, bien qu'elles n'en aient plus reparlé depuis leur nuit à l'abbaye.

Corwin vint la rejoindre.

— Après la halte de midi, tu devras chevaucher en tête, déclara-t-il. Gerard souhaite t'avoir à son côté quand nous traverserons Londres.

— Pourquoi donc ?

— Je n'ai pas discuté ses ordres, mais je présume qu'il a ta sécurité à l'esprit.

— Ma position n'est-elle point assez sûre, encadrée que je suis par deux compagnies d'hommes d'armes ?

— Il a ses raisons, j'en suis certain. Il ne décide jamais rien au hasard.

Après une légère collation, la colonne se reforma pour entreprendre la dernière étape du trajet. Ardith constata que sa jument se trouvait déjà en tête, prête à partir. Gerard l'aida à se mettre en selle.

— Dès que nous aurons franchi les portes de la cité, tenez-vous près de moi, dit-il en enfourchant son destrier.

Le puissant étalon renâcla et piétina le sol, énervé par la présence d'une femelle. Son cavalier le reprit fermement en mains, pressant ses flancs entre ses cuisses musclées.

Au fil de l'après-midi, Ardith s'intéressa aux changements du paysage, qui devenait plus animé. Ils traversèrent plusieurs villages. La route, désormais, était encombrée de gens qui piétinaient dans la boue, se hâtant pour atteindre les portes de Londres avant la tombée de la nuit.

Corwin criait des ordres, incitant les soldats à resserrer les rangs. Pour la première fois depuis le début de leur périple, Gerard se retourna pour regarder en arrière. D'un signe de la main, il commanda à Ardith d'accélérer le pas, afin de se poster à sa hauteur. La jeune fille obéit, plaçant sa haquenée dans l'ombre du grand destrier.

L'épaisse muraille de pierre qui ceignait la cité était aussi haute qu'impressionnante. Lorsqu'ils se furent frayé un chemin entre les lourdes portes de chêne, bardées de fer, Ardith ouvrit de grands yeux, stupéfaite.

Des maisons de bois s'alignaient le long de la rue, des deux côtés, serrées les unes contre les autres en une file ininterrompue. Un bâtiment en pierre émergeait çà et là, plus riche et plus haut que le reste ; il s'agissait souvent de la demeure d'un marchand, avec une échoppe ouverte au rez-de-chaussée.

Les gardes de Wilmont lançaient des avertissements sonores, afin qu'on leur dégage la voie. Si quelqu'un ne s'esquivait pas assez vite à leur gré, ils le poussaient rudement. Ardith n'avait jamais vu tant de monde amassé sur une si faible portion de territoire. Des relents d'égouts, âcres et putrides, se mêlaient aux effluves des boulangeries, des rôtisseries ou des tanneries. Et, surtout, des mendiants grouillaient partout.

La jeune fille garda les yeux rivés devant elle, tandis qu'ils traversaient ce cloaque. Elle aperçut des églises au clocher carré, des édifices qui comportaient trois étages ou plus. Gerard ralentit sa marche lorsqu'ils passèrent devant la cathédrale Saint-Paul et le château de Baynard, pour lui donner le temps d'admirer ces monuments massifs. Puis ils ressortirent par la porte occidentale, laissant Londres derrière eux pour gagner Westminster, et le jeune baron accéléra de nouveau son allure.

Ardith n'avait pas encore digéré tout ce qu'elle venait de voir et d'entendre, qu'ils arrivaient déjà devant le palais. Westminster Hall se dressait, immense et imposant, à l'endroit où la rivière Tyburn se jetait dans la Tamise. Derrière apparaissait l'abbaye. Le château lui-même était bâti sur le côté.

Etourdie par toutes ces nouveautés et par la richesse du décor qui l'entourait, Ardith confia sa jument à un palefrenier, puis chercha Bronwyn des yeux. Kester, d'une manière ou d'une autre, avait déjà été prévenu de leur arrivée. Le jeune gentilhomme, petit de taille mais doté d'un grand cœur, saluait son épouse avec une réserve courtoise qui dissimulait mal la vive affection qu'il lui portait. Celle-ci se lança aussitôt dans un récit plein de fougue, pour lui expliquer les raisons qui avaient conduit si hâtivement sa famille à Westminster.

Ardith, alors, regarda autour d'elle, en quête de l'instigateur de cette fuite empressée. Gerard avait disparu, et Corwin avec lui.

Plus tard dans la soirée, alors qu'elle attendait le souper, la jeune fille se demanda comment tous ces gens pouvaient être aussi indifférents à la splendeur du palais royal. Des nobles drapés dans de riches atours pénétraient dans la grand-salle par des portes que gardaient des sentinelles en livrée, portant les armoiries de la couronne. Des torches et des candélabres ronds, garnis de centaines de bougies, éclairaient de leur lumière vacillante des alcôves garnies de tentures et des piliers de marbre, dont la surface polie reflétait la lueur des flammes. C'était superbe et grandiose.

Une table haute était dressée sur l'estrade qui traversait toute la largeur de la salle, au fond ; elle attendait le roi et les convives de haut rang. Au-dessous, des rangées d'autres tables s'alignaient sur toute la longueur. Ardith prit place sur un banc à l'extrémité la plus éloignée de l'estrade, ainsi que le voulait sa modeste position.

— Ah, te voilà, dit Corwin en surgissant près d'elle. Apprécierais-tu de la compagnie ?

— Oui, fort volontiers, répondit la jeune fille avec soulagement. Bronwyn m'a indiqué que je devais m'asseoir ici, puis elle est allée se placer plus haut avec Kester. Peux-tu rester avec moi pour le repas ?

— Oui, la rassura son jumeau. Qu'as-tu vu du palais, jusqu'ici ?

— Seulement les appartements de Bronwyn et les corridors qui mènent à cette salle. Notre sœur m'a promis de me faire visiter les lieux demain.

— J'eusse aimé le faire moi-même, dit Corwin, si j'en avais eu le temps. Mais le baron doit régler certaines affaires et nous ne serons guère disponibles.

A la mention de Gerard, Ardith tourna les yeux vers la haute table. Il s'y tenait déjà, les bras croisés, parlant à un autre homme noblement vêtu. Une femme, alors, s'approcha de lui et posa une main sur son avant-bras, interrompant la conversation. Elle était éblouissante. Drapée dans un bliaut de soie bleu pâle assorti à son voile, deux longues tresses blondes nattées de rubans bleus reposant sur sa poitrine, elle décocha un sourire éclatant au jeune baron.

De la place où elle se trouvait, Ardith ne pouvait distinguer la couleur de ses yeux, mais elle pouvait voir qu'ils étaient clairs. Ses lèvres, en revanche, étaient si rouges que la jeune fille se demanda si elle utilisait des baies pour en accentuer l'incarnat.

Elle se pencha vers son frère.

— Qui s'entretient avec Gerard ? s'enquit-elle.

— Charles, le comte de Warwick. Il est un solide allié de Wilmont.

— Je parlais de la femme.

— Lady Diane ?

— Si tu dis qu'elle se nomme ainsi. Elle est d'une grande beauté.

— Et aussi riche que belle, crois-moi. C'est la pupille du roi Henry.

Corwin poursuivit les présentations, nommant les convives les plus haut placés. Comtes et barons se mêlaient à des chevaliers et des officiers de la cour. Ardith savait qu'elle ne se souviendrait plus de la moitié des noms, le lendemain, mais elle aurait au moins une idée des rangs, se dit-elle.

— Enfin, le service commence ! annonça le jeune homme d'un ton réjoui. Nous allons manger.

— N'attendons-nous point le roi et la reine ?

Corwin haussa les épaules.

— Le roi doit souper ailleurs, je suppose. Quant à la reine, elle ne réside plus ici. Il y a plusieurs années, déjà, qu'elle s'est retirée à l'abbaye de Romsey et ne paraît que rarement à la cour.

Ardith regarda son père, assis non loin de Bronwyn mais au-dessous d'elle, et se demanda ce qu'il pensait de cette position. Nul doute qu'il n'appréciait guère de céder la préséance à sa fille !

Une longue file de serviteurs portant des plateaux remonta la salle, pour aller servir d'abord les convives de la table haute. Ardith identifia des rôtis de mouton et de sanglier, des poulets, des pigeons et autres volailles, autant de mets qu'elle servait aussi à Lenvil. Les viandes étaient accompagnées de miches de pain bis encore chaudes.

Elle mangea avec appétit, savourant surtout, en dessert, une délicieuse brioche garnie de raisins secs, d'amandes et de fruits confits.

L'assemblée était joyeuse et bruyante, les rires et les éclats de voix résonnaient sous le haut plafond voûté. Au fil du repas, la jeune fille s'était détendue et commençait à apprécier la compagnie de ses voisins. Un jeune homme avenant, Robert de Bath, semblait avoir décidé de l'amuser et elle prenait grand plaisir à sa conversation.

Soudain, une voix grave retentit au-dessus d'elle.

— Corwin, avez-vous terminé ?

Les doigts d'Ardith se crispèrent sur sa timbale, quand elle reconnut Gerard. Ses commensaux se levèrent, ne lui laissant d'autre choix que de se tourner vers le jeune baron.

La tenue qu'il arborait était beaucoup plus sobre que celle de ses égaux, ce qui brouilla les repères qu'elle s'était efforcée d'engranger pour distinguer les différents rangs des nobles.

Sa tunique de drap vert sombre était festonnée de simples galons de cuir, les seuls bijoux qu'il arborait étaient un cercle d'or posé sur ses cheveux lustrés et deux bagues ornées de rubis, finement travaillées mais sans ostentation.

— Oui, messire, répondit Corwin. Puis-je conduire Ardith jusqu'à Bronwyn, avant que nous partions ?

Robert de Bath s'inclina légèrement.

— Je serais heureux de m'acquitter de cette mission, si vous êtes pressé.

Gerard l'étudia avec attention, comme s'il jaugeait sa valeur.

— Si cette gente dame le permet, j'aimerais avoir le plaisir de l'escorter moi-même auprès de sa sœur, déclara-t-il.

Alors qu'Ardith, confondue, ouvrait la bouche pour déclarer qu'elle n'avait nul besoin d'une escorte, il lui tendit sa main, un sourcil levé. Une nouvelle fois, elle n'eut d'autre ressource que d'accepter son offre, sous peine de l'offenser.

Lorsqu'elle posa les doigts sur sa paume, un tressaillement la parcourut tout entière. Il plaça sa main au creux de son coude et la guida à travers la foule.

Les convives s'écartaient devant eux pour leur livrer passage. Ardith ne notait que vaguement la déférence témoignée au jeune baron, tant elle concentrait son attention sur lui. Non seulement il était fort beau, mais il sentait divinement bon, songeait-elle, les nerfs à vif. Baigné et rasé, il était enveloppé d'effluves qui n'avaient plus rien à voir avec les odeurs de cuir et de chevaux auxquelles elle était accoutumée. Ce parfum viril et délicat à la fois faisait palpiter ses narines, elle aurait voulu inspirer profondément pour s'en pénétrer.

Gerard ne s'attarda pas pour converser. Il salua Kester d'un bref signe de tête, puis il tourna les talons et quitta la salle à grands pas, suivi de Corwin.

Bronwyn fronçait les sourcils.

— Tout doux, ma mie, lui dit son époux d'un ton taquin. Vous devez admettre que le tour était habile : les langues vont aller bon train durant une semaine au moins.

— J'applaudirais à cette manœuvre s'il n'avait pas choisi Ardith, répondit la jeune femme.

— Et moi, je doute qu'il ait causé le moindre tort à votre sœur.

L'intéressée croisa les bras d'un geste irrité.

— L'un de vous pourrait-il me dire de quoi vous parlez ?

— De la conduite inhabituelle du baron Gerard, expliqua Bronwyn. Jamais, jusqu'à ce soir, il n'avait offert son bras à une femme devant la cour au grand complet. Il y a dans cette salle maintes dames qui donneraient leur fortune pour être l'objet de son attention.

Ardith se remémora aussitôt la magnifique blonde voilée de bleu pâle qui avait posé une main délicate sur le bras de Gerard. Elle ravala sa jalousie.

— Le baron a agi par simple courtoisie, Bronwyn, dit-elle à sa sœur. Il est descendu dans les rangs les plus bas pour venir quérir Corwin, nullement pour moi.

— Cela se peut, mais il n'empêche que la cour va spéculer avec ardeur sur ses motifs. Beaucoup penseront qu'il a publiquement désavoué lady Diane, dont les avances étaient flagrantes ce soir.

La jeune femme soupira.

— Enfin... Quoi que Gerard ait derrière la tête, nous devons mettre ce moment à profit. Viens, Ardith. Je veux te présenter sir Percival.

8.

L'esprit d'Edward Siefeld vagabondait, tandis que Basil de Northbyre ressassait son déplaisir à propos de l'assassinat manqué.

Mieux valait oublier les événements de Normandie. Edward s'était avisé de son erreur — une embuscade tendue au mauvais homme — à l'instant où le guerrier qu'il visait s'était retourné vers lui pour le combattre. De la bouche de la victime n'était point sorti le terrible cri de guerre pour lequel Gerard de Wilmont était renommé, mais les provocations sinueuses et ampoulées de Richard.

Glaive au clair, le bâtard d'Everart s'était permis de mettre en doute l'ascendance de son assaillant, de dénigrer la taille et l'efficacité de son organe viril, de proclamer la supériorité de Wilmont sur la vermine tout juste bonne à nourrir les poules qui osait s'en prendre à lui. Edward avait perdu deux de ses hommes. D'autres avaient été blessés. Néanmoins, malgré une vigueur aussi farouche qu'enviable, ce demi-sang de Richard n'avait pu résister à l'assaut conjugué de dix mercenaires. Il avait fini par tomber sous les coups de leur chef et ce dernier, bien qu'il se fût trompé de cible, en éprouvait tout de même une certaine satisfaction.

Basil faisait les cent pas entre son lit et une table couverte de rouleaux et de tailles, les comptes du domaine établis par son intendant. Edward doutait que son employeur fût capable de lire et de calculer ; depuis que sa jeune épouse s'était enfuie en Normandie avec leur fils, la pile de parchemins et de plaquettes en souffrance avait considérablement augmenté. Toutefois, à partir du moment où cet ours mal léché payait bien ses sbires pour les missions illicites et souvent sanglantes qu'il leur commandait, Siefeld se souciait peu de savoir comment il s'y prenait.

Northbyre s'immobilisa enfin devant un candélabre éclairé, les mains dans le dos, cachant la lumière des bougies de sa silhouette massive. Oui, songea le mercenaire, il évoquait bien un ours brun trapu et vieilli, mais toujours dangereux. Ses cheveux noirs, mêlés d'argent, étaient moins fournis autour de son visage carré. Sa panse rebondie, qui tendait les riches étoffes de sa tunique, proclamait son amour de la bonne chère et du vin, ainsi que le manque d'exercice physique qui le poussait à engraisser.

Mais, après tout, Basil n'avait nul besoin d'entretenir son agilité et sa souplesse. Disposant d'une garnison pour défendre sa forteresse et de mercenaires à volonté pour se battre à sa place, il ne s'était jamais entraîné sérieusement au maniement des armes.

— Et maintenant, grommela-t-il, le baron Gerard ne se donne même pas le mal de venger ses pertes, ni de renforcer la garde de son château ! C'est un couard.

— Peut-être ne sait-il point qui a tué Richard, ainsi que le chevalier venu nous espionner peu après notre retour, suggéra Edward.

Un rictus acide s'inscrivit sur les lèvres fines du seigneur.

— Oh que si, il le sait ! Il le sait et ne bouge pas. Everart, lui, eût tôt fait de monter une compagnie de chevaliers pour venir me réclamer des comptes ! Mais son fils préfère rester au chaud près de son feu, entre les murs de Wilmont. Une vraie poule mouillée, je vous dis !

Edward ne partageait nullement cet avis. Il avait vu le jeune baron se battre comme un lion, par deux ou trois fois, et n'avait nulle envie de l'affronter, après avoir eu à en découdre avec ce Richard qui lui ressemblait tant.

— Pourquoi Milhurst est-il si important pour vous, messire ? s'enquit-il.

Basil de Northbyre n'avait pas coutume de s'expliquer devant un inférieur. Il resta muet un bon moment, ressassant derechef des griefs qu'un simple mercenaire ne pouvait pas comprendre. Que signifierait, pour un roturier, l'insigne offense faite à sa famille quand un greffier, d'un simple trait de plume, avait transféré la propriété de ce fief de Northbyre à Wilmont ? Voilà comment s'était soldé, pour ses ancêtres, l'établissement de ce fieffé *Domesday Book*, le recueil cadastral rédigé sur l'ordre de Guillaume le Conquérant pour enregistrer la situation de toutes les terres anglaises à la fin du siècle précédent !

Et, par tous les saints du ciel, il avait perdu gros !

Vingt acres de champs et de pâtures, un manoir de belle taille, le village, les paysans, sans parler du reste. Toutes ces richesses appartenaient de droit à Northbyre, depuis toujours. Il lui suffisait de monter sur le rempart nord de sa forteresse pour apercevoir la lisière du domaine qui lui avait été volé. Une large rivière coulait tranquillement à travers prés et forêts, pour arriver à un passage où ses berges se resserraient et provoquaient une chute. A cet endroit avait été installé un moulin à grain, source de revenus considérables.

Sous trois rois successifs, les barons de Northbyre s'étaient battus à coups d'épées et de requêtes pour rentrer en possession de leur bien. Wilmont n'avait jamais rétrocédé le moindre pouce de terrain, les souverains s'étaient entêtés dans ce déni de justice.

Supprimer le nouveau baron, devenu son ennemi juré, lui avait semblé le meilleur moyen d'affaiblir Wilmont. L'échec de Siefeld l'avait mis en rage, mais il reconnaissait à présent que ce meurtre n'était point nécessaire, en fin de compte. Si Gerard refusait de se battre, Milhurst serait aisé à prendre.

Il condescendit enfin à répondre.

— Une année de gains du moulin suffirait à nourrir, vêtir et armer votre bande pendant dix ans. Cette raison vous paraît-elle suffisante ?

Une lueur de convoitise s'alluma dans le regard du mercenaire. Satisfait de son effet, Basil ajouta :

— Après le souper, nous discuterons de la meilleure façon de reconquérir Milhurst.

Gerard referma l'énorme volume du *Domesday Book*. Trois jours durant, Corwin et lui en avaient parcouru les feuillets pour établir deux listes : les terres qui appartenaient à Wilmont, et celles qui appartenaient à Northbyre. Ce qu'il avait toujours su lui était confirmé par le registre du cadastre : Milhurst était un fief légitime de Wilmont.

— Je n'aurais pas cru que Basil possédât tant de terres, observa Corwin en se massant les doigts, après avoir reposé sa plume d'oie.

— Moi non plus, reconnut Gerard.

— Avez-vous tout ce qu'il vous faut, maintenant, pour présenter votre doléance au roi ?

— Je veux savoir, d'abord, si Basil a attaqué Milhurst.

Le jeune écuyer hocha la tête en signe de compréhension.

— Vous pourrez alléguer, alors, qu'il a rompu la paix royale, en plus de cette tentative d'assassinat sur un membre de votre famille.

— C'est ce que j'espère, en effet.

Gerard saupoudra le parchemin de sable, pour en sécher l'encre, puis il le roula.

— Siefeld est la clé de voûte de mon plan, expliqua-t-il. Le choc qu'il éprouvera en revoyant Richard vivant devrait l'ébranler suffisamment pour qu'il passe aux aveux.

— Mais qu'arrivera-t-il si Basil choisit de ne point se présenter à la cour ? Peut-être flairera-t-il un piège ?

— Henry a convoqué tous ses barons pour la Noël, afin qu'ils lui renouvellent leur allégeance. Tout vassal qui n'apparaîtra pas risquera son titre et ses terres. Northbyre sera là, croyez-moi, et Siefeld avec lui. Notre homme ne hasarde pas un pied hors de sa forteresse sans une solide escorte.

Un lent sourire se dessina sur les lèvres de Gerard.

— Toutefois, s'il se faisait porter absent, je requerrais du roi l'honneur de le punir à sa place.

Corwin inclina la tête sur le côté, malicieux.

— Gagerais-je que vous préféreriez cette solution ? Aller débusquer Basil dans son château, au lieu d'attendre la justice royale ?

— Vous n'auriez point tort, accorda le baron.

Son écuyer se mit à rire et s'étira. Puis il redevint grave.

— Si nous en avons fini, messire, je pense que je vais rendre visite à Ardith, afin de savoir ce qui la tourmente.

Son ton soucieux éveilla aussitôt l'inquiétude de Gerard. Ils avaient travaillé d'arrache-pied, ces trois derniers jours, ne s'arrêtant que pour aller souper. Mais tandis que Corwin rejoignait toujours sa sœur jumelle à l'extrémité inférieure des basses tables, il devait se contenter, lui, de l'observer depuis l'estrade.

Et plus le temps passait, plus il aimait ce qu'il voyait, plus il était sûr d'avoir fait le bon choix. Bronwyn avait pris sa sœur en mains. Elle la vêtait de riches étoffes qui accentuaient encore sa beauté naturelle. Ardith, à présent, avait plus l'allure d'une noble héritière que celle d'une fille de hobereau saxon.

Elle témoignait du respect aux personnes de rang plus élevé, sans pour cela se montrer servile dans sa posture ou son expression. Et si la franchise de ses manières pouvait surprendre certains comtes ou barons, ils n'avaient nullement lieu d'en prendre offense ou d'y trouver à redire. Quant à ses égaux, ils se disputaient le plaisir de s'asseoir non loin d'elle. Son doux sourire et son attitude chaleureuse lui attiraient l'amitié comme la magnétite attire le fer.

— Ardith a-t-elle des tracas ? demanda-t-il.

Corwin haussa une épaule.

— Quelque chose semble l'assombrir. Peut-être ne s'agit-il que de la nouveauté des lieux et de la vie à la cour. Elle n'est point accoutumée à rester confinée entre des murs.

Gerard était tout à fait à même de la comprendre.

— Pensez-vous qu'elle apprécierait une chevauchée dans la campagne environnante ?

— Elle en serait probablement ravie.

Le jeune baron espéra aussitôt lui prodiguer cette joie. Ils regagnèrent les appartements réservés à la maison de Wilmont. Lorsqu'ils eurent rangé le fruit de leurs recherches dans un coffre, ils débattirent d'un itinéraire susceptible de plaire à la jeune fille et décidèrent d'aller le lui soumettre. Mais les plans de Gerard s'évanouirent tout net, quand Bronwyn les accueillit en pleurs sur le seuil de sa chambre.

— Oh, Corwin, je suis si heureuse de te voir ici ! s'exclama-t-elle. Et vous aussi, baron Gerard.

— Pourquoi ces larmes ? s'enquit son frère.

— C'est à cause d'Ardith. Il faut que tu la retrouves et nous la ramènes. Elle est fort contrariée et refuse d'entendre raison. Elva s'est lancée à sa poursuite, mais je crains qu'elle ne soit trop rapide pour les vieilles jambes de notre tante.

— Qu'est-il arrivé ?

— Tout vient de sir Percival. J'ai dit à Ardith qu'il comptait lui rendre visite, et qu'il allait certainement parler à père pour envisager des accordailles. Je croyais qu'elle en serait comblée ! Comment pouvais-je deviner qu'elle n'a que dédain pour ce gentilhomme ? Elle s'est enfuie, et maintenant sir Percival est fort courroucé de n'avoir trouvé ni Ardith, ni notre père. Il est reparti en trombe. Sir Baylor va arriver aussi, dans un moment, et je crains qu'il ne soit très fâché à son tour. Oh, Corwin, tout cela est si emmêlé !

Gerard, qui nageait en pleine confusion, l'avait écoutée avec une appréhension grandissante.

— Où est-elle allée, Bronwyn ?

La jeune femme leva les bras au ciel.

— Comment voulez-vous que je le sache ?

— Je vais me mettre à sa recherche. Corwin, restez ici avec Bronwyn, pour le cas où elle reviendrait d'elle-même.

Il s'élança dans les corridors du palais, faisant vaciller les flammes des torches sur son passage. Les serviteurs qu'il croisait se rabattaient prestement sur le côté pour l'éviter, tandis qu'il n'avait qu'une idée en tête : retrouver la jeune friponne qui leur avait faussé compagnie.

Ne la trouvant pas dans la grand-salle, il alla inspecter les cuisines. En vain. Elle n'était pas non plus dans les écuries. Il se rendit alors à la chapelle et la découvrit enfin — mais, à son grand dam, elle n'était pas seule. Percival était là aussi.

Ni l'une, ni l'autre ne l'entendirent entrer. Ils étaient trop absorbés par la poursuite dans laquelle ils étaient engagés.

A la vue de cette scène, Gerard s'accota au chambranle de la porte et croisa les bras avec un sourire amusé. Dieu du ciel, qu'Ardith était belle ! songea-t-il. Les prunelles étincelantes de colère, nimbée de soie vert d'eau du sommet de son voile à la pointe de ses pantoufles, elle lui évoquait une naïade qu'il avait vue représentée sur une enluminure.

Tenant ses jupes à deux mains, elle vira autour d'une statue du Christ et courut se réfugier derrière l'autel de marbre. Percival faillit la rattraper de son bras tendu, mais la manqua. Gerard émit un petit rire railleur.

Ce colosse était peut-être bon à prendre sur un champ de bataille, où il ferraillait comme un beau diable, mais il manquait de grâce et d'agilité. Il était sûrement plus à l'aise son glaive à la main. Lorsqu'il commençait à faire le vide autour de lui, maniant sa lame comme une faux, abattant tous ceux qui se trouvaient à proximité tels des épis de blé, rien ne pouvait l'arrêter — pas même la fin de la bataille. Pris d'une fièvre meurtrière, il n'avait plus de limites et continuait à faucher là où tout fermier sensé aurait posé son outil. Si l'épuisement n'avait pas raison de lui, il fallait qu'un de ses compagnons vienne le mettre à terre d'un solide coup de poing dans la mâchoire pour qu'il recouvre ses esprits. Et encore… Gerard s'y était essayé, une fois : il avait failli y laisser le cou, et en gardait la cicatrice.

Pour l'heure, cependant, ce n'était pas cette folie sanguinaire qui l'habitait — sans quoi Ardith eût été en grand danger. En proie à la concupiscence, Percival n'était qu'un gros nigaud qui avait toutes les peines du monde à se gouverner de façon cohérente.

L'un derrière l'autre, ils firent le tour de l'autel. Puis Ardith, revenue devant, parvint à distancer son poursuivant.

— Tout doux, ma colombe ! lança Percival d'une voix pantelante. Vous ne pourrez m'échapper longtemps. Je veux juste goûter à vos charmes, avant que nous nous mariions !

— Je ne suis point votre colombe ! rétorqua farouchement la jeune fille. Et je ne vous accepterai jamais pour époux, fussiez-vous le dernier homme qui reste en Angleterre !

L'officier ne s'avoua pas vaincu.

— Que m'importe votre avis, ma tourterelle ? C'est l'agrément d'Harold qui compte, pas le vôtre. Vous devriez vous montrer plus aimable avec moi.

— Mon père ne m'obligera pas à épouser un homme dont je ne veux point.

— Voyons, mon ange, laissez-moi vous montrer que nous nous entendrons à merveille, tous les deux.

Il plongea en avant, s'étalant de tout son long sur l'autel pour attraper Ardith qui se trouvait à l'autre bout. Elle poussa un cri d'effroi et recula, son dos heurtant un pilier de marbre. Gerard jugea qu'il était temps d'intervenir.

— Touchez à un cheveu d'Ardith, Percival, et vous perdrez la main coupable ! tonna-t-il, sa voix menaçante résonnant sous les voûtes de la chapelle.

La jeune fille remercia brièvement le ciel de lui avoir envoyé un sauveur.

Percival se laissa glisser à bas de l'autel, les paupières mi-closes.

— Baron Gerard ? En quoi cette affaire vous concerne-t-elle, je vous prie ?

— En tant que suzerain d'Ardith, j'ai mon mot à dire sur l'homme qu'elle épousera. Et je crains que vos chances ne soient fort maigres.

L'officier fronça les sourcils.

— J'ai été conduit à penser autrement. A en croire lady Bronwyn…

Gerard balaya l'objection d'un geste de la main.

— N'en tenez point rigueur à Bronwyn. Elle ignorait que j'ai d'autres projets pour sa sœur.

« D'autres projets ? » Avant qu'Ardith, sidérée, ait pu demander des éclaircissements, Percival repartit à l'assaut.

— Ne pouvons-nous trouver un arrangement, Gerard ? Ma position vaut certainement celle de n'importe quel autre prétendant disponible. En outre, nous ferions de formidables alliés, vous et moi.

La jeune fille, alors, comprit brusquement pourquoi Gerard avait tenu à l'emmener avec lui. Sans doute souhaitait-il conclure une alliance, et se servir d'elle pour la nouer. Horrifiée, elle entreprit de regagner la porte, la tête haute.

Le baron l'arrêta au passage, l'empoignant par un bras.

— Où allez-vous donc, de ce pas ?

Ardith se refusa à le regarder, mais la politesse l'obligeait à répondre.

— Je veux rejoindre les appartements de Bronwyn, messire.

— Pour y recevoir Baylor ?

Les épaules d'Ardith s'affaissèrent.

— C'est bien ce qui me semblait, déclara Gerard. Attendez un instant, que je nous débarrasse de ce gêneur.

La jeune fille n'avait qu'une envie : s'enfuir. Mais Gerard s'arrangeait toujours pour lui donner des ordres auxquels elle ne pouvait se soustraire, en présence d'une tierce personne.

Elle releva enfin les yeux vers lui.

— A votre guise, messire.

Le sourire arrogant qu'il lui dédia prouvait qu'il était satisfait de sa docilité. Il relâcha son bras.

— L'avenir d'Ardith est scellé, Percival, déclara-t-il. D'autres poursuites de votre part seraient malvenues et mettraient ma patience à l'épreuve.

— Je vous entends, Gerard. Toutefois, si vous deviez changer vos plans, je vous saurais gré de vous souvenir de ma demande.

Au vif désarroi d'Ardith, le jeune baron acquiesça d'un signe de tête.

Percival s'inclina.

— Je vous souhaite une bonne journée, ajouta-t-il.

Et il quitta la chapelle.

Gerard plaça une main sur l'épaule d'Ardith. De l'autre, il souleva son menton. Son regard vert était empli d'une douceur soucieuse.

— Vous a-t-il rudoyée ?

— Non, messire.

— Il vous a effrayée, néanmoins. Vous tremblez.

Elle ne démentit pas son assertion. Pour rien au monde elle ne lui eût avoué que c'était le contact de ses doigts, qui causait ce tremblement. Elle dut fournir un effort pour se rappeler qu'il avait l'intention de la donner à un autre homme.

— Ne devrions-nous point nous en retourner, messire ? s'enquit-elle à mi-voix. Bronwyn va s'inquiéter.

Du pouce, il caressa sa pommette. Elle recula d'un pas, et il laissa retomber ses mains qu'il noua dans son dos, la mine sévère.

— Votre sœur n'a point perdu son temps, ce me semble. Combien de prétendants vous a-t-elle trouvés, au juste ?

— Cinq.

— Cinq ? En trois jours ?

La surprise et le déplaisir de Gerard résonnèrent à travers la nef déserte.

— Qui sont-ils ?

Ardith les énuméra, et il l'écouta en arpentant le chœur. L'un de ces hommes était-il celui qu'il avait choisi ? se demanda-t-elle, inquiète. Elle espérait vivement que non

— même si Gaylord lui paraissait acceptable, parce qu'il savait la faire rire.

— Ces partis sont tous fort convenables, observa le baron, bien que chacun de ces hommes ait déjà été marié.

— Bronwyn a accordé grand soin à ce choix.

— L'un d'eux a-t-il déjà sollicité une entrevue d'Harold ?

— Pas que je sache, messire. Notre père n'est pas aisé à trouver, ces jours-ci. Il est si occupé à renouer d'anciennes amitiés que nous le voyons à peine. Nous n'avons pas même eu le loisir de lui demander…

Ardith se mordit la langue, fâchée de s'être laissé entraîner aussi loin.

Gerard s'arrêta et la dévisagea.

— De lui demander quoi, Ardith ?

Elle hésita, consciente des remontrances qu'elle risquait de s'attirer pour leur audace. Elle eût préféré subir ce sermon en compagnie de sa sœur, mais l'attitude du baron exigeait clairement une réponse immédiate.

— Son approbation pour le plan de Bronwyn, avoua-t-elle, et s'il est en mesure de me fournir une petite dot.

Gerard ne bougea pas.

— Ainsi, Bronwyn et vous avez décidé de vous mettre en quête d'un mari sans consulter votre père ? Sans l'aval et les conseils d'un homme ?

— Kester est au courant.

— Kester ! Il accorde par trop de liberté à sa femme. C'est un parfait chevalier, un excellent conseiller de la couronne, mais il est beaucoup trop indulgent avec son épouse !

Sur ces mots, il pivota brusquement et se dirigea à grands pas vers la sortie. Ardith s'empressa de le suivre.

— Des femmes qui se mêlent d'arranger un mariage ! grommela-t-il en secouant la tête avec irritation.

— Pourquoi cela ne se pourrait-il pas ? rétorqua la jeune fille qui courait presque pour rester à sa hauteur. Vous avez admis vous-même que le choix de Bronwyn était judicieux. Il y aurait probablement plus d'unions heureuses, si les femmes en décidaient.

— Des unions heureuses ? Fondées sur des sentiments partagés, voulez-vous dire ? L'affection n'a que faire dans un bon contrat de mariage, Ardith.

Cette dernière s'avisa soudain qu'ils se trouvaient dans une partie du palais où elle n'était encore jamais venue.

— Ce n'est pas le chemin pour se rendre chez Bronwyn ! dit-elle. Où allons-nous ?

— Chez le chausseur. Vous avez besoin d'une paire de bottes neuves.

Ardith ne discuta pas, parce qu'elle n'en eut ni le temps ni la capacité. Lorsqu'ils atteignirent la petite échoppe sombre, sise au fond d'un corridor, elle était hors d'haleine. Gerard la poussa à l'intérieur et lui désigna une escabelle.

Elle s'assit, assaillie par une puissante odeur de peausseries. Toutes sortes de chaussures s'amoncelaient autour d'eux, de lourdes bottes de soldats au cuir éculé à de fins brodequins en chevreau, en passant par de délicates pantoufles de velours et de soie.

Pendant que le chausseur mesurait son pied nu, agenouillé devant elle, Gerard passa en revue une pile de peaux posée sur le comptoir et en tira une, qu'il lui tendit.

— Ceci vous convient-il ?

Ardith tâta la pièce de daim marron clair, douce et souple. Bien qu'elle ne comprît point la raison de cette étrange commande, elle savait qu'il était inutile de protester. En outre, ces bottes seraient plus confortables que toutes celles qu'elle avait eues jusqu'alors.

— A merveille, messire, répondit-elle sincèrement.

L'artisan, qui avait tracé le contour de son pied sur une tablette de cire, à l'aide d'un stylet, se releva et considéra la peau choisie.

— Votre jugement est sûr, messire. Ce daim gardera les pieds de votre dame au chaud et au sec.

Gerard ne le reprit pas sur la nature de leurs relations. Il le suivit jusqu'à son établi, où il lui donna des instructions à voix basse, en faisant des gestes de la main. Le chausseur hocha la tête, puis esquissa un croquis sur une plaque d'ardoise.

— Comme ceci, messire ?

Le baron étudia le dessin et y porta une correction.

— Comme ceci.

— Fort bien, messire. Ces bottes devraient être prêtes demain soir.

— Entendu.

Sans un mot de plus, ni un regard en arrière, Gerard sortit de l'échoppe. La moutarde monta au nez d'Ardith, qui était encore assise. Ce monstre d'arrogance ne s'était même pas assuré qu'elle s'était rechaussée ! Elle avait renfilé sa pantoufle, certes, mais il aurait pu…

— Ardith ! appela-t-il rudement du dehors.

Contenant son courroux, elle remercia le chausseur et prit tout son temps pour rejoindre le tyran blond qui semblait considérer qu'elle était à ses ordres et à son entière merci. Ce qui était le cas, se rappela-t-elle, penaude. Trottant sur ses talons, elle le suivit le long d'autres couloirs inconnus, puis dans un escalier en colimaçon. Il s'arrêta enfin devant une porte, qu'il poussa sans attendre sa compagne. Il pénétra dans une chambre, marcha droit à une table encombrée de parchemins, prit un pichet, emplit une timbale et la vida d'une seule goulée.

Ardith, sur la défensive, referma la porte d'un geste hésitant.

La pièce dans laquelle ils se trouvaient lui plut tout de suite par son confort et sa sobriété. Deux chaises à haut dossier de cuir flanquaient la table. Sur les dalles du sol s'étalait le tapis aux tons vifs qu'elle avait déjà vu dans la tente de Gerard. Un grand réchaud empli de braises rougeoyantes tempérait agréablement l'atmosphère. Sur la droite, un passage cintré conduisait vers d'autres chambres.

— Thomas ! appela le baron.

Le jouvenceau parut sous l'arche arrondie. Il jeta un bref coup d'œil à la jeune fille.

— Messire ?

— Corwin se trouve chez lady Bronwyn. Va le prévenir qu'Ardith est avec moi et qu'elle soupera en ma compagnie. Qu'il vienne nous rejoindre avec Harold lorsqu'ils auront mangé. Et d'ici là, mon garçon, fais-toi discret. Je ne veux pas voir ta frimousse jusqu'à ce que tu nous serves notre repas.

Thomas s'esquiva promptement.

Gerard emplit de nouveau son gobelet, puis en emplit un autre qu'il posa sur la table. Après quoi il se laissa choir sur une chaise, invitant Ardith à se servir.

Le vin était puissant, la chaleur du feu agréable, et cependant la jeune fille ne parvint pas à se détendre. Il fallait d'abord qu'elle ait certaines réponses.

— Vous avez déclaré à sir Percival que mon avenir était scellé, messire. Il me plairait d'entendre vos plans.

— Plus tard. Je veux m'en entretenir en premier lieu avec Harold.

Ardith ne put réprimer une espièglerie.

— Vous avez donc conçu des projets pour moi sans en avertir mon père, vous aussi ?

Il sourit et reposa sa timbale.

— De fait, ma dame. Néanmoins, contrairement à Percival, je n'ai nul besoin de l'approbation d'Harold pour agir selon mes désirs, n'est-ce pas ?

La jeune fille acquiesça en silence, froissée.

— Que faisiez-vous dans la chapelle ? s'enquit alors le baron, tout à trac.

— Je cherchais un endroit paisible, propice à la réflexion et à la prière, répondit Ardith. Je voulais implorer Dieu de m'indiquer la voie à suivre.

— Avez-vous obtenu satisfaction ?

— Non. Percival m'a trop vite rejointe.

— Vous n'auriez point dû vous trouver seule en ce lieu isolé. Si je n'étais arrivé à temps, ce rustre aurait pu vous malmener.

Ardith en était fort consciente.

Soudain, sans explication, Gerard se leva et passa dans la chambre voisine. Il revint aussitôt, portant un coffret richement orné qu'il ouvrit sur la table. Il en sortit une dague si belle qu'elle ressemblait plus à une pièce d'orfèvrerie qu'à une arme.

Des rubis et des émeraudes étincelaient, nichés dans les élégants entrelacs d'argent poli qui en constituaient la poignée. Des runes étaient gravées sur toute la longueur de la lame martelée, dont la pointe d'une extrême finesse paraissait redoutable. Un frisson parcourut Ardith, devant un art aussi parfait destiné à donner la mort.

Le baron plaça la dague sur la table, devant elle.

— C'est l'une des Dents de Lion, n'est-ce pas ? demanda-t-elle à mi-voix, fascinée, en devinant soudain à quoi elle avait affaire.

— Vous avez eu vent de cette paire de poignards ?

— Corwin m'en a parlé, il y a quelques années. Ces armes ont été remises au premier baron de Wilmont par Guillaume le Conquérant.

Elle jeta une œillade au coffret, qui était vide.

— Où se trouve l'autre ? s'enquit-elle.

Gerard glissa une main dans sa botte droite et rabattit une languette de cuir. D'un fourreau dissimulé à l'intérieur, il tira la dague jumelle, qu'il contempla sombrement.

— J'ai porté cette lame sur moi depuis que je suis en âge de tenir une arme, dit-il. Elle a souvent été mon ultime bouclier contre la mort. Je désire que son pendant vous serve aussi bien qu'elle m'a servi.

9.

— Vous ne pouvez me remettre cette dague, messire ! protesta Ardith. La paire fait partie du legs de Wilmont, elle doit rester entière !

— Parce qu'elle me revient au titre de mon héritage, j'ai précisément le droit d'en user à mon gré, répondit Gerard.

— Et si je perdais la moitié que vous voulez me confier ?

— Si le chausseur suit correctement mes instructions, vous n'aurez rien à craindre : ce poignard sera logé aussi sûrement contre votre mollet que le mien l'est dans ce fourreau secret.

Une fois de plus, Ardith croisa les bras, ulcérée.

— Vous eussiez pu vous épargner la dépense, messire. Je n'ai nul besoin d'une arme, ni l'intention d'en porter une sur moi.

— Puisque vous vous accordez la licence de vous déplacer sans escorte, ma dame, je vous ordonne de vous protéger. La prochaine fois que quelqu'un cherchera à vous nuire, vous pourrez vous défendre vous-même.

— Ne réagissez-vous point de manière excessive, messire ? Sir Percival a fait preuve d'une insistance déplacée, certes, mais de là à…

— De manière excessive ? coupa Gerard, furieux. Sans mon intervention, il vous aurait possédée toute crue sur les dalles de la chapelle ! Ne comptait-il point vous démontrer que vous pouviez « vous entendre à merveille » ?

Ardith changea de position, mal à l'aise.

— Il en avait l'intention, certes.

— Et serait parvenu à ses fins, ne vous en déplaise !

— Peut-être suffirait-il que je vous promette... de ne plus m'aventurer seule dans ce palais, messire.

— Ce serait sage, mais deux précautions valent mieux qu'une.

La jeune fille l'implora du regard.

— A quoi me servira-t-il d'avoir une dague, insista-t-elle, si je ne sais la manier ?

— Vous apprendrez. Nous entamerons votre entraînement dès que vous aurez vos bottes, après-demain matin.

Ardith ne connaissait d'homme plus obstiné que lui. Ne voyait-il point quelle répugnance lui inspirait l'idée de porter une arme ? Elle ne pouvait s'imaginer en menacer un adversaire, et moins encore faire couler son sang !

— Messire, se risqua-t-elle à expliquer, j'ai passé ma vie entière à apprendre à soigner des blessures, pas à en infliger. De fait, je préfère chasser une mouche d'une pièce que de l'écraser. Je n'ai pas un tempérament guerrier.

Gerard glissa son poignard dans sa botte et remit l'autre dans le coffret.

— Certaines vermines méritent d'être écrasées, déclara-t-il.

Ardith fixa la dague, résignée à l'inévitable, bien qu'elle ne saisît point les raisons qui poussaient le baron à se montrer si intraitable. Les mains crispées sur les accoudoirs de son fauteuil, il se pencha vers elle, si proche qu'elle en perdit aussitôt toute faculté de raisonner sainement.

— Votre silence vaut-il consentement, ma dame ?

— Vous ne m'en laissez point le choix, messire.

— Cela est vrai. Néanmoins, si cela peut vous apaiser l'esprit, sachez que vous n'aurez probablement jamais à utiliser cette dague pour de bon. Il vous suffira de tirer la Dent de Lion pour que quiconque, de sang noble ou non, sache que vous êtes sous la protection de Wilmont ; de quoi réfléchir à deux fois, avant de s'en prendre à vous.

La jeune fille sonda son regard vert, qui, de nouveau, avait pris la teinte profonde de l'émeraude.

— Vous êtes protégée, Ardith, reprit-il d'une voix rauque. Vous avez mes faveurs, sans doute vous en êtes-vous avisée, maintenant.

Il promena un doigt sur sa joue et l'intensité de cette caresse, pourtant si anodine, coupa le souffle de sa compagne.

— Dites-moi… Parmi les prétendants qui vous courtisent, l'un d'eux a-t-il l'heur de vous séduire ?

La réponse était simple : Ardith avait comparé tous les hommes que Bronwyn lui avait présentés à celui qui se tenait face à elle — de la taille à la couleur de leur chevelure, en passant par le son de leur voix et la sincérité de leur sourire — et aucun, de loin, n'avait approché Gerard. Même Gaylord, son favori, manquait à son goût d'autorité et de prestance. Sans compter qu'elle n'avait pas oublié, à sa vive honte, d'évaluer discrètement la longueur de leurs mains…

— Non, messire, répondit-elle dans un murmure.

Elle perdit totalement la respiration lorsqu'il bâillonna ses lèvres d'un baiser, l'empêchant d'en dire plus. Sa bouche était chaude et douce, éminemment tentatrice dans la délicatesse avec laquelle elle frôlait la chair frémissante d'Ardith — et consumait son âme. Lorsqu'il caressa sa lèvre inférieure de la pointe de sa langue, l'obligeant malgré elle à lui livrer accès à la bordure de ses dents, puis à sa propre langue, elle se sentit défaillir. Gente Marie ! Cet homme savait embrasser une femme !

Le plaisir qu'il lui prodiguait, distillé avec une savante lenteur, tourneboulait les sens de la jeune fille. Alors qu'elle aspirait de tout son être à se fondre en lui, incapable de résister à l'attrait de tant de douceur, il se pencha davantage encore et approfondit son baiser.

Le corps d'Ardith réagit aussitôt. Elle posa ses mains tremblantes sur ses bras, le cœur débordant de trop d'amour pour songer encore à la possibilité de chérir un jour un autre homme que lui. Si elle avait pu nourrir des doutes sur les sentiments qu'elle lui portait depuis cinq ans, ils s'étaient envolés, pareils à des feuilles mortes dispersées au vent d'automne.

Gerard était transporté par la façon dont la jeune fille répondait à sa quête d'intimité. Il était sûr, à présent, qu'aucun de ses rivaux n'avait goûté à cette bouche de velours et de miel. Elle était toute innocence, et toute à lui. Son envie d'explorer à loisir les courbes de sa personne, de se perdre dans ses replis les plus secrets devint irrépressible.

Sans interrompre leur baiser, il l'incita doucement à se lever et la pressa contre lui, s'efforçant de dompter son ardeur. Elle se moulait à la perfection contre son corps musclé, tendre et molle là où il était dur, ses rondeurs exquises complétant à merveille les angles rudes de sa silhouette. Quel bonheur ce serait de s'accoupler avec elle ! songea-t-il, le cœur en joie.

Sa main droite quitta la taille fine d'Ardith, remonta lentement le long de ses côtes, s'arrêta sur le globe d'un sein. Lorsqu'il sentit un minuscule bouton de rose s'ériger sous sa paume, malgré la double épaisseur de son bliaut de soie et de sa cotte de lin, son sang ne fit qu'un tour. Le souffle d'Ardith s'altéra, elle émit un gémissement de plaisir et d'abandon qui enivra son compagnon.

Il allait coucher avec elle ce jour-là, sur-le-champ, décida-t-il. Il ne pouvait plus attendre. Depuis des semaines, il endurait des nuits entières la vision de sa jolie Saxonne allongée dans toute la splendeur de sa nudité parmi ses fourrures, un sourire accueillant sur les lèvres, prête à lui concéder sans l'ombre d'un regret le sang de sa virginité. Un frisson d'impatience le parcourut, et il se promit de l'initier avec le plus de gentillesse possible aux délices uniques qui unissaient un homme et une femme.

Ardith, de son côté, avait la sensation de trépasser. Ses jambes flageolantes ne supportaient plus son poids. Ses bras s'alourdissaient, et elle devait nouer les doigts sur la tunique de Gerard pour conserver un semblant d'équilibre. Son souffle se coinçait dans sa gorge. Une fièvre maligne s'était emparée de toute sa personne, il lui semblait qu'un chaudron bouillonnait au creux de son ventre et répandait son contenu brûlant dans le réseau entier de ses veines.

Elle était prête à rendre l'âme, joyeusement, si son beau baron devait l'accompagner ainsi jusqu'aux portes du paradis. Ou même de l'enfer, songea-t-elle avec une bouffée de remords. Prise de vertige, elle appuya son front contre son épaule massive, lorsqu'il abandonna ses lèvres pour taquiner le lobe de son oreille.

— Bonté divine ! murmura-t-il. Je vous désire comme un fou, Ardith. Donnez-vous à moi, je vous en prie...

Son ton était si suppliant que le cœur de la jeune fille manqua un battement. Elle savait parfaitement ce qu'il lui demandait, et brûlait de le lui accorder. Pourtant, un instant encore, sa raison le disputa à l'ardent désir qui la dévorait, elle aussi.

Etait-il sage de se rendre ?

Gerard ne songeait qu'à apaiser sa concupiscence et à exercer ses droits de suzerain, elle le savait. Espérer autre chose de lui serait folie. Il voulait la posséder le premier avant de la livrer à l'époux qu'il lui avait choisi et elle ne pouvait que s'incliner, conformément aux mœurs en vigueur. Cette coutume lui déplaisait, certes, mais elle se soumettrait à son sort librement, décida-t-elle. Avant d'avoir à subir les transports d'un autre homme, elle connaîtrait au moins la joie d'appartenir à celui qu'elle aimait, et chérirait ce souvenir tout au long de sa vie. Comment pourrait-elle renoncer à l'amer bonheur qu'il lui offrait, à l'unique chance qu'elle aurait jamais de s'unir à lui le plus intimement possible ?

— De bon gré, messire, répondit-elle enfin.

Un sourire de triomphe illumina le beau visage du baron. Il se courba et la souleva dans ses bras, pour la porter prestement dans la chambre seigneuriale.

Pressée contre son torse puissant comme au temps de ses douze ans, les bras noués autour de son cou, Ardith avait la sensation de vivre un rêve. Elle réprima une exclamation de surprise, cependant, en découvrant le lit gigantesque qui dominait la pièce. Il occupait la place de quatre palettes, au moins, et des draperies de velours écarlate l'entouraient de trois côtés, suspendues à des montants aussi épais que de jeunes chênes. Les tentures de devant, retenues par des embrasses tressées d'or, révélaient un épais matelas, recouvert de peaux d'ours et de loups.

— Ne soyez pas effrayée, Ardith, lui chuchota Gerard.

Elle chassa aussitôt l'expression stupéfaite qu'il avait pu prendre à tort pour de l'appréhension.

— Bien des choses m'effraient, messire, mais pas celles que vous vous apprêtez à faire avec moi, répondit-elle. Je n'ai pas peur de vous.

— Gerard ! la corrigea-t-il avec un brin d'irritation. Ici, je n'ai plus rien d'un seigneur. Je ne suis qu'un homme.

Il la déposa à terre, l'embrassa derechef, puis l'abaissa tendrement jusqu'au bord du lit. Ardith eut l'étonnement de s'enfoncer sans bruit dans un doux matelas de plumes, au lieu de heurter de la paille sèche ainsi qu'elle s'y attendait.

Un genou sur le plancher, Gerard lui ôta ses pantoufles qu'il jeta par-dessus son épaule. Puis il releva l'ourlet de ses jupes jusqu'à ses genoux, et défit d'un geste habile les liens qui retenaient ses chausses de linon. Prenant son temps, il fit glisser l'étoffe le long de ses mollets, tout en caressant sa peau nue du bout des doigts. Lorsqu'il eut dénudé la deuxième jambe, Ardith, de nouveau, avait le plus grand mal à respirer.

Il la prit alors par les deux mains, l'obligeant à se remettre debout.

— Je veux défaire votre chevelure, à présent, murmura-t-il d'une voix sourde. Je brûle de la voir déployée autour de vous.

Il la débarrassa de l'arcelet torsadé qui retenait son voile, puis du voile lui-même, et entreprit de dénouer sa longue natte entremêlée d'un ruban vert sombre. Avec un plaisir manifeste, il coula les doigts dans ses mèches couleur de châtaigne et les éparpilla sur ses épaules.

— Vous êtes merveilleuse, chuchota-t-il encore, avant de poser les lèvres au creux de son cou.

Semant des baisers le long de l'artère qui battait follement sous la peau claire d'Ardith, il délaça son corselet. Peu après, il fit passer son bliaut par-dessus sa tête, et s'écarta pour la contempler. Le chainse de lin, d'une extrême finesse, masquait à peine un corps ravissant. Gerard faillit perdre le contrôle de lui-même, mais il s'obligea à dénouer sans hâte le lien qui coulissait autour de l'encolure brodée. Quand les pans de l'étoffe s'écartèrent, révélant des trésors sans prix, il vit les prunelles azurées d'Ardith s'assombrir sous l'effet du trouble qu'elle éprouvait, et il la cueillit dans ses bras.

D'une main, il pressa le bas de ses reins contre son ventre, lui prouvant l'ardeur de son désir. Elle gémit, et chercha à couvrir sa poitrine de ses doigts tremblants lorsqu'il voulut achever de lui ôter sa cotte. Ce geste pudique enchanta le jeune homme, mais il était trop impatient pour endurer longtemps la délicieuse modestie de sa compagne.

— Ne vous cachez point de moi, Ardith, dit-il doucement. Je veux vous voir tout entière.

Elle céda, les joues en feu, et il put enfin rassasier son regard des charmes qu'il n'avait admirés qu'en rêve, jusqu'ici. Ils dépassaient encore ses attentes. Un bref instant, Ardith joignit les mains sur son ventre blanc, dans une ultime tentative pour lui dissimuler le triangle de boucles cuivrées qui ornait la jonction de ses cuisses — et la cicatrice qui le surmontait. Puis elle se ressaisit, son regard bleu vif exprima soudain la résolution la plus adorable et elle écarta les bras, rejetant sa chevelure dans son dos avec une grâce exquise, s'offrant totalement aux yeux de Gerard.

Ce dernier était confondu par tant de beauté, d'harmonie, de vulnérabilité et d'humble vaillance réunies en une seule petite personne. Mais sa fascination ne le cloua pas longtemps sur place : les charmes de cette jolie sirène étaient trop puissants pour qu'il pût résister davantage à leur appel.

Lorsqu'il posa les mains sur les seins d'Ardith, elle en perdit le souffle. Sa chair semblait se gonfler de sève sous les doigts fermes de Gerard, la façon dont ses tétons se roidissaient sous ses caresses l'affolait et la transportait à la fois. Les sensations qu'il allumait en elle étaient si neuves et si plaisantes qu'elle se pressait inconsciemment contre ses mains, les pupilles dilatées par la surprise, cherchant à prolonger et à accroître encore ce plaisir inouï. Mais quand il se pencha sur elle pour pincer une pointe brune entre ses lèvres, elle crut défaillir.

Et elle n'était pas au bout de ses découvertes. Maintenant, c'était sa langue qui décrivait des cercles mouillés sur ses aréoles, lui mettant les nerfs à fleur de peau. Epoustouflée, incapable de supporter davantage cette torture exquise qui la rendait folle, elle enfouit les doigts dans les cheveux de Gerard et l'obligea à relever la tête, pour l'embrasser avec une ardeur à la mesure de son propre emportement.

Il sourit, la souleva de nouveau et la jeta au beau milieu du lit, où elle se nicha dans une peau de loup. De son abri, elle l'observa pendant qu'il se débarrassait de ses bottes et de ses chausses, défaisant les liens de cuir entrecroisés qui les serraient autour de ses jambes. Puis il ôta la chaîne en or qui lui ceignait la taille et empoigna l'ourlet de sa tunique.

Ardith ferma vivement les yeux, provoquant le rire amusé de son compagnon. Elle sentit le matelas s'affaisser sous son poids. Lorsqu'elle se hasarda à rouvrir les paupières, elle le vit tirer sur la cordelière qui retenait les draperies, et ils furent enclos dans un cocon où régnait une pénombre diaprée, teintée de rouge. Il cachait sa virilité, constata-t-elle, un brin vexée d'avoir cédé si vite à la panique. Mais, pour le reste, son grand corps de guerrier lui apparaissait dans toute sa splendeur, et l'idée de l'avoir à elle pour un moment au moins l'emplit d'une profonde émotion.

Il s'allongea près d'elle, et l'enchantement de ses caresses commença.

Gerard passa lentement une main sur son visage, sur son cou, avec une sorte de vénération qui la fit trembler de la tête aux pieds. Puis il glissa les doigts sous la fourrure, qu'il écarta afin de se repaître à son aise de cette chair ferme et nacrée, enrobée d'une peau soyeuse qui la rendait aussi alléchante qu'une pêche d'été. Et qui était plus succulente encore, il le savait déjà.

— Vous êtes merveilleuse, Ardith, murmura-t-il en se jurant que cette beauté éclatante porterait bientôt son nom.

Sa main descendit encore, et suivit la longue ligne blanchâtre qui barrait l'abdomen de la jeune fille.

— Gerard ? appela-t-elle d'une voix altérée.

Il fut sensible à sa gêne.

— C'est la marque de votre combat avec le sanglier, n'est-ce pas ?

— Oui. Elle est hideuse.

— Elle a été noblement gagnée. Vous êtes la seule femme de ma connaissance à arborer un tel trophée, preuve de votre bravoure. Soyez-en fière, ma douce friponne.

Il sema une traînée de baisers sur la cicatrice, d'un bout à l'autre.

Le cœur d'Ardith lui parut sur le point d'éclater, tant sa gratitude était grande. Brièvement, elle se demanda à quoi pensait Elva, quand elle prétendait qu'une femme n'avait qu'à rester allongée sur le dos, immobile, pour subir les assauts de son époux. Pour sa part, elle ne pouvait tenir en place, brûlant d'embrasser Gerard, de l'enlacer et de le caresser à son tour comme il la caressait. Elle promena les mains sur ses épaules, sur son torse, dans son dos, un peu inquiète au début de lui paraître par trop audacieuse, mais les gémissements de plaisir qu'il laissa échapper lui prouvèrent vite qu'il appréciait hautement ses initiatives. Alors elle s'enhardit à le couvrir de baisers, s'attardant elle aussi sur ses cicatrices. Celle qui lui cisaillait les côtes et le flanc droit la fit frémir.

— Vous auriez pu mourir de cette blessure.

— J'ai échappé de peu au trépas.

— A-t-elle été gagnée vaillamment ?

Gerard hésita.

— Je me suis placé devant mon père, à qui ce coup était destiné, avoua-t-il enfin. Dans la folie de la jeunesse, je me croyais invincible. La leçon a porté et m'a enseigné la prudence.

L'épaisse traînée violette descendait jusqu'à son nombril. Quand Ardith posa les lèvres dessus, Gerard tressaillit, et elle sourit du pouvoir qu'elle se découvrait. Elle s'aventura plus bas encore, repoussant la fourrure qui protégeait son ventre, et se redressa brusquement, sidérée par ce qui venait de lui apparaître.

— Oh ! Messire...

Elle déglutit, les yeux ronds, fascinée par la vigueur du membre viril qui se dressait parmi des boucles blondes, triomphal. Elle avait déjà vu des sexes masculins, certes, ceux de petits garçons ou d'hommes qu'elle avait dû soigner. Mais ils étaient au repos. Jamais elle n'aurait pu imaginer que le désir pouvait raidir et distendre à ce point un morceau de chair humaine.

Belinda ne s'était pas trompée, se dit-elle, la gorge nouée. Le jeune baron était parfaitement armé pour labourer un ventre de femme, mais la ribaude avait omis de lui préciser quelle taille devait avoir le champ, pour accueillir un soc pareil !

Gerard lui caressa les cheveux.

— N'ayez pas peur de me toucher, Ardith, chuchota-t-il d'une voix rauque. Vous n'avez à craindre nulle part de moi.

— Gerard, je...

— La Création a bien fait les choses, ajouta-t-il en souriant à demi. Ce phénomène peut vous impressionner, mais il n'est destiné qu'à permettre notre union. Caressez-moi, pour vous y accoutumer.

Le membre frémit, quand elle se décida à le saisir entre ses doigts tremblants. La peau en était chaude et aussi douce que du satin. De fait, Ardith se trouva vite apprivoisée, et constata que cette démarche accroissait son propre désir. Alors qu'elle approchait son autre main, afin de mesurer pleinement ce que Gerard lui destinait, il s'écarta brusquement et la rabattit sur le dos.

Il brûlait de posséder sur-le-champ sa délicieuse compagne, dont les gestes hésitants lui embrasaient le sang, mais il savait qu'il devait la préparer à le recevoir. Il était si pressé de se couler en elle, toutefois, que ses baisers se firent plus ardents, ses caresses plus téméraires. Ardith vibrait sous ses doigts, les reins arqués pour s'offrir à ses lèvres et apaiser enfin le tumulte qu'il déchaînait sous sa peau. Elle ne s'appartenait plus, s'accrochait à lui, gémissait son nom pour lui réclamer la délivrance qu'elle espérait — tout en souhaitant que cette magie fantastique ne s'arrête jamais.

Concilier des désirs aussi contradictoires lui semblait impossible et la mettait hors d'elle. Elle était prête à tout accepter de Gerard, même l'invasion des parties les plus intimes de sa personne, n'éprouvant nulle honte tant le plaisir qui la submergeait était immense. Cela devait finir, pensait-elle, sans quoi elle en deviendrait folle !

Ses seins, son ventre étaient enflammés par les baisers qu'il lui prodiguait à foison. Ses mains se jouaient d'elle d'une façon experte, attisant un incendie au creux de ses cuisses. Le moment n'était-il point venu d'éteindre cet embrasement de tous ses sens ? Lui seul pouvait le faire, elle le savait, en comblant le puits de désir qu'il avait ouvert en elle.

— Gerard ! supplia-t-elle. Venez ! J'ai besoin de vous !

Il releva la tête pour la regarder.

— Mon entrée en vous risque d'être douloureuse, la prévint-il avec une note de regret.

— Je n'ignore point que vous devez rompre mon hymen, mais le plus tôt sera le mieux. Faites, de grâce !

Gerard l'embrassa avec passion, puis il s'allongea sur elle, au bord de la félicité la plus vive qu'il pouvait imaginer. Lentement, il pénétra en elle, transporté par la douceur brûlante dont elle l'enveloppait. Il marqua une pause, et se décida enfin à porter le coup fatal. Fortement, promptement.

Ardith poussa un cri, qu'il étouffa sous un baiser. Elle plantait ses ongles dans son dos.

— Tout doux, mon ange. La douleur va refluer, lui chuchota-t-il à l'oreille. Cramponnez-vous à moi, et ensemble nous allons gagner le paradis.

Elle se détendit, apaisée par cette promesse, et découvrit bientôt qu'il n'avait pas menti. Leurs deux corps en fusion se mêlèrent dans le creuset d'un plaisir si indicible qu'ils ne faisaient plus qu'un, unis dans une danse enfiévrée qui les entraînait de plus en plus loin de la terre. Des vagues de volupté soulevaient Ardith, la submergeaient tout entière, et cette tempête finit par culminer dans un tel éclat de lumière qu'un cri d'extase lui échappa. Gerard l'avait bel et bien conduite au paradis.

Il accompagna son émerveillement, transporté par les spasmes de plaisir qui la secouaient et par le bonheur infini de déverser en elle sa semence. Ardith le comblait au-delà de ses espérances, charnellement et dans tous les autres domaines. Le cœur cognant contre ses côtes, hors d'haleine, il se redressa pour couvrir de baisers son beau visage altéré par la divine jouissance qu'ils venaient de partager. Puis il roula sur le flanc, l'entraînant avec lui, et elle se blottit au creux de son épaule avec une mine de chatte repue, avant de bâiller largement.

Gerard remonta les fourrures sur eux, et scruta avec adoration le regard embrumé qu'elle fixait sur lui. Elle sourit, posa une main sur sa joue et l'attira à elle pour lui donner un baiser.

— Vous aviez raison, murmura-t-elle.

— Bien sûr ! acquiesça-t-il, sans savoir au juste à quoi elle se référait, parmi tout ce qu'il avait dit et fait depuis une heure. J'ai toujours raison.

Ardith rit doucement.

— Votre arrogance est horripilante, parfois, mais elle sied à ce que vous êtes, Gerard de Wilmont.

Elle bâilla derechef.

— Les accouplements sont-ils toujours aussi fatigants ?

Gerard écarta les longues mèches moites collées à sa joue.

— Seulement lorsqu'ils sont fort réussis, ma douce.

Les paupières d'Ardith papillonnèrent.

— Allons-nous bien ensemble, messire ? reprit-elle d'une voix ensommeillée.

— Oh, oui. Plus que bien, délicieuse friponne. Nous nous accordons parfaitement.

Rassurée par ces paroles, la jeune femme s'endormit, un sourire sur les lèvres. Gerard l'enveloppa d'un bras et elle se nicha plus étroitement contre lui, une jambe entre ses cuisses.

Le jeune baron joua un moment avec ses cheveux, empli d'un contentement qu'il n'avait jamais éprouvé. Il se sentait en paix, de corps comme d'esprit, une nouveauté pour lui. Aucune maîtresse, aucune fille de rencontre ne lui avait procuré un tel sentiment de plénitude. Seule Ardith y était parvenue, avec l'ardeur et l'innocence de son abandon. Mais c'était peut-être aussi parce qu'il éprouvait pour elle…

Il se ressaisit brusquement. La perfection de leur étreinte avait dû lui troubler la raison, se fustigea-t-il. Il avait de l'affection pour elle, de la tendresse, pas davantage. Et s'il l'avait convoitée avec une telle impatience, comme il n'avait jamais convoité une autre femme, c'était seulement parce qu'il comptait l'épouser, et voulait savoir s'ils s'entendraient au lit.

Contrairement à ses précédentes expériences — la mère de Daymon exceptée —, il ne s'était pas retiré d'elle ainsi qu'il le faisait toujours, pour ne pas semer derrière lui une horde de bâtards. Il avait souhaité, de toute son âme, rester enfoui dans sa chaleur jusqu'à la dernière saccade de plaisir, et même après. Mais cette faiblesse n'avait nullement de quoi le tourmenter : ils se marieraient bientôt, et le plus vite elle serait grosse, le mieux ce serait.

Il caressa le dos nu d'Ardith, effleura son front lisse d'un baiser. Puis, souriant, il imagina les mille et une façons dont il lui permettrait d'exprimer sa joie, lorsqu'il lui apprendrait qu'il avait décidé de l'épouser.

Ardith se blottit plus profondément dans son nid de duvet et de fourrure. Elle n'avait nulle envie de s'éveiller, mais le bourdonnement des voix de Gerard et de Thomas, dans la pièce voisine, l'avait tirée de son sommeil. Puis une porte se referma, et le silence revint.

Sa couche était imprégnée de l'odeur chaude de Gerard, des effluves entêtants de leur accouplement. Inondée d'un délicieux contentement, elle se redressa sur un coude.

En la quittant, son beau et tendre Normand avait rattaché les draperies sur les côtés du lit. Par l'ouverture, elle aperçut un croissant de lune qui brillait au travers d'une haute croisée et des chandelles déjà à moitié consumées. Elle avait dormi loin dans la soirée ! constata-t-elle, stupéfaite.

Gerard revint alors, les yeux battus, pieds et torse nus, de simples braies de toile moulant ses hanches et ses cuisses telle une seconde peau. Le cœur d'Ardith se serra, mais elle écarta vite la pensée qu'elle ne le reverrait sans doute plus jamais ainsi, magnifique, las des ébats qu'ils avaient partagés.

Elle aurait dû éprouver de la honte ou de la gêne, elle le savait, à s'être donnée avec tant de plaisir à un homme qui n'était pas son époux. Pourtant, elle ne pouvait en ressentir ni remords, ni regrets. Elle avait connu le bonheur d'appartenir à celui qu'elle aimait, et si c'était à refaire, elle recommencerait avec la même joie.

Un sourire satisfait flotta sur les lèvres de Gerard, tandis qu'il se baissait pour ramasser son chainse et son bliaut qui gisaient sur le plancher.

— J'espérais vous trouver endormie, dit-il en s'affalant sur le matelas, pour avoir le plaisir de vous éveiller. Puisque vous m'avez privé de cette douce surprise, vous me devez un gage : un baiser pour chaque pièce d'habillement que vous voudrez reprendre.

— Et si je ne souhaite point me vêtir ? rétorqua Ardith.

— Dans ce cas, friponne, je vous volerai quand même ces baisers. Mais votre souper refroidira, et quand Harold et Corwin arriveront…

— Doux Jésus ! l'interrompit Ardith affolée. J'avais oublié.

Elle tendit la main vers son chainse, mais il le mit hors de sa portée.

— Mon baiser d'abord.

Ardith tenta, vainement, de s'en tirer en posant rapidement les lèvres sur sa joue. Il l'obligea à une reddition complète, l'embrassant longuement et tendrement.

— Nous ne serons jamais prêts à temps, si vous continuez ainsi ! protesta-t-elle, le souffle court.

Gerard gloussa et lui livra ses habits. Puis il se leva, alla ouvrir un coffre et lui lança un grand carré de linge blanc.

— Tenez, dit-il, avant de lui tourner le dos pour préserver sa pudeur.

Ardith essuya en rougissant les traces qui prouvaient qu'elle était devenue femme. Après quoi, en chambrière émérite, son amant l'aida à s'habiller et à se coiffer. Elle fut heureuse, néanmoins, de pouvoir se couvrir la tête de son voile, afin de cacher les torsades irrégulières de sa natte. A chaque étape de sa toilette, Gerard lui volait un baiser, et plus le nombre augmentait, plus ils devenaient ardents.

Elle réussit pourtant à l'écarter, et ils rejoignirent enfin la première chambre pour y prendre leur souper.

Alors que le jeune baron se restaurait avec appétit, Ardith triturait nerveusement les morceaux de viande posés sur son tranchoir, n'en portant que fort peu à sa bouche.

— Cette nourriture n'est-elle point à votre goût ? finit par demander Gerard.

— Si fait. Elle est délicieuse.

— Pourquoi ne mangez-vous pas, alors ?

Parce qu'elle savait qu'une fois cette collation achevée, ce serait la fin du moment unique et merveilleux qu'elle avait passé avec lui, répondit Ardith dans le silence de son cœur. Corwin relaterait à leur père les manigances de Bronwyn, Harold serait furieux, et sa vie changerait à tout jamais.

Dans moins d'une heure, Gerard nommerait son futur époux et la donnerait à un autre homme.

10.

— Or ça, petite ! J'ai eu vent de ton effronterie, déclara Harold en se carrant sur la chaise que sa fille venait de lui céder. Je te croyais plus de jugeote, mais il me faut reconnaître mon erreur. J'ai pris ma décision : je t'envoie au couvent. Veuillez pardonner à cette jeune écervelée les contrariétés qu'elle a pu vous causer, messire.

Ardith frémit.

— Ardith n'ira point chez les nonnes, Harold, rétorqua Gerard. Bronwyn et elle n'auraient certes pas dû tramer des projets de mariage sans votre permission. Toutefois, nul mal n'a été fait.

— Nul mal ? se rebiffa le père offensé. Nous ne pouvons tolérer qu'une telle impertinence reste impunie, messire ! Imaginez le désastre, si d'autres femmes se mettaient en tête de choisir leur époux ! Où irions-nous ?

Il en frissonna d'horreur.

— Je partage votre avis sur ce point, accorda son suzerain. Sachez, cependant, que j'ai déjà décidé de l'avenir d'Ardith et qu'elle ne pourra répondre à mes attentes enfermée dans un couvent. Quant aux contrariétés que vous évoquiez, n'en ayez cure : de fait, je trouve la compagnie de votre fille fort… plaisante.

Les joues d'Ardith s'empourprèrent. Elle sentait le regard acéré de Corwin fixé sur elle, mais se refusait à tourner les yeux vers lui.

— Auriez-vous l'intention d'en faire votre maîtresse ? s'enquit Harold.

— Père ! se récria l'intéressée.

Gerard sourit.

— Non point. J'ai l'intention d'en faire mon épouse.

Devant les réactions suscitées par cette déclaration, son sourire s'évanouit. Les mains nouées dans le dos, Corwin fronçait les sourcils, l'air lugubre. Harold appuya les siennes sur ses genoux et secoua la tête, incrédule. Des larmes embuèrent les beaux yeux bleus d'Ardith, dont la lèvre inférieure tremblait.

— Oh, non ! Oh, Gerard…, murmura-t-elle.

Elle pivota sur elle-même et plaqua ses doigts sur son visage.

La confusion du jeune baron se changea en courroux.

— Que signifient ces mines ? explosa-t-il. Je viens d'offrir le mariage à Ardith ! A vous voir, on jurerait que je l'ai condamnée à être fouettée !

Harold releva les yeux et se racla la gorge.

— Le baron Everart, jadis, l'avait demandée pour vous, messire. A mon vif regret, j'avais dû refuser.

— Vous avez refusé la proposition de mon père ? répéta Gerard stupéfait. Pourquoi donc, grands dieux ?

— J'y étais contraint, répondit Harold avec un haussement d'épaules. Il ne vous en a rien dit ?

Le jeune homme fit signe que non. Un nœud d'angoisse se formait dans ses entrailles.

Harold inspira profondément.

— Everart souhaitait, par un mariage, renforcer les liens entre Lenvil et Wilmont, expliqua-t-il. J'avais d'autres filles à lui offrir, à l'époque, mais c'était Ardith qu'il voulait. A l'entendre, elle était celle qui conviendrait le mieux à votre caractère, et il m'avait prié d'y réfléchir pendant qu'il solliciterait l'agrément du roi. Le roi donna son consentement, bien qu'à son avis vous eussiez pu viser plus haut. C'était aussi le mien, que j'avais exprimé au baron.

— Vous avez refusé parce que vous jugiez Ardith indigne de moi ?

Harold secoua de nouveau la tête.

— Non. Si j'ai refusé, c'est parce qu'un sanglier lui a ouvert le ventre avant que je puisse accepter, et lui a saccagé l'intérieur. Mettez-vous à ma place, messire : comment aurais-je pu vous donner une épouse gâtée ?

Gâtée ! Ce mot, terrible, se ficha tel un poignard dans les tripes de Gerard.

— Gâtée, répéta-t-il à voix haute, s'efforçant encore d'en dénier le sens.

— La petite est stérile, messire. Il vous faut un héritier, Ardith ne peut vous le fournir.

Gerard se remémora les tendres baisers qu'il avait posés sur la cicatrice qui couturait le ventre frémissant d'Ardith, en rendant hommage à sa bravoure.

Les doigts glacés de la défaite lui enserrèrent le cœur. Il en éprouva une souffrance indicible. Jusqu'alors, il s'était toujours refusé à plier devant les obstacles qui pouvaient surgir en travers de son chemin, convaincu qu'il était de trouver un moyen de les contourner. Toujours. Mais ni sa fortune, ni son influence, ni la force de son glaive ne pouvaient rendre son intégrité à Ardith.

Par Lucifer, jura-t-il en lui-même, il lui était impossible d'épouser une femme stérile ! Il ne pouvait épouser Ardith.

— En êtes-vous certain ? insista-t-il malgré tout, dans son fol espoir d'échapper encore à l'inéluctable.

— Ma sœur Elva a beau être insupportable, avec ses marmonnements, ses mauvais augures et tout le reste, elle est bonne guérisseuse, messire. Je n'ai nulle raison de douter de son jugement.

— Moi, j'en doute, intervint doucement Corwin.

Ardith se tourna vers lui, essuyant ses larmes. Elle n'était pas une pleureuse, mais la proposition de Gerard lui avait lacéré le cœur, et les explications de son père avaient ravivé la douleur de sa blessure. Elle avait cru Elva sur parole, alors, et pensait qu'il en était de même pour ses proches. La révélation de son frère la déconcertait grandement.

Leur père soupira.

— Aurais-tu des talents de sage-femme, fils ? Que connais-tu des entrailles féminines ?

— Rien de plus qu'un autre homme, je suppose, répondit Corwin en se détournant du feu. Mais je connais Ardith. Je la connais comme moi-même.

— Encore ces sornettes de jumeaux ?

— Appelez cela comme il vous plaît, père. Il n'en reste pas moins qu'Ardith et moi savons ce que nous éprouvons.

Il traversa la pièce et posa les mains sur les épaules de sa sœur. Elle scruta son regard bleu vif, capable de lire jusqu'au fin fond de son âme.

— Te rappelles-tu la fois où je suis tombé de l'arbre ? questionna-t-il.

— Bien sûr. Tu avais grimpé dans le chêne, une branche a cédé et tu as chuté d'une belle hauteur. Mais en quoi…

Corwin la secoua.

— Contente-toi de répondre à mes questions. Qu'as-tu fait, alors ?

— J’ai couru au manoir, pour quérir l’aide de deux hommes d’armes. Je me souviens de les avoir suivis en leur criant de te ménager, parce que…

— Parce que tu savais, sans m’avoir touché ni interrogé, que je m’étais cassé le bras, acheva le jeune homme à sa place.

— Balivernes ! commenta Harold.

Corwin l’ignora.

— Qui m’a sauvé de la noyade en criant comme une harpie, depuis la maison, le jour où j’étais tombé dans la rivière ? poursuivit-il. Qui est arrivée en courant à travers bois, me tirant de ma mortelle torpeur par des hurlements ?

Ardith n’avait pas oublié cet incident, ni la façon dont elle avait perçu à distance la panique qui paralysait son frère et l’empêchait de respirer.

— Qui, encore, a gardé mon secret le plus honteux durant toutes ces années ? insista-t-il d’une voix douce.

— Non, Corwin, murmura Ardith.

Elle posa une main sur son torse, l’implorant de ne point révéler sa culpabilité devant Harold et Gerard. Jamais, depuis sa blessure, ils n’avaient reparlé de ce qui s’était réellement passé ce jour-là.

— Expliquez-vous, Corwin, dit Gerard.

Le jeune homme s’écarta et se redressa.

— Ardith et moi sommes unis par un lien mystérieux, messire. Que notre père l’accepte ou non, ce lien existe. Elva, dans notre enfance, nous a enjoints de ne point le révéler, sous peine d’être accusés de sorcellerie. Pourtant, je vous en fais le serment, c’est bel et bien la vérité. Si Ardith savait que je m’étais cassé le bras, c’était parce qu’elle avait ressenti cette cassure ; si elle avait deviné que j’étais sur le point de me noyer, c’était parce qu’elle avait perçu mon désarroi, à distance.

Gerard les observa tour à tour.

— Ce lien dont vous parlez est-il valide dans les deux sens, en permanence ? Savez-vous toujours ce que l'autre fait ou ressent ?

Corwin secoua la tête.

— Ce n'est pas constant. Bien que nous puissions aisément lire dans le cœur de l'autre lorsque nous sommes ensemble, la distance atténue notre pouvoir. Néanmoins, si l'un de nous était en danger de mort n'importe où dans le monde, je pense que l'autre le saurait.

Harold frappa la table de sa paume.

— Ce pouvoir dont tu parles n'est qu'un conte de bonne femme et ne concerne en rien l'infirmité de ta sœur ! tonna-t-il.

— Si fait, riposta Corwin en faisant face à Gerard. En cas de grand danger ou d'intense douleur pour notre jumeau, nous sommes avertis. Tout comme Ardith a senti mon bras se rompre, j'ai senti sa souffrance, quand la défense du sanglier lui a ouvert le ventre. Sans cela, je serais resté cloué sur place, terrorisé, et nous serions probablement morts tous les deux. C'est ce qui m'unissait à elle qui nous a sauvés.

Il parut vivement soulagé par son aveu. Gerard ne manifesta nulle réaction, mais les traits d'Harold se tordirent sous l'effet de la fureur.

— Que nous chantes-tu là ? Tu es mon fils ! Tu n'as pu céder…

— J'étais glacé de terreur, père, coupa le jeune homme. Incapable de faire le moindre mouvement. C'est par ma faute qu'Ardith a été blessée et a failli mourir. L'eussiez-vous regrettée ? Eussiez-vous versé une seule larme sur son trépas ?

— Corwin, tais-toi, je t'en prie ! le supplia Ardith.

Pour rien au monde elle ne voulait une querelle entre son père et son frère, en plus de tout le reste. Et Gerard ne semblait pas le souhaiter non plus. Il s'adressa de nouveau à son écuyer.

— En quoi ce lien vous éclaire-t-il sur… l'état présent de votre sœur ? s'enquit-il.

Corwin passa une main dans ses cheveux bruns.

— J'y viens. Quand mon bras a été cassé, Elva a redressé les os et les a fixés entre des attelles dont je me suis vite lassé. Un jour, j'ai décidé de les ôter. Ardith m'en a dissuadé. Elle m'a déclaré, en frottant son propre bras, que le mien n'était pas guéri.

Le baron plissa les paupières.

— Avez-vous ressenti la même chose à propos de sa blessure ? Avez-vous deviné, un jour, qu'elle était guérie ?

— Pas exactement, messire. De fait, cela n'est point simple à expliquer, et encore moins à comprendre. Ce que j'ai perçu, alors, c'est qu'Ardith a failli mourir non de sa blessure ni du sang qu'elle avait perdu en abondance, mais de la fièvre qui s'était emparée d'elle. Par la suite, sur les champs de bataille, j'ai vu moult soldats survivre à des plaies bien plus profondes que la sienne, et s'en remettre complètement. A commencer par vous-même. Vos muscles ne se sont-ils point réparés, alors que vous aviez été quasiment transpercé par une épée ? Ce constat, et le lien qui m'unit à ma sœur, me poussent à croire qu'Ardith s'est réparée de la sorte, elle aussi. J'ai la conviction qu'elle est redevenue entière, comme neuve.

Ardith se mordilla la lèvre inférieure, profondément troublée. Son frère pouvait-il avoir raison ? De fait, comparée à la terrible balafre qui marquait les côtes de Gerard, sa cicatrice lui paraissait presque bénigne, tout à coup.

— Pourquoi n'en avez-vous rien dit à personne avant ce soir, si votre certitude est aussi grande ? demanda Gerard.

Corwin haussa les épaules.

— Qui m'eût écouté ? Elva se serait gaussée de moi. Mon père n'aurait rien voulu entendre.

Il jeta une œillade à Harold, qui bouillait sur sa chaise.

— La seule qui eût pu me croire, c'est Ardith. Mais à quoi aurait pu lui servir une révélation aussi tardive, sinon à attiser ses regrets ? Cela ne m'a point paru nécessaire tant qu'elle était à Lenvil et satisfaite de son sort, selon ses dires. Maintenant, toutefois, les choses sont différentes. Je vous en implore, messire : si vous ne pouvez prendre le risque de l'épouser vous-même, permettez-lui au moins d'épouser l'un des hommes que Bronwyn a choisis pour elle.

— Pourquoi ces derniers consentiraient-ils un tel sacrifice ?

— Bronwyn a limité son choix à des gentilshommes qui ont déjà un héritier, et qui n'ont nul besoin d'argent. Au pire, messire, autorisez ma sœur à regagner Lenvil, si elle le désire. Mais, de grâce, ne laissez point mon père l'enterrer dans un couvent !

On frappa à la porte. Thomas entra, suivi par deux servantes, sentit aussitôt la tension qui régnait dans la pièce et s'apprêta à ressortir sur-le-champ.

— Nous reviendrons plus tard, messire.

— Non, dit Gerard. Ces filles peuvent débarrasser la table.

Tandis que les servantes s'activaient, le jouvenceau tira un rouleau de sa tunique et le tendit à son maître.

— Un messager vient d'arriver de Wilmont, messire.

Le baron rompit le cachet de cire et déroula le parchemin. Il le lut, impassible, puis le transmit à Corwin, qui le déchiffra à son tour.

— Vous aviez raison, messire. Que décidez-vous ?

— Descendez et renvoyez le messager à Wilmont pour dire à Stephen qu'il est temps d'amener le moine à la cour. Quand vous reviendrez, nous solliciterons une audience du roi.

Corwin hésita, jetant un coup d'œil à Ardith.

— Vous avez ma parole, déclara Gerard.

Le sens de ces mots échappa à Ardith, mais son frère, visiblement rassuré, quitta la chambre en trombe. Les servantes s'éclipsèrent peu après.

Gerard, d'un geste las, passa une main sur sa nuque. Il se trouvait à portée de bras de la jeune femme, qui eût aimé le réconforter d'un simple contact, mais elle n'était pas certaine qu'il le souhaitât.

— Vous pouvez disposer, Harold, dit-il.

Son vassal se leva.

— Puis-je vous rappeler, messire, que vous ne pouvez mettre l'avenir de Wilmont en péril sur la foi d'un jeunet par trop attaché à sa jumelle ? Je n'ai jamais cru à ce prétendu lien et je vous engage à ne point y croire non plus.

— Bonne nuit, Harold.

Ce dernier décocha un regard furieux à sa fille, s'inclina et quitta la pièce avec raideur.

D'un signe, le baron congédia également Thomas qui disparut dans la chambre voisine, le laissant seul avec Ardith.

Il se mit à faire les cent pas.

— Vous êtes restée bien silencieuse, Ardith.

— Je n'ai point été priée de parler.

— Ce qui, d'ordinaire, ne vous retient nullement d'exprimer votre opinion, ce me semble.

Gerard s'immobilisa face à elle.

— Dites-moi : ce lien dont parle Corwin est-il une réalité ? Vous permet-il vraiment d'être alertée si votre frère est blessé ou se trouve en grand péril ?

La jeune femme inspira longuement. Elle aussi se souvenait fort bien des mises en garde d'Elva.

— Lorsque nous sommes à proximité l'un de l'autre, oui, reconnut-elle.

Gerard saisit son visage entre ses mains et l'obligea à le lever vers lui. A sa gravité, elle devina la question qu'il allait lui poser et des larmes affluèrent de nouveau à ses paupières. Elle avait plus pleuré ce soir-là qu'en une année entière, songea-t-elle, écrasée par les regrets.

— Se pourrait-il donc que Corwin ait raison ? Que vous soyez… intacte ?

Un tel espoir brillait dans ses yeux verts qu'Ardith eût tout donné pour ne point le décevoir. Elle se devait cependant d'être honnête.

— Je l'ignore, répondit-elle. Les hommes et les femmes ne sont point faits de la même façon, il ne s'agit là ni d'un bras, ni d'une jambe. J'aimerais y croire tout autant que vous, mais je vous mentirais si j'affirmais qu'il m'a convaincue.

Le regard de Gerard s'attrista. Toutefois, il ne perdit pas sa douceur.

— Dites-moi encore : si vous aviez le choix, préféreriez-vous épouser un autre homme, ou retourner chez vous ?

— Vous m'épargneriez donc le couvent ? demanda Ardith, la gorge nouée.

Un sourire frémit au coin des lèvres de son compagnon.

— Je songe surtout à épargner aux bonnes sœurs la vivacité de votre langue et votre forte tête.

— Alors je préférerais rejoindre Lenvil, si mon père m'y autorise.

Il l'attira à lui, l'enveloppant d'une étreinte si chaude et si tendre qu'elle se sentit fondre entre ses bras.

— Et si vous deviez choisir entre Lenvil ou vous marier avec moi ?

Le cœur d'Ardith se serra d'une joie douloureuse, à laquelle elle n'osait croire. Pourtant, il n'aurait pas la cruauté de lui faire miroiter cette hypothèse par simple jeu, elle en était certaine. S'il l'acceptait encore maintenant qu'il savait tout d'elle, comment pouvait-il douter de sa réponse ?

— Rien ne me rendrait plus fière que d'être votre épouse, messire. A la condition que Corwin ait vu juste et que je sois digne d'un tel honneur.

Gerard l'étreignit plus fortement encore.

— Je veux y croire, Ardith. Avant que nous puissions trancher cette question, cependant, mon principal souci est Harold. Il est assez courroucé, je le crains, pour vous soustraire à moi et vous envoyer chez les nonnes dans les plus brefs délais.

Ardith fronça les sourcils.

— Mon père est peut-être autoritaire, Gerard, mais il a suffisamment de bon sens pour ne point s'opposer à vous, si vous lui ordonnez de se désister.

— La fureur peut l'égarer jusque-là et je ne tiens pas à courir ce risque, trancha le baron.

Il s'écarta légèrement, tout en gardant la jeune femme dans le cercle de ses bras.

— Thomas !

Son serviteur surgit aussitôt sous l'arcade.

— Rends-toi chez lady Bronwyn, salue-la pour moi et prie-la de rassembler les affaires d'Ardith dans un coffre qui sera porté ici sur l'heure. Fais vite !

La jeune femme se mordit nerveusement la lèvre, tandis que le jouvenceau ouvrait déjà la porte pour sortir.

— Comptez-vous discuter ma décision ? s'enquit Gerard.

Muette, elle fit signe que non.

Quand Thomas revint peu après, il était suivi de deux hommes qui portaient le coffre requis — mais aussi de Kester, de Bronwyn et d'Elva.

— Si vous êtes venus plaider pour la libération d'Ardith..., commença Gerard.

Kester l'interrompit d'un geste.

— Non, baron Gerard. Vu le courroux d'Harold, il nous paraît sensé de tenir Ardith loin de lui. Bronwyn et Elva ne sont là que pour aider ma jeune belle-sœur à s'installer.

— Et vous ?

— J'escorte ces dames.

Quelque chose, dans l'intonation de Kester, alarma pourtant Gerard. Dès que les trois femmes furent passées dans la chambre du fond, il lui indiqua un siège.

— Harold vous a-t-il tout dit ?

— Dans sa fureur, il ne nous a épargné aucun détail. Je crains que le palais tout entier ne soit informé dans l'heure de ce qui se passe.

— J'aurais dû le contraindre au silence.

Kester haussa les épaules d'un geste éloquent.

— Calme-t-on un taureau furieux par des ordres ? Mon beau-père n'est point ma préoccupation immédiate, cependant. Bronwyn se tourmente pour sa sœur.

— Votre épouse est fort portée à se mêler des affaires d'autrui, ce me semble.

Le gentilhomme sourit.

— C'est sa nature généreuse qui l'y pousse. Et, dans le cas présent, je ne puis lui donner tort.

Il redevint grave.

— Bronwyn, autant que possible, souhaite protéger Ardith des rumeurs qui ne manqueront de se répandre. Si vous n'avez jamais jugé bon de vous soucier des intrigues de la cour, jusqu'ici, je vous engage vivement à en tenir compte, aujourd'hui.

Baissant la voix, il se pencha en avant.

— Ardith s'est acquis de nombreuses amitiés qui vont subitement lui faire défaut, après ce soir. Ce revirement lui sera pénible.

Gerard en convint sans peine. La sensibilité de la jeune femme aurait sûrement à souffrir des ragots malveillants qu'elle essuierait, mais nul ne pouvait empêcher les langues de se délier. En outre, ceux qui l'accuseraient bassement d'être devenue sa maîtresse ne se tromperaient point, dans l'immédiat. Il s'efforcerait de la protéger de son mieux, de l'entourer d'affection et de remédier le plus rapidement possible à cette situation, se promit-il.

— Je veillerai à amortir les coups.

Kester eut l'air sceptique.

— Certes. Nous aimerions néanmoins quêter une faveur de votre part, baron. Ardith aura besoin du soutien amical d'une confidente, pour surmonter cette épreuve. Nous vous prions de bien vouloir autoriser Elva à demeurer auprès d'elle.

Gerard se crispa visiblement.

— Elva n'est point la plus plaisante des femmes, concéda le jeune gentilhomme. Mais elle est une parente d'Ardith, et animée des meilleures intentions à son égard. De fait, elle m'a supplié d'intervenir pour que vous la laissiez s'occuper de sa nièce. Elle promet de ne vous causer aucun trouble, ni de s'élever contre votre arrangement.

Le baron grommela, contrarié. Dans l'intérêt d'Ardith, cependant, il s'inclina — de mauvaise grâce.

— Qu'elle soit prévenue : si j'entends *un* mot de reproche de sa part, si je surprends *une* expression réprobatrice sur son visage, je la jetterai en pâture aux poissons de la Tamise.

— Merci.

Kester se leva, un bref sourire de gratitude sur les lèvres. Il n'en avait pas terminé.

— Il est un autre point sur lequel nous voudrions vous alerter. L'une de nos servantes a confié à Bronwyn que la chambrière de lady Diane posait moult questions au sujet d'Ardith.

Gerard fronça les sourcils.

— Pourquoi cela ?

— Je crains que vous ne soyez l'un des élus.

— De qui, grands dieux ?

Kester secoua la tête, l'air incrédule.

— Se peut-il que vous ne vous doutiez de rien ? Vous devez être le seul noble de haut rang, je le jure, à ne point prêter attention à Diane de Varley. Non seulement elle est fort belle, mais elle est fort riche et fort courtisée.

— Elle est également dotée d'une langue aussi tranchante que le fil de mon épée, et rusée comme une renarde.

— Ce que la plupart de ses admirateurs ignoreront volontiers, s'ils ont l'heur de pouvoir prétendre à sa main.

— Henry s'est-il donc décidé à la marier ?

— Il l'a autorisée à lui soumettre le nom de ceux qu'il lui plairait d'épouser. Et vous savez combien le roi est indulgent à son égard. Si vous figurez parmi ses favoris, elle verra sûrement Ardith comme une rivale — d'autant plus que vous lui avez opposé une rebuffade sévère, l'autre soir.

— Je n'ai pas ouvertement repoussé Diane, que je sache.

— Non, mais vous lui avez ouvertement préféré Ardith, ce qu'elle n'est pas près d'oublier. Pour ce seul fait, elle est capable de vouloir vous gagner, afin de démontrer sa supériorité. Diane a déjà agi par dépit, Gerard. Maintes fois. Si elle jette son dévolu sur vous, elle ne laissera pas la fille d'un hobereau saxon se mettre sur son chemin.

— Voilà qui va m'obliger à lui éclaircir mes sentiments.

— Vous avez tout intérêt à le faire avant qu'elle ne soumette votre nom à Henry, car il serait ravi de son choix. Le roi, je le sais, vous verrait mieux que tout autre à la tête de l'immense domaine qu'elle possède en Normandie.

— Si vous avez besoin de quoi que ce soit, ma dame, il vous suffira de demander.

— Merci, Thomas, répondit Ardith.

— Une carafe de vin et une bassine d'eau claire me sembleraient les bienvenues, intervint Elva. Ma nièce souhaitera sans doute se rafraîchir.

Le jouvenceau consulta la jeune femme du regard.

— Cela me serait agréable, certes, mais je ne voudrais point vous déranger, déclara-t-elle.

— Nullement, ma dame.

Sur ces mots, Thomas fit sortir les porteurs.

— A t'entendre, on croirait que tu as déjà oublié comment mener les serviteurs, se gaussa Bronwyn.

Ardith se tourna vers sa sœur qui avait pris ses aises et trônait sur le bord du lit. Un lit au matelas de plumes qui ressemblait à celui de Gerard, en un peu plus petit, et qui dominait la chambre du fond, ceint de rideaux vert émeraude.

— Thomas n'est pas à mon service, rétorqua-t-elle. Je n'ai nul droit de lui donner des ordres.

— M'est avis que Gerard t'a octroyé certaines privautés, en t'installant chez lui.

Bronwyn parcourut la pièce du regard.

— Je n'ai jamais aimé cette chambre. Lady Ursula l'a emplie d'une telle austérité ! Et elle sent le renfermé. Je peux même flairer son odeur.

Ardith se dirigea vers l'étroite croisée dont elle ouvrit les vantaux, malgré la fraîcheur de l'air hivernal.

— La mère de Gerard a-t-elle dormi ici dernièrement ? s'enquit-elle.

— En tant que châtelaine de Wilmont, Ursula peut se réclamer de cette chambre chaque fois qu'elle vient à la cour. Ces appartements sont réservés à sa famille depuis l'époque où le premier baron servait Guillaume le Conquérant. Même en leur absence, nul autre qu'eux n'a le droit de les utiliser, le palais fût-il plein à craquer.

— Lady Ursula est-elle attendue ?

— Non. Depuis son veuvage elle reste chez elle, prétendument pour pleurer Everart. Je doute fort de la véracité de cette histoire, mais qui peut savoir ? Cette femme ne s'est jamais montrée liante.

— Ursula a ses raisons, murmura Elva.

Elle se dirigea vers l'encoignure de la fenêtre, près de laquelle plusieurs statuettes de saints, un livre de prières et un crucifix étaient disposés sur une table basse. Un prie-dieu se dressait à côté.

— J'ignorais que vous la connaissiez, observa Ardith, surprise.

— J'étais à Wilmont lorsqu'elle a épousé Everart.

Elva désigna le crucifix.

— J'ai eu grand pitié de cette malheureuse jouvencelle, mais je n'ai rien pu faire pour elle, hormis prier. J'avais mes propres tracas.

C'était la première fois qu'elle mentionnait son séjour à Wilmont, où, jeune fille, elle avait été retenue comme otage saxonne par le grand-père de Gerard — un chevalier normand qui avait reçu ce fief de Guillaume *le Bâtard*, comme elle surnommait en privé le conquérant de l'Angleterre. Elle y avait subi de terribles épreuves dont elle n'avait jamais parlé non plus, mais qui avaient attisé sa haine farouche envers les Normands.

Avant qu'Ardith ait pu la questionner, Bronwyn souffla avec mépris.

— Le seul tracas d'Ursula, c'est sa religion, à laquelle elle s'adonne avec une aigreur maladive. Elle est incapable d'éprouver la moindre joie.

— Qui pourrait éprouver de la joie, riposta Elva, sous le pouce d'un Wilmont ?

Bronwyn agita un index réprobateur dans sa direction.

— Vous avez promis, ma tante ! Si Kester parvient à convaincre Gerard de vous accepter auprès d'Ardith, vous devez tenir votre langue.

Depuis que le jeune baron était reparu à Lenvil, la sœur d'Harold multipliait les mises en garde à son encontre, à croire qu'il était le diable en personne. Leur arrivée à Westminster n'y avait rien changé.

Ardith jeta une brève œillade vers la porte qui menait à la chambre de son bien-aimé. Vu les circonstances, avoir sa tante à demeure ne serait pas une sinécure...

— Pourquoi vous imposer pareille épreuve, vous qui détestez si fort les Normands ? s'enquit-elle.

— Je te supplie de te montrer souple, Ardith, répondit Elva avec ferveur. L'épreuve qui t'attend sera difficile, tu auras grand besoin du secours d'une personne aimante.

— Kester et moi partageons cet avis, renchérit Bronwyn. La présence de notre tante aidera peut-être à calmer les ragots auxquels cette situation t'expose.

Ardith se massa le front, soucieuse. En acceptant de s'installer dans les appartements de Wilmont, elle avait accepté bien davantage que de se soustraire au courroux de son père, elle le savait. Apparemment, sa tante et sa sœur ne seraient pas les seules à le soupçonner.

— Je doute fort que Gerard y donne son assentiment, objecta-t-elle.

Comme s'il répondait à ses pensées, le jeune baron pénétra dans la chambre. Il parcourut la pièce des yeux, puis se tourna vers Elva.

— Kester m'informe que vous souhaitez vous occuper d'Ardith, déclara-t-il d'un ton menaçant. Je vous y autorise, à une condition.

La jeune femme, surprise de cette déclaration, sentit sa tante se raidir et se prépara à une riposte acerbe.

— Ardith n'aura nullement à souffrir sous ma garde, reprit sèchement Gerard. Si vous tentez de la convaincre du contraire, par des paroles ou par des actes, je vous bannirai de ces appartements et vous renverrai à la vindicte d'Harold. Les supplications seront inutiles, vous n'aurez pas de seconde chance. Au premier froncement de sourcil, au premier mot de réprobation, votre sort sera scellé. Est-ce clair ?

Au grand étonnement d'Ardith, Elva esquissa une révérence et répondit posément :

— Vous avez ma parole, messire.

Le baron, alors, lui désigna la porte. Bien qu'elle ne bougeât pas, dans un premier temps, un signe de Bronwyn l'incita à obéir et elle sortit sans protester avec sa nièce, qui referma l'huis de chêne derrière elles.

Ardith s'avisa qu'elle était restée bouche bée quand Gerard, d'un doigt sous son menton, lui remit la mâchoire en place.

— Je n'en reviens pas, confessa-t-elle.

— Je crains fort que cette docilité ne dure guère, commenta le jeune homme avec froideur. Toutefois, tant qu'Elva respectera mes conditions, elle pourra rester.

Il caressa la joue de la jeune femme, les yeux rivés sur son visage, et son ton s'adoucit.

— Je dois m'absenter un moment pour aller voir le roi. Vous manquerai-je ?

Ardith eut un rire léger.

— Je doute que vous soyez absent assez longtemps pour cela. En outre, Bronwyn et Elva me tiendront compagnie, pendant que je rangerai cette chambre.

Gerard laissa retomber sa main et regarda autour de lui avec dégoût.

— Libre à vous d'en modifier l'apparence comme il vous siéra. Dieu m'est témoin que je ne me plaindrai point d'un changement !

Sur ces mots, il tourna les talons et disparut.

Ardith soupira, heureuse de la permission qu'il venait de lui donner. D'abord, se dit-elle, elle ferait disparaître les objets pieux d'Ursula. Sa relation avec Gerard enfreignait les lois de l'Eglise, et ils lui rappelleraient par trop son péché.

Bronwyn et Elva revinrent alors avec du vin et de l'eau chaude.

— Tiens, mon enfant, bois, dit Elva en lui tendant une timbale. Ce vin t'apaisera.

Ardith absorba le breuvage sans y prêter attention, concentrée qu'elle était sur ses projets.

— Je gage qu'Ursula serait la première à me vouer au néant si elle me voyait là, observa-t-elle.

— Ne te tourmente point pour la mère de Gerard, dit Bronwyn. Il se soucie fort peu d'elle et tu auras d'autres chats à fouetter, crois-moi. Certains t'estimeront honorée par ta nouvelle position, d'autres iront simplement de leurs spéculations. Mais il y aura aussi ceux qui te jugeront durement et te censureront. Tu devras tous les ignorer.

— L'oserai-je ? murmura la jeune femme.

— Pour la paix de ton esprit, sœurette, mieux vaut que tu apprennes à fermer tes oreilles.

11.

Corwin à son côté, Gerard se tenait devant le roi Henry, lequel, confortablement installé dans un grand fauteuil presque aussi imposant qu'un trône, recevait les doléances de ses sujets dans la chambre à coucher royale.

Kester était debout derrière le souverain. Appuyé contre un montant du lit, Charles, comte de Warwick, fronçait les sourcils. Le jeune baron n'était nullement gêné par la présence des deux gentilshommes, convoqués pour être témoins de la procédure. Il les respectait et avait pleine confiance en eux. Ni l'un, ni l'autre ne soufflerait mot de ce qu'il entendrait ce soir-là.

Bien qu'Henry Ier d'Angleterre, avachi dans son siège, donnât toute l'apparence de l'ennui le plus profond, Gerard n'était pas dupe : au fond de ses prunelles, une étincelle de courroux avait jailli quand il avait appris dans toute son étendue la félonie de Basil de Northbyre.

Et, de fait, Henry Beauclerc était furieux — mais point à cause des offenses subies par le baron de Wilmont. Son intelligence acérée lui permettait de tirer les fils les plus fins d'un amas de cordes grossières. Sans que Gerard ait eu à l'en avertir, il savait parfaitement que l'audace et l'irrespect de Basil pouvaient menacer la stabilité du trône.

Pour l'heure, parce qu'il voulait exercer sa justice de façon équitable, en traitant nobles et paysans de la même manière, il était en bisbille avec la plupart des barons normands. Et si le peuple d'Angleterre le portait dans son cœur, les barons, eux, profiteraient de la moindre faille dans l'édifice monarchique pour fomenter une rébellion, il n'en doutait nullement.

Il changea légèrement de position, contrarié. Néanmoins, quand il prit la parole, sa voix ne trahit aucune émotion.

— Nous remercions notre vassal d'avoir porté ces méfaits à l'attention royale, déclara-t-il. Nous comptons sur la prochaine arrivée de Basil de Northbyre à la cour pour statuer dans les règles sur ces accusations.

— Si je puis me permettre, Sire, je m'assurerais volontiers par moi-même de la comparution de mon adversaire, suggéra Gerard.

Un coin de la bouche royale se releva avec ironie.

— Nous jugeons que notre convocation en est une garantie suffisante, Gerard. Avez-vous fait quérir votre témoin ?

Le jeune homme ravala son désappointement.

— Si sa santé s'est convenablement restaurée, Richard devrait arriver d'un jour à l'autre, Sire. Avec votre permission, j'aimerais le faire chevalier, car, à mon sens, il en mérite l'honneur autant que la récompense.

En signe d'étonnement, Henry haussa un sourcil.

— Vous envisagez de donner des terres à votre demi-frère ? De quelle portion de Wilmont êtes-vous prêt à vous séparer, je vous prie ?

Gerard sourit et présenta le rouleau de parchemin qu'il tenait à la main, la liste des possessions de Basil en Angleterre.

— Il n'est point dans mon intention de démembrer Wilmont, Sire. Je me fie à la générosité de mon roi, lorsqu'il m'accordera le dédommagement qui m'est dû.

Le roi se redressa, prit le document et le parcourut rapidement. Gerard espérait recevoir la moitié de ces terres, sachant qu'Henry souhaiterait sans nul doute garder le reste.

Sa lecture achevée, ce dernier roula le parchemin et mit fin d'un ordre bref à la partie solennelle de l'audience.

— Maintenant, Gerard, parlez-moi d'Ardith de Lenvil. J'ai ouï dire que vous l'avez prise sous votre protection.

Le jeune homme sourit à demi du terme choisi, bien que ce brusque changement de sujet ait de quoi l'inquiéter.

— Ardith de Lenvil ? intervint alors le comte de Warwick. N'est-ce point la jouvencelle à qui votre père comptait vous engager, il y a de cela quelques années ?

Gerard le regarda, fort surpris.

— Mon père vous a parlé de ces accordailles ?

Charles gloussa.

— Oh, que oui ! A entendre Everart, on eût pu le croire épris lui-même de cette petite Saxonne. Il décrivait Ardith comme ayant un visage d'ange, un tempérament de faucon et une âme aussi bien trempée que celle d'un chevalier. Des compliments fort peu communs pour une fille, certes, mais dans sa ferveur Everart estimait qu'elle vous serait un parfait complément. L'échec de ses projets lui a causé une vive déception.

— A juste titre, marmonna Corwin.

Gerard partageait amplement cet avis. Néanmoins, se défiant encore des desseins du roi, il tança son écuyer du regard.

Henry se pencha en avant.

— Kester m'a informé de ce qui s'est dit aujourd'hui. Cette Ardith n'a ni terres, ni dot à vous apporter. Une sage-femme l'a déclarée stérile. Pourquoi songeriez-vous encore à l'épouser ?

— Mon père ne s'était point trompé sur elle, Sire. Ardith est belle, tenace et volontaire. Elle sait fort bien mener une maison. Et pour ce qui est de sa stérilité supposée, il est permis de mettre en doute le jugement de la sage-femme.

Gerard acheva son plaidoyer par un argument susceptible d'amadouer le souverain.

— Enfin, elle est saxonne, et nous savons tous deux combien vous prisez les mariages aptes à unifier votre peuple.

Henry était si convaincu de ce fait qu'il avait lui-même donné l'exemple en épousant une princesse saxonne, au grand dam des nobles normands et pour le plus vif plaisir des gens du commun.

Si la reine Matilda s'était retirée à l'abbaye de Romsey, ce n'était point par froideur à l'égard de son époux, mais parce que le fiel des courtisans lui était insupportable. Et, en dépit de cette séparation, Henry lui conservait toute sa place dans ses affections, Gerard le savait.

L'expression du roi s'adoucit, même si la façon dont il frappait son genou du rouleau de parchemin trahissait un certain agacement.

— J'applaudis à votre raisonnement, Gerard, mais j'espérais vous récompenser autrement, dit-il. Vous n'ignorez point qu'il faut un époux à ma pupille, lady Diane. Je serais fort heureux de mettre les terres de Varley, en Normandie, entre les mains d'un baron puissant et loyal.

Gerard dissimula de son mieux la crispation qui lui nouait les entrailles. Cette récompense royale était un honneur, certes, mais elle lui déplaisait grandement. Avoir Diane de Varley pour épouse ? Par Lucifer ! Il pouvait à peine souffrir cette femme.

Il jeta un coup d'œil à Kester, qui arborait un sourire éloquent.

Henry reprit d'un ton songeur :

— Je puis comprendre, cependant, que ma proposition ne vous apparaisse point comme une faveur. Et vous dites que la stérilité d'Ardith n'est pas absolument certaine ?

— Oui, Sire, répondit le jeune homme.

Le roi quitta son fauteuil, arrangea les plis de sa robe et proclama :

— Alors, nous décrétons le baron Gerard de Wilmont, Notre loyal et valeureux vassal, engagé à Ardith de Lenvil pour la durée d'une année. Si, durant ce délai, la dame se révèle fertile, ils pourront se marier. En revanche, si elle n'est point grosse à la fin de ladite période, nous déclarerons la nullité de ces accordailles. Le promis devra épouser Diane de Varley et accepter la charge du domaine que cette dernière possède en Normandie. Que dites-vous de cela, baron ?

Gerard était abasourdi. Il protesta néanmoins :

— Qu'en est-il de lady Diane, Sire ? Ne lui avez-vous point accordé la liberté de se marier à son gré ?

— Elle ne lui est nullement retirée, car c'est vous qu'elle a choisi en premier lieu, avec notre assentiment. Ma pupille se pliera à notre décision, Gerard. Et vous-même ?

Gerard émit la seule réponse possible.

— Je rends grâce à votre générosité, Sire.

Le roi fit signe à Kester.

— Faites rédiger les documents qui conviennent. Warwick servira de témoin.

Gerard ne perçut que vaguement la réponse des deux conseillers royaux. Car ce qu'il entendait déjà, dans sa tête, c'était une douce voix féminine qui accueillait ce décret avec une vive joie, et l'incitait à entamer sur-le-champ la délicieuse tâche de devenir père.

Lorsqu'il quitta la chambre avec Corwin, ce dernier lui décocha un petit sourire hésitant.

— Je suis heureux que la mission d'informer Ardith vous incombe, messire. M'est avis que ma sœur aura des objections à formuler.

La vision qui enchantait Gerard se dissipa aussitôt. Oui, admit-il sombrement, il était probable qu'Ardith regimberait à ce projet. Car la coutume d'accorder deux futurs époux, de les mettre au lit et de les marier une fois la conception établie était chose admise... chez les serfs et les vilains. Pas ailleurs.

Assis face à Ardith dans la première chambre de ses appartements, Gerard observait les réactions qui se succédaient sur le visage de la jeune femme, tandis qu'il lui exposait les termes du décret royal. Lorsqu'elle arbora enfin une expression pensive, sans souffler mot, il se détendit et s'appuya à son dossier, prenant son silence pour une acceptation.

Mais ce silence se prolongea par trop à son goût.

— N'avez-vous rien à dire, Ardith ? s'enquit-il finalement.

— Je pèse mes choix, messire.

Le jeune baron plissa les paupières.

— Lesquels ?

— Eh bien... Je pourrais obéir à mon père et m'enfermer dans un couvent, ainsi qu'il le souhaite. Ou retourner à Lenvil, attendre que son courroux s'apaise et reprendre l'existence que nous menions auparavant. Ou encore... épouser Gaylord, conclut-elle dans un soupir.

— Gaylord !

— De tous mes prétendants possibles, il est le seul à me faire rire.

Pourquoi l'excluait-elle de ses « choix », sacrebleu ? Gerard domina sa colère et se pencha vers elle.

— Le couvent ne vous conviendra pas, objecta-t-il. Vous n'êtes point faite pour une vie de prière, vous y seriez fort malheureuse. Retourner à Lenvil me semble tout aussi périlleux. M'est avis qu'Harold n'oubliera pas de sitôt l'effronterie à laquelle vous a poussée Bronwyn, et vous le fera chèrement payer. Quant à Gaylord, ne vous en déplaise, il ira porter ses attentions ailleurs, dès qu'il aura vent du décret.

— Je le crains, en effet.

Ardith redevint pensive.

— Peut-être pourrais-je aller vivre chez une de mes sœurs. Agnes, par exemple.

Gerard résista à l'envie de l'empoigner par-dessus la table et de la secouer. Il croisa les bras.

— Et notre engagement ? Comment en emplirons-nous les conditions, si nous ne sommes ensemble ?

La jeune femme montra une surprise sincère.

— Vous n'envisagez sûrement pas de jouer cette farce ?

Et comment !

— Ne m'avez-vous point dit que vous seriez fière et honorée de devenir mon épouse ? Les accordailles ne sont-elles point le prélude au mariage ?

— Certes ! convint Ardith d'un ton vif. Mais nous savons tous les deux qu'il n'y aura nul mariage. Ce décret fera de moi votre ribaude pendant une année, rien de plus.

— Voyons, Ardith. En tant que ma promise, nul n'osera vous traiter de ribaude.

— Peut-être pas de front, messire, mais vous ne pouvez dominer les pensées d'autrui. Qu'importera que les gens m'appellent « ma dame », si par-derrière leurs mains ils chuchotent « vile gueuse » ?

— Vous saviez bien, cependant, qu'en vous installant chez moi vous partageriez ma couche ?

Ardith détourna les yeux.

— Oui, murmura-t-elle. Et je pensais que durant une semaine ou deux, avant de rentrer à Lenvil, je saurais faire la sourde oreille aux ragots. Mais durant un an…

— Un engagement est un lien aussi fort qu'un mariage, Ardith. Il proclame que vous êtes mienne, m'accorde les droits d'un époux en plus de ceux de suzerain. Qui peut trouver à y redire ?

Un regard d'azur, embué de larmes retenues, rencontra fermement le sien.

— Il se peut que nous ne commettions point de mal aux yeux des hommes, mais ce sera péché selon le jugement de Dieu et de l'Eglise. Le clergé nous condamnera, et avec nous le roi qui a édicté ce décret.

La bile monta dans la gorge de Gerard, son corps se raidit, les mots lui échappèrent avant qu'il pût les contenir.

— Que me chaut l'opinion du clergé ? Qu'ai-je à faire de pieuses postures, quand les évêques…

Ardith arrêta sa tirade d'une main douce sur son bras. Ses yeux étaient suppliants.

— Ne blasphémez point, Gerard, implora-t-elle. Cela n'aide en rien.

Il chassa sa main, se saisit du gobelet qu'elle avait écarté et but une longue rasade. Le vin lui parut aigre, comme s'il avait tourné.

— D'où vient ce breuvage ? Il est piqué.

— Je ne le sais, répondit doucement Ardith. C'est Elva qui me l'a servi.

Gerard se leva et jeta le reste dans le feu. Ayant réussi à dominer son courroux, il refit face à sa compagne.

— Le clergé peut grommeler à son gré, dit-il enfin. Le mariage des nobles est affaire d'Etat. Le roi lui-même a voulu nos accordailles. Si les évêques y trouvent à redire, qu'ils s'adressent à Henry.

La brutalité du jeune baron ne surprit pas Ardith outre mesure. Lady Ursula, clairement, l'avait dressé contre la religion, avec sa revêche piété.

— Lady Diane a-t-elle consenti à ces conditions ? s'enquit-elle.

— Henry me paraît trop confiant en sa docilité, répondit Gerard. Diane n'est pas une femme patiente. Je gage qu'elle tournera ses attentions vers un autre homme et demandera à être libérée.

— Et si elle ne le fait point ? Si elle choisit de vous attendre, l'épouserez-vous ?

— Si je le dois.

Gerard eut un geste irrité de la main.

— Par Dieu, Ardith, pourquoi parler d'échec quand nous n'avons pas encore essayé de triompher ?

Bronwyn avait prévenu sa sœur de s'armer contre les mauvaises langues, contre les œillades suspicieuses de ceux qui se demanderaient si elle partageait ou non la couche de Gerard. Désormais, le doute n'aurait plus lieu d'être. Les courtisans jaseraient sur la virilité du baron et sur son endurance à vouloir engrosser un ventre mort.

Ardith avait le cœur en lambeaux. Le roi l'avait liée pour un an à l'homme qu'elle aimait. Elle vivrait avec lui, essaierait de concevoir un enfant de lui, mais ne l'épouserait que si l'impossible se produisait. Malgré tout l'amour qu'elle lui vouait, comment supporterait-elle de se comporter comme sa femme durant douze mois, puis de l'abandonner à une autre ? Le chagrin l'anéantirait.

— Et moi, Gerard ? questionna-t-elle à mi-voix. Si nous ne pouvons nous marier, qu'adviendra-t-il de moi ? Mon père refusera peut-être de me reprendre. Et quel homme, après… ce long essai, voudra encore m'épouser ?

— Je suis votre suzerain, Ardith. Vous devez savoir que je prendrai soin de vous. Je possède moult manoirs à confier à une bonne châtelaine, en nombre de lieux vos talents de guérisseuse seront requis. Quant à vous trouver un époux…

Il secoua la tête.

— Il faudra que j'y réfléchisse. Il doit bien exister quelqu'un qui…

Soudain, il s'interrompit et lança les mains en l'air.

— Pourquoi cette discussion, grands dieux ? Je vous veux pour femme. Vous me voulez pour mari. Si nous ne mettons pas ce décret à profit, Ardith, nous nous priverons nous-mêmes de toute chance de nous marier !

En elle-même, la jeune femme s'inclina à cet argument. Depuis ses douze ans, elle rêvait de partager la vie de cet homme. Si elle cédait à la couardise, elle ne saurait jamais avec certitude si elle avait commis ou non une erreur, en jetant son plus doux rêve aux orties.

Ne serait-ce point là la pire des folies ? La chance la plus infime de pouvoir vivre ce rêve ne valait-elle point de courir tous les risques ?

Elle n'était pas prête, néanmoins, à avouer de tels mobiles à Gerard. Il se gausserait d'elle, s'il apprenait qu'elle capitulait par amour, pour ne pas renoncer à ses fantaisies de jouvencelle. Elle lui plaisait, certes, mais il ne l'aimait pas. Et comme il l'avait dit à la sortie de la chapelle, après avoir eu vent des plans de Bronwyn, les sentiments n'avaient nulle place dans un contrat de mariage.

— Ces manoirs dont vous parlez, dit-elle, s'attirant un regard surpris de son compagnon, seriez-vous réellement prêt à en confier un aux soins de la femme que je suis, si nos accordailles tournent court ?

— Oui, répondit Gerard sans hésiter. Vous avez fait de la bonne besogne, à Lenvil. Un petit domaine n'outrepasserait point vos capacités.

— Alors, messire, je suppose que nous sommes accordés.

Elle se leva, le visage de marbre, et quitta la pièce sous le regard déconcerté du baron. Il était satisfait du résultat de cet échange, certes, mais quel étrange débat ! Lui qui avait projeté de puiser dans ses coffres pour séduire Ardith avec des bijoux, de riches étoffes et autres futilités tant prisées par les femmes…

Il sourit. Son Ardith n'avait rien d'une femme ordinaire. La coquetterie n'était pas son fait, elle portait ses nouveaux atours avec une indifférence qui le laissait pantois. En revanche, elle se souciait de son avenir et désirait posséder des biens solides, une maison dont elle serait la maîtresse. Requête qui l'avait surpris, au départ, mais dont il mesurait la sagesse.

Puis son sourire s'évanouit, et il se rembrunit. Puisqu'il lui avait promis ce qu'elle demandait, pourquoi diable n'était-elle point heureuse ?

Assise sur un tabouret, Ardith se préparait pour la nuit à venir en laissant Elva coiffer ses cheveux dénoués. Elle avait revêtu une longue chemise de toile safranée, dont les plis souples tombaient sur ses pieds nus.

Elle tendit à sa tante la timbale que celle-ci lui avait donnée à boire.

— Ce vin a un goût désagréable.

Elva le renifla.

— Il est de piètre qualité, voilà tout. Tu t'es accoutumée

aux doux vins de France que Kester garde dans son cellier. Bois, ma fille. Médiocre ou pas, ce vin apaisera tes nerfs.

Elle rendit la timbale à Ardith.

— Ma nervosité est-elle si flagrante ?

— Oui, tu trembles. Bois, te dis-je.

La jeune femme inspira profondément afin de calmer son corps, mais ses tourments intérieurs ne cédèrent pas. Elle était aussi tendue qu'une jeune épousée attendant son mari pour leur nuit de noces. La similarité s'arrêtait là, cependant. Il n'y avait eu ni cérémonie sur les marches d'une église, ni présentation de la dot, ni festin — aucun des rituels qui se pratiquaient depuis des temps immémoriaux pour entériner l'union d'un homme et d'une femme.

Elle glissa une œillade en direction de la porte.

— Peut-être Gerard ne viendra-t-il point, ce soir.

Sa tante souffla.

— Il viendra, sois-en certaine. Et sache, ma douce, que tu m'as emplie d'une grande fierté, en demandant une si belle récompense en échange de ton sacrifice.

Ardith sursauta. Inquiète de la réaction d'Elva à l'annonce de ses accordailles, elle s'était demandé comment l'amadouer — ne fût-ce que pour éviter des hauts cris qui eussent attisé le courroux de Gerard. Elle n'avait même pas eu à se donner cette peine. Sa tante ne trahissait plus la moindre trace de haine envers Wilmont. De fait, elle avait accepté la nouvelle avec une aisance qui avait grandement troublé sa nièce. Celle-ci savait pourquoi, maintenant.

— Vous avez espionné notre conversation, déclara-t-elle d'un ton de reproche.

— Je n'ai pu faire autrement que de l'entendre, petite. Le baron est doté d'une voix qui porte à travers les murs.

— N'êtes-vous point furieuse ?

— Pour ton bien, je tiendrai ma langue. Je ne veux pas risquer d'être bannie de ta présence. Tu as encore besoin de moi, les augures le disent.

— Disent-ils aussi si je pourrai avoir un enfant ?

— Chut ! Tais-toi donc. Ne te mêle point de ce que tu ne peux comprendre. En outre, toi et moi savons qu'il t'est impossible de concevoir.

Ardith détourna les yeux, blessée par l'impitoyable cruauté de ces paroles.

— Et quand bien même tu en serais capable, reprit Elva, qui peut dire qu'une année y suffirait ? Agnes et Elizabeth, certes, sont devenues mères moins d'un an après leur mariage. Mais Bronwyn n'est toujours pas grosse, au bout de deux ans.

La porte de la chambre s'ouvrit. Elva reposa le peigne de corne sur la table, prit la timbale à moitié pleine et sortit sans un mot.

12.

Le regard émeraude de Gerard brillait d'un tel éclat qu'Ardith se sentit attirée vers lui tel un moucheron attiré par une flamme.

Contrairement à un insecte, cependant, elle savait quel danger il y avait à jouer avec le feu, et que succomber à la tentation était folie. Elle n'en écarta pas moins avec fermeté toute idée de prudence. Sa décision était prise, elle acceptait son sort : aussi longtemps qu'elle pourrait avoir cet homme, fût-ce un an, fût-ce une vie, elle serait à lui, car elle lui appartenait. Si elle ne pouvait lui donner d'héritier, elle lui donnerait son amour. Et, à défaut de l'union qu'il souhaitait, une liaison qu'il n'oublierait jamais.

« Commençons, donc », se dit-elle en se blottissant dans ses bras.

Pressée contre lui, elle écouta les battements de son cœur qui accentuaient leur cadence et elle sourit, charmée par la façon dont il réagissait à sa proximité. Les hommes avaient beau se juger supérieurs aux femmes par leurs prouesses de guerriers, dans une chambre à coucher ils se trouvaient à leur merci, si elles le décidaient. Or, ce soir-là, elle se sentait singulièrement déterminée.

Elle releva les yeux vers Gerard, un sourire jouant au coin des lèvres.

— Engageons-nous la bataille, messire ? Je gagerais que j'ai mes chances de victoire.

Il la considéra d'un air ahuri.

— Ardith, seriez-vous en proie à la fièvre ?

N'ayant jamais appris les artifices de la séduction, la jeune femme ignorait si elle possédait quelque talent dans ce domaine, mais c'était le moment ou jamais de le découvrir. Les paupières mi-closes, elle répondit d'une voix de gorge :

— Oui, Gerard. Je brûle. De grâce, venez apaiser mon tourment.

La réaction de son compagnon lui parut fort gratifiante. Avec une vigueur toute léonine, il courba vers elle sa crinière dorée et s'empara farouchement de sa bouche, tout en la soulevant dans ses bras pour la porter jusqu'au lit.

Ardith flottait déjà sur un nuage de plaisir. Sa chemise quitta sa peau comme par magie, escamotée par des mains habiles. Auréolée par la gloire de sa nudité, elle se coula sous les fourrures, tandis que Gerard se dévêtait à son tour. Et, cette fois, elle ne ferma pas les yeux lorsqu'il tira son chainse par-dessus sa tête, exposant un corps superbement sculpté.

Ses parties féminines se contractèrent, devant l'urgence d'un désir qui répondait au sien. Elle déglutit, troublée, ravie et pleine d'impatience.

— Quelque chose vous gêne-t-il ? s'enquit le baron d'un ton sourd, où perçait une pointe d'inquiétude.

Ardith faillit s'esclaffer. Se pouvait-il qu'il doutât de lui ? Comment tant de virile beauté pourrait-elle l'embarrasser ?

— Je ne faisais que vous admirer, Gerard, murmura-t-elle. Pardonnez-moi, si je vous ai offensé.

Il sourit largement, la rejoignit et l'enlaça. Avec bonheur, Ardith s'imprégna de sa chaleur et lui tendit ses lèvres. Il accepta cette offrande avec l'ardeur d'un homme assoiffé, et se désaltéra longuement à sa bouche.

— Vous ne m'avez nullement offensé, ma douce, répondit-il enfin lorsqu'il mit fin à son baiser. Si vous appréciez la vue de mon corps, ne vous privez point de ce plaisir. De fait, la seule pensée de vos prunelles errant sur ma peau me met les reins en feu.

De ses grandes mains calleuses, il caressa les joues veloutées de sa compagne, puis glissa les doigts dans ses cheveux dénoués.

— Je craignais seulement que vous n'appréhendiez encore la force de mon désir, lui chuchota-t-il à l'oreille.

Le visage d'Ardith s'embrasa, au souvenir des délices que lui avait prodigués ce glaive de chair dure enrobé d'un si doux fourreau de soie. Elle laissa descendre sa main jusqu'à lui — et s'en saisit avec une hardiesse qui coupa le souffle de Gerard.

— Comment pourrais-je redouter ce qui me comble d'une joie si parfaite ? rétorqua-t-elle à mi-voix.

Soulagé par sa réponse, et transporté de la voir si encline à le toucher, Gerard se déroba à ses caresses qui menaçaient par trop son contrôle. Elle possédait sur lui un pouvoir qu'elle ne mesurait pas. Un jour, peut-être lui enseignerait-il l'art de jouir de leurs corps sans se joindre l'un à l'autre ; mais tant qu'elle ne serait pas grosse, il comptait s'en tenir à la seule méthode susceptible de la rendre mère. Et cela sans se forcer le moins du monde, reconnut-il en lui-même, car se couler dans les chaudes profondeurs de son ventre était pour lui un plaisir à nul autre pareil.

Il chercha le tendre globe d'un sein qui se soulevait au rythme de la respiration d'Ardith, frémit de volupté en sentant l'aréole soyeuse se hérisser sous sa paume et roula sur le dos, entraînant la jeune femme au-dessus de lui. Ses longs cheveux se déployèrent en éventail sur ses épaules, et Gerard emplit ses narines d'un délicieux parfum de fleurs sauvages. Soudain, un petit rire le secoua. Jamais l'un de ses adversaires n'avait senti aussi bon, songea-t-il, amusé.

— De quelle bataille parliez-vous tantôt ? s'enquit-il.

Ardith sourit, et s'agita d'une façon qui le mit au supplice.

— De celle dont les femmes sortent si aisément triomphantes, même opposées au plus farouche guerrier.

— Mmm... Etait-ce ainsi que vous comptiez soumettre Percival ?

— Gerard !

Sa mine offusquée accrut l'hilarité du baron. Puis il redevint sérieux, en se remémorant les poursuites dont elle avait été l'objet.

— Le chausseur a-t-il livré vos bottes ?

— Oui, pendant que vous étiez avec le roi.

Le regard bleu d'Ardith se teinta de défiance.

— Dois-je vraiment apprendre à me servir de cette dague ?

Sur ce point, Gerard était déterminé à ne pas céder. Si elle devait vivre loin de lui, un jour, il ne supporterait pas de la savoir en danger.

— Oui. Je souhaite que vous n'ayez jamais à l'utiliser contre un ennemi, mais vous *devez* en maîtriser l'usage et veiller à votre sûreté. N'oubliez pas que vous m'appartenez, désormais.

— Ai-je donc de la valeur à vos yeux ?

Bien qu'elle cherchât à plaisanter, son incertitude était patente. Il sourit, faussement taquin.

— Certes. Presque autant que mon destrier.

— Vous osez me comparer à un cheval, messire ? riposta-t-elle, feignant à son tour d'être fâchée.

Mais elle ne l'était point ; si Gerard la jugeait aussi précieuse que sa monture, elle n'avait nulle raison de se plaindre.

Il roula de nouveau sur lui-même, la plaquant au creux du matelas de plumes.

— Je n'ai pas dit que vous étiez son égale, ma mie, déclara-t-il d'une voix sourde. Il vous reste à me le démontrer…

Le souffle d'Ardith se coinça dans sa gorge. Il la dominait, le regard brûlant, le corps tendu. Elle se remémora la façon dont il maniait l'énorme bête d'une simple pression du genou.

— L'adresse d'une monture dépend de celle de son cavalier, messire.

— Serait-ce un défi, ma dame ?

Elle promena les doigts dans les boucles dorées qui couvraient son torse, effleurant sa peau du bout de ses ongles. Il frémit.

— Non, car en réalité je ne veux ni vainqueur, ni vaincu, Gerard, murmura-t-elle tendrement. Il me plairait que nous sortions égaux de cet affrontement. Cela vous paraît-il possible ?

— Plus que possible, ma douce. Il est fort probable que cela advienne.

Lassé de ces discours, Gerard ponctua cette affirmation d'un long baiser affamé. Ardith répondit à sa passion avec une ferveur tout à fait égale à la sienne, nota-t-il. Loin de s'abandonner passivement à son étreinte, elle s'offrait librement, prenant et accordant à son gré. Au bout d'un moment, il voulut atténuer sa fièvre et la ramener à plus de lenteur, mais elle s'y refusa, si avide de s'accoupler à lui qu'il dut céder. Incapable de lui résister davantage, il s'enfouit dans sa chair brûlante et connut de nouveau un plaisir infini, qui ne tarda pas à les conduire jusqu'aux rives bienheureuses d'une extase partagée.

Lorsqu'elle poussa un cri de joie, il la rejoignit aussitôt, l'emplissant d'un flot de vie qui le laissa pantelant. Dès qu'il eut repris son souffle, étourdi de la félicité la plus pure, il baisa le front moite d'Ardith, sa moitié, celle qui le rendait plus homme qu'il ne l'avait jamais été.

— Vous me videz de toutes mes réserves, friponne, chuchota-t-il. Comment pourrions-nous ne point réussir ? Donnez-moi un enfant, Ardith. Fille ou garçon, peu m'importe.

Elle noua ses deux bras autour de lui.

— Je crains que vous ne réclamiez l'impossible, Gerard. Il serait déraisonnable de trop espérer.

— Peut-être, mais je ne me résigne jamais à l'échec sans combattre, ma mie. Et je me bats toujours pour gagner. Non contre vous, mais avec vous.

Ardith sentait les regards peser sur elle. Assise près de Corwin pour le souper, elle avait les nerfs à fleur de peau, tant la curiosité de la cour à son encontre était perceptible. Les paupières baissées, elle se concentrait sur les morceaux de viande et de pain qu'elle portait à sa bouche ; ils cheminaient péniblement jusqu'à son estomac, qu'ils heurtaient avec force.

Des voix bourdonnaient autour d'elle, trop basses pour qu'elle pût discerner clairement les paroles prononcées. Ces gens ne jasaient sûrement pas tous à propos de cet engagement peu ordinaire, se disait-elle, mais ils devaient être un bon nombre, ce qui la courrouçait. Elle brûlait de crier son innocence, de dire aux curieux de se tourner vers le roi ou vers Gerard, plutôt que vers elle. Henry avait signé ce décret, Gerard en avait accepté les termes. Elle n'était qu'un pion, dans cette affaire.

Sauf que cela n'était pas tout à fait vrai. Si elle avait protesté, elle avait fini par se rendre — non à un ordre royal, mais à un homme. Et elle s'était rendue à lui de son plein gré, corps et âme.

Gerard n'avait pas rechigné non plus à remplir sa mission, elle devait l'admettre. Tendrement, passionnément, il lui avait offert son réconfort tout au long de la nuit. Elle était encore meurtrie de ses marques réitérées d'intérêt et de gratitude.

— Est-ce aussi déplaisant que cela ? questionna Corwin à mi-voix.

Ardith releva vivement la tête, choquée, avant de s'aviser que son jumeau ne mentionnait pas ses meurtrissures physiques mais seulement son humeur.

— Je survivrai, répondit-elle, surprise par sa propre assurance.

— Maintenant que Gerard a renvoyé notre père à Lenvil, les rumeurs devraient se calmer, reprit le jeune homme. La façon dont il prenait tout le monde à témoin de son déplaisir était vraiment outrancière. Si seulement le baron pouvait aussi éloigner lady Diane… Elle crie moins fort, mais son courroux n'est pas moindre.

On ne pouvait mieux dire. L'opinion de Diane de Varley au sujet du fameux décret s'était répandue à flots dans les corridors du palais et noyait maintenant la grand-salle. Ardith avait presque pitié d'elle. Il devait être fort outrageant pour une noble dame d'être priée d'attendre, pendant que l'homme de son choix, une année durant, accorderait librement ses faveurs à une autre.

La jeune femme lui jeta un coup d'œil, et le temps d'une seconde leurs regards se croisèrent. La rancœur qui étincelait dans les prunelles de Diane fit passer un frisson sur l'échine d'Ardith.

« Je ne m'abaisserai point », décida-t-elle aussitôt. A dessein, elle inspira profondément, haussa le menton et chercha un visage plus aimable. Elle trouva celui de Gerard.

Assis à la table haute, le jeune baron riait d'une plaisanterie du roi. Bien qu'il fût vêtu avec moins de munificence que son voisin, sa prestance valait celle du souverain. Il était clair qu'il jouissait de l'estime d'Henry, et qu'il appréciait tout autant ce dernier.

Puis Gerard détourna les yeux et les porta sur les tables sises au-dessous de lui, tout au bout de la rangée où Ardith siégeait. Un long moment, il captura le regard de sa promise, impassible. Enfin, un petit sourire se peignit sur ses lèvres et il lui décocha un clin d'œil — un *clin d'œil !* — avant de redonner son attention au roi.

— Il me déplaît fort de te laisser seule ici, mais j'ai des devoirs à remplir, déclara Corwin. Supporteras-tu d'attendre que Gerard vienne te quérir ?

— Ne puis-je t'accompagner ?

— Tu le pourrais, certes, mais le baron te cherchera, lorsqu'il sera prêt à partir. Mieux vaut que tu restes à ta place. Gerard a vécu des journées éprouvantes, je serais marri de lui causer des tourments inutiles.

Ardith baissa la voix.

— A propos de l'audience d'hier soir… Le roi n'a pas abordé que la question de cet engagement, n'est-il point vrai ?

Son frère sourit et se pencha sur elle.

— Oui, chuchota-t-il.

Il s'en alla sur cette réponse énigmatique. Ardith se força à achever son repas, après quoi elle chercha Gerard du regard, impatiente de rejoindre la privauté des appartements de Wilmont.

— On prétend que Gerard est ensorcelé, déclara soudain une voix de femme, derrière elle.

Ardith se tourna sur le banc pour voir celle qui venait de s'exprimer avec un tel venin… et se trouva confrontée aux yeux gris de lady Diane, qui lançaient des éclairs de fureur. Un sourire de chatte sur sa bouche sensuelle, ses cheveux clairs et son teint de lys rehaussés par le bleu profond de ses atours, la noble dame se tenait très droite, aussi belle qu'elle paraissait dangereuse.

Ardith se leva, plongea dans une révérence et se redressa en choisissant ses mots avec soin.

— Soyez assurée, ma dame, que je n'ai ni le désir ni le pouvoir d'affecter l'esprit de quelque homme que ce soit. Et moins encore celui du baron Gerard, connu pour la force de sa volonté.

Le rire de Diane retentit, caustique.

— De fait, il a coutume de faire ce qui lui plaît, quand il lui plaît. Un trait qui ajoute à ses charmes, dirais-je.

Ardith soutint le regard gris qui la passait au crible. De toute évidence, sa rivale la comparait à sa propre personne. Quand elle vit la colère disparaître du beau visage altier, elle comprit qu'elle avait été jugée comme quantité négligeable. En soufflant avec mépris, Diane tourna les yeux vers l'estrade où Gerard prenait congé du roi.

— Gerard n'a pu résister au défi que lui a jeté Henry, voilà tout, ajouta-t-elle, perfide. Ah, les hommes et leurs jeux ! Qu'ils s'amusent donc…

Un jeu ? Etait-ce ainsi que Gerard voyait leurs accordailles ? se demanda Ardith. Elle ne le pensait pas. Il prenait leur mariage fort au sérieux. Mais si Diane de Varley souhaitait croire le contraire, à quoi bon discuter ?

Soudain, celle-ci lui refit face, les paupières plissées.

— A-t-il une chance de gagner ? lança-t-elle.

Ardith brûlait de répondre que oui, pour lui ôter de l'esprit l'idée d'épouser Gerard. Mais elle préféra se montrer prudente.

— Le temps le dira, ma dame.

— Un peu plus bas, Ardith.

— Je ne le puis, Gerard !

— Vous le pouvez. Allez, resserrez votre emprise ! Voilà qui est bien.

Ardith humecta ses lèvres sèches et s'efforça de se concentrer. Elle ne souffrait cette leçon que pour complaire au baron.

— Laissez la poignée glisser entre vos doigts, se mouler au creux de votre paume. Percevez sa chaleur, sa puissance, insista ce dernier d'un ton pressant.

A son vif chagrin, Ardith ressentait parfaitement ce qu'il exprimait. La belle arme meurtrière devenait un prolongement de sa main. Comment s'étonner, après cela, que les hommes pussent prendre un tel plaisir à se battre ? Cette fausse sensation d'invulnérabilité avait de quoi tourner la tête, et rien ne lui semblait plus dangereux.

— Pouvons-nous cesser, à présent ? implora-t-elle.

Gerard se tenait à sa portée, les pieds écartés. Des mains, il l'encourageait à approcher.

— Pas encore. Plongez sur moi !

La jeune femme en eut le souffle coupé.

— Mais vous n'avez ni bouclier, ni armure !

— Imaginez que je suis Percival, prêt à vous violenter. Rappelez-vous son sourire concupiscent, sa main tendue vers vous. Piquez-le de votre dague, Ardith ! Apprenez-lui à ne point jouer avec une femme qui appartient à un autre !

Il fronçait les sourcils, l'air sinistre, et Ardith eut du mal à réprimer son amusement. Il se redressa, les mains sur les hanches.

— La pensée de Percival vous molestant vous fait sourire ?

— Non point, Gerard. Ce qui me réjouit, c'est de voir combien *vous* aimeriez l'embrocher à ma place. Moi, il me laisse de glace.

Le jeune homme réfléchit un instant. Son front se dérida.

— Bien vu, mignonne, accorda-t-il avec un demi-sourire. Celle qu'il vous plairait de transpercer, c'est lady Diane.

La bonne humeur d'Ardith s'estompa.

— Je ne désire transpercer personne.

— Vous avez pourtant eu des mots avec elle, je le sais. Que vous a-t-elle dit ?

La main de la jeune femme se serra sur la dague.

— Elle semble croire que je vous ai ensorcelé. Je lui ai assuré que j'en suis bien incapable.

— L'accusation est sérieuse.

Ardith secoua la tête.

— Pas à mon sens. Diane s'étonne seulement que vous me préfériez à elle, comme le reste de la cour.

Elle posa l'arme sur la table.

— Et comme moi, ajouta-t-elle. Elle a tellement plus à vous apporter !

— Rien que des terres en Normandie, que je ne suis pas sûr de vouloir. L'offre peut paraître tentante, je le confesse, mais défendre des fiefs aussi éloignés est un piège qui peut coûter fort cher. Je préférerais de beaucoup agrandir mes possessions en Angleterre.

— Alors pourquoi moi, puisque je n'ai rien de tel à vous offrir ?

Gerard croisa les bras et inclina la tête sur le côté.

— Je pourrais vous fournir maintes raisons à mon choix, friponne. Toutefois, je crois que je me suis décidé pour vous le jour où je vous ai vue brûler vos cheveux pour sauver Kirk. J'ai su, ce jour-là, que vous possédiez une qualité rare — que j'espérais trouver chez une épouse sans oser y croire : la faculté d'aimer et de défendre un enfant qui n'est pas le vôtre. Un enfant de basse extraction, qui plus est.

Ardith se remémora l'incident et comprit soudain l'étrange expression qu'il avait eue, en inspectant sa natte brûlée. Elle l'avait surpris en sauvant le fils d'une ribaude, un petit bâtard. Et elle se souvint aussi, brusquement, de ce que Corwin lui avait révélé.

— J'ai un fils semblable à Kirk, confirma Gerard en passant une main dans ses cheveux. Il me tenait à cœur d'épouser une femme qui ne le rejetterait point du fait de sa naissance. Ma mère tolérait à peine ses propres fils et se montrait cruelle — en paroles et en actes — avec mon demi-frère, un bâtard que mon père a reconnu et élevé comme Stephen et moi. J'ai l'intention d'agir de même avec Daymon, de le traiter aussi bien qu'un fils légitime, mais je veux lui épargner les brimades que Richard a eu à subir de la part de lady Ursula.

Il sourit.

— Quand je vous ai vue, serrant Kirk sur votre cœur et vouant aux gémonies sa ribaude de mère, j'ai su que je pourrais vous confier mon fils.

Ardith hésita. Elle n'avait guère envie d'en savoir plus sur les autres femmes qui avaient partagé la couche de Gerard. Pourtant, une question lui brûlait les lèvres.

— Et la mère de Daymon ? s'enquit-elle enfin.

— Elle est morte à sa naissance. Maintenant, si vous avez fini de vous rebeller, reprenez cette dague. La leçon n'est point terminée.

Ardith obéit, tout en ressassant l'étrange et attendrissant raisonnement qu'il venait de lui exposer.

— Vous voulez donc que votre épouse soit une mère pour Daymon ?

— Si elle le souhaite. Pour ma part, je requiers seulement qu'elle accepte sa place sous mon toit.

— Vous ne cessez de me surprendre, Gerard. Nul autre homme que vous, à ma connaissance, ne dédaignerait un riche parti pour procurer une nourrice à son fils.

— Je vous veux aussi pour moi, Ardith, n'en doutez point. En outre, si tout se passe comme prévu, d'ici quelques jours je me verrai octroyer presque autant de terres que Diane en possède, sans avoir à épouser une harpie pour cela. A présent, placez vos pieds comme je vous l'ai indiqué.

Cette brève allusion à un enrichissement prochain confirma les suspicions de la jeune femme. Depuis des jours, elle pressentait que quelque chose se tramait. Lui répondrait-il, si elle l'interrogeait à ce sujet ? Peut-être. Pour l'heure, néanmoins, il semblait déterminé à ne pas retarder sa maudite leçon d'une minute de plus.

Elle se mit en position, et fit courir son pouce sur la lame aiguisée comme un rasoir.

— De toutes les idées bizarres qui vous courent dans la tête, Gerard, celle-ci est la plus saugrenue. Quel homme, sinon vous, voudrait une guerrière pour épouse ?

— Je ne veux point d'une guerrière, Ardith, mais d'une femme capable de se défendre. Etes-vous prête ?

Ardith ajusta la dague dans sa paume. Le métal se réchauffa contre sa peau. Une sorte d'ivresse la gagna devant le pouvoir qu'elle possédait, et elle s'élança en avant.

Gerard esquiva son assaut, tendit la main et se saisit de son poignet. Une simple torsion suffit pour envoyer le poignard à terre. Puis il tira sur le bras d'Ardith et l'amena rudement contre lui.

Elle le sentit rire.

— Vous avez fermé les yeux avant d'attaquer, friponne. On ne peut atteindre une cible qu'on ne voit pas.

— Je n'ai aucun goût pour ce genre d'exercice, Gerard.

— Parce que vous manquez encore d'habileté. Recommencez.

Au cours des minutes qui suivirent, le jeune baron se demanda s'il était sage de confier une telle arme à Ardith, en fin de compte. Elle suivait fort bien ses conseils, déployait une adresse et une souplesse qui prouvaient amplement ses talents naturels, mais manquait d'ardeur au combat.

— Assez pour ce jour, décréta-t-il.

La jeune femme se relâcha, soulagée. Il posa les mains sur ses épaules.

— Vous devez me faire un serment, dit-il gravement. Ne tirez jamais cette dague contre un adversaire, quelle que soit la provocation endurée, si vous n'êtes pas prête à verser le sang — le sien ou le vôtre.

Les yeux d'Ardith s'élargirent.

— Vous montrez par trop le dégoût que vous inspire cette lame, expliqua Gerard, un défaut que vous devrez surmonter ou apprendre à cacher. Toute hésitation de votre part au moment de porter le coup fatal donnera l'avantage à votre ennemi. Maintenant, jurez.

— N'ayez nulle crainte. Je jure de grand cœur, répondit la jeune femme en rengainant prestement la dague dans sa botte.

13.

Ardith rangea les dernières statuettes d'Ursula dans le coffre que Thomas lui avait fourni et qu'il emporterait — elle ne se souciait point de savoir où.

Cette tâche achevée, elle devrait trouver une autre occupation susceptible d'emplir les heures à venir. Car elle souhaitait rester recluse dans les appartements de Wilmont, à l'abri des regards scrutateurs qui l'assaillaient dès qu'elle se risquait au-dehors. Noël approchait, le nombre des visiteurs admis au palais s'accroissait de jour en jour. Parmi les nobles venus des confins les plus éloignés du royaume pour renouveler leur allégeance à Henry, beaucoup s'attroupaient et s'entretenaient à voix basse en l'observant à la dérobée. Certains même se permettaient de fixer son ventre sans la moindre décence.

Les curieux en seraient pour leurs frais quelque temps encore, songea-t-elle avec amertume. Ses menstrues avaient commencé ce matin-là.

Des voix tonitruantes résonnèrent dans la première pièce, venant la distraire à point nommé, et elle sourit : Gerard devait être rentré. Sitôt après, un cri perçant retentit. Puis Elva s'engouffra en trombe dans sa chambre, claqua la porte et poussa le verrou, l'air terrorisé.

— Nous devons nous cacher ! s'exclama-t-elle, livide. Non, mieux vaut que nous fuyions. Vite, ma fille, rassemble tes possessions. Non, non, suis-je sotte. Nous partirons sans rien.

Ardith la contempla avec stupeur.

— Qu'est-ce qui vous met dans cet état, ma tante ?

— Le diable est à l'œuvre, je te le dis. Ne t'ai-je point avertie que le Malin habite les Wilmont ? Il a trépassé, et pourtant il est là : il marche et il parle !

Le cœur d'Ardith s'emballa sous l'effet d'une folle panique. Serait-il arrivé malheur à Gerard ? Par chance, des rires sonores la rassurèrent, et elle se ressaisit.

— Je n'entends rien à vos discours, Elva. De qui parlez-vous donc ?

— Du bâtard, voyons ! Oh, le ciel nous protège ! Il est revenu d'entre les morts !

Lorsqu'on frappa à la porte, la jeune femme ouvrit, défiant les protestations épouvantées de sa compagne. C'était Thomas.

— Nous avons des hôtes, ma dame, annonça le jouvenceau. Messire Gerard souhaite votre présence.

Les yeux d'Elva lui sortirent quasiment des orbites. Ses doigts déformés se cramponnèrent au bras de sa nièce.

— Non ! Mon aimée, mon unique enfant, je te supplie de ne point t'aventurer au-dehors !

Sa terreur, jointe à l'amusement de Thomas, piqua la curiosité d'Ardith. Le jeune homme ne semblait pas effrayé le moins du monde par le spectre en question. Elle se libéra des serres de sa tante.

— Demeurez ici, si vous le voulez, mais je ne puis désobéir au baron.

— Puisque tu refuses d'entendre raison, il faut que je protège.

Elva farfouilla nerveusement dans sa sacoche, dont elle tira une petite bourse attachée à un cordon.

— Passe cela à ton cou. Cette amulette empêchera l'esprit de t'arracher l'âme du corps.

— Nul esprit ne hante ces chambres, dame Elva, déclara Thomas.

Il n'en fallut pas plus à Ardith pour refuser le talisman.

— Je n'ai point besoin de protection, ma tante. Et il serait inconvenant de faire attendre Gerard. Venez, Thomas.

Alors qu'ils approchaient de la première chambre, elle reconnut la voix de son promis. Une autre répondit, qui lui parut familière. De fait, au sortir du passage voûté, elle reconnut Stephen et sourit, heureuse de le revoir. Le jeune homme avait mûri, depuis leur dernière rencontre ; il était fort grand, ses épaules s'étaient élargies et ses cheveux d'un noir de jais avaient des reflets bleutés à la lueur des chandelles. Seuls ses yeux verts et la ligne ferme de sa mâchoire rappelaient son frère aîné.

— Vous n'avez rien d'un spectre, ce me semble ! lança plaisamment Ardith, lorsqu'il se tourna vers elle pour la saluer.

Il eut un petit rire crispé.

— Non, Ardith. Mais ce n'est pas moi qui ai causé à Elva la frayeur de sa vie.

Il s'écarta, afin de lui laisser voir le troisième homme présent dans la pièce.

— C'est Richard.

Richard ? Il était mort en Normandie ! Et pourtant celui qui était là, blond comme les blés, les yeux d'un vert éclatant, arborait la même stature et la même prestance que Gerard. Leur parenté ne faisait aucun doute. Pour le coup, la jeune femme se sentit blêmir.

— De grâce, ma dame, ne défaillez point, déclara le revenant en lui tendant une main. Je suis vivant, bien que Stephen m'ait maintes fois voué aux enfers ces dernières semaines.

D'un geste hésitant, Ardith toucha ses doigts. Ils étaient fermes et chauds. Elle tourna un regard déconcerté vers Gerard.

— Nous avons dû feindre la mort de mon frère pour de bonnes raisons, Ardith, expliqua ce dernier. Sa robuste santé doit rester un secret quelque temps encore.

Perplexe, Ardith promit le silence d'un signe de tête. Stephen, alors, s'inclina devant le baron avec un sourire railleur.

— Maintenant que j'ai remis cet insupportable moine entre tes mains, Gerard, permets-moi de m'éclipser. J'ai l'intention de trouver Corwin, ainsi qu'une jolie gueuse ou deux, et de m'enivrer copieusement.

Gerard fronça les sourcils, mais la façon dont Richard posa une main sur son bras et plongea les yeux dans les siens le fit fléchir. Il acquiesça, et Stephen décampa sans demander son reste.

— Qui sait ce qu'il dégoisera, lorsqu'il aura bu ? maugréa-t-il.

— Fais-lui confiance, dit Richard. Malgré sa jeunesse et son impétuosité, Stephen connaît ses devoirs. En outre, il mérite amplement un peu d'amusement.

Gerard lui jeta un coup d'œil acéré.

— Ma mère lui a-t-elle mené la vie dure ?

— Lady Ursula a tout tenté pour le faire plier. Ils se sont querellés avec virulence, souvent, mais il a tenu bon.

Là-dessus, Richard se gratta la poitrine et grommela un juron.

— Par les ossements du Christ ! Cette tunique me ronge les chairs, et je suis las de me cacher sous cette capuche. Devrai-je endurer longtemps encore pareille mascarade ?

— Quelques jours, tout au plus. Selon mes informateurs, Basil est attendu demain ou après-demain.

Sans cesser de se gratter, Richard émit un grognement soulagé.

— A la bonne heure !

Le baron se tourna vers son serviteur.

— Va quérir dans mes coffres de quoi vêtir mon frère, avant qu'il ne se mette en sang.

Richard s'empressa de suivre Thomas dans la chambre voisine. Ardith le regarda sortir, toujours médusée par sa ressemblance avec Gerard et par sa réapparition inattendue.

Devant les questions qui fourmillaient dans ses yeux bleus, le jeune homme décida d'apaiser sa curiosité en lui livrant quelques clés de ce mystère ; et, contre sa propre volonté, il se trouva bientôt en train de lui conter par le menu toute l'histoire. Il en fut contrarié, au début, car les hommes ne devaient point se décharger de leurs fardeaux sur les femmes. Et encore moins leur livrer leurs plans les plus secrets… Mais Ardith l'écoutait si bien, elle lui témoignait une telle compréhension ! Il découvrait pour la première fois le plaisir de se confier, et le bien-être de libérer son esprit d'un grand poids.

Quand il eut terminé, la jeune femme soupira et se leva.

— Je ferais bien d'aller rassurer Elva, dit-elle.

Puis elle inclina la tête sur le côté, de ce geste gracieux qui lui était familier et la rendait plus adorable encore.

— Vos frères dormiront ici, je suppose. Devons-nous faire quérir des palettes ?

— Je doute que nous revoyions Stephen de la nuit, répondit Gerard. Richard prendra mon lit, je partagerai le vôtre.

Ardith s'empourpra, fort embarrassée. Comment décliner une telle offre sans paraître impolie ? Le baron se méprit sur son trouble.

— Mes frères savent tout de notre engagement, Ardith. Ils ne s'offusqueront ni l'un, ni l'autre.

La jeune femme se mordilla la lèvre.

— Ce n'est point leur opinion qui me tracasse, Gerard. Il y a… une autre raison à ma gêne. Oh, mon Dieu ! Comment vous le dire ?

— Comment me dire quoi ?

— Vous ne devriez point me rejoindre ce soir…, murmura Ardith d'une voix à peine audible. C'est une période… délicate, de celles que connaissent les femmes à chaque lune.

— Ah, fit-il, visiblement désappointé.

Ardith n'aurait su dire si sa déception venait surtout du fait qu'ils ne pourraient être intimes, ou de la preuve patente de leur premier échec. Elle ne le questionna pas, se contentant de se réfugier dans les bras qu'il lui ouvrait.

— Alors nous dormirons sagement en nous réchauffant l'un l'autre, dit-il. Je me suis déjà accoutumé à votre présence à mon côté, ma douce. Je ne saurais m'en passer.

Cet aveu tranquillisa quelque peu la jeune femme. Puis Gerard s'écarta et lui donna une tendre tape sur les reins.

— Je dois aller retrouver Richard.

— Et moi, Elva.

Il se rembrunit.

— Je me fie à vous, Ardith, mais point à votre tante. Commandez-lui de ma part de rester confinée dans ces chambres jusqu'à nouvel ordre.

Le lendemain, Thomas pénétra en trombe dans les appartements de son maître.

— Basil est ici, messire.

Gerard échangea un bref coup d'œil avec Richard.

— Edward Siefeld est-il avec lui ?

— Oui-da. Et Stephen tient à vous faire savoir que Basil semble aussi las qu'excédé. Chevaucher dans la tempête l'a fort éprouvé, apparemment.

Le baron tempéra le coup de sang que lui causait cette nouvelle. Il se fût volontiers saisi de son glaive pour aller tailler son ennemi en pièces, sur-le-champ. Ce sort, cependant, serait probablement plus doux que celui que le roi réserverait à ce félon. Henry s'entendait à châtier ses ennemis. Il devait s'armer de patience.

— Quelques flocons de neige suffisent donc à l'irriter ? rétorqua-t-il avec mépris. Nous nous chargerons bientôt de lui faire oublier ses doigts gourds et ses habits mouillés. File informer Kester que nous sommes prêts pour notre audience avec le roi.

Thomas obéit prestement.

— Voilà qui signifie que je dois revêtir encore cette maudite robe, grommela Richard.

— Tu ne la garderas pas longtemps.

— Si c'est pour la dernière fois…

La porte s'ouvrit de nouveau devant Stephen, qui se servit aussitôt une timbale de vin. Il réchauffa son breuvage en plongeant dedans un tisonnier incandescent, puis se tourna vers ses frères.

— Nous risquons d'avoir un problème, Gerard. Le sénéchal du palais a refusé de loger Basil à Westminster.

Le baron haussa un sourcil.

— Cet ordre ne peut venir que du roi en personne. Comment a-t-il réagi à cet affront ?

— Il a menacé de démembrer le sénéchal, qui lui a posément répondu d'aller se plaindre à Henry s'il ne voulait point rejoindre la maison du marchand où il est assigné à résidence.

— Ainsi, Basil est averti de sa disgrâce, à présent, bougonna Gerard.

Richard exprima à voix haute la crainte qu'il éprouvait en son for intérieur :

— Ne risque-t-il pas de s'esquiver en prenant la fuite ?

— J'espère que non. M'est avis qu'il choisira de rester pour tenter d'apaiser le courroux d'Henry, quelle qu'en soit la cause. Toutefois, mieux vaut tout prévoir. Stephen, poste quelques hommes…

— C'est déjà fait, coupa le jeune homme. Corwin et deux soldats surveillent la demeure. J'ai recommandé à ton écuyer de se montrer discret.

Gerard leva son gobelet en signe d'approbation.

— Bien joué, petit.

Son frère ne répondit pas à son salut.

— Je ne suis plus un enfant, rétorqua-t-il, crispé.

Gerard le considéra avec attention, et se sentit soudain beaucoup plus vieux que ses vingt-six ans. Depuis son arrivée à Londres, Stephen était de toute évidence devenu un homme dans tous les sens du terme, buvant tard dans la nuit, courant après les filles, et ce constat lui causait un étrange agacement. Bonté divine ! pesta-t-il en lui-même. S'il avait du mal à admettre que son *petit frère* l'ait rattrapé, que ressentirait-il le jour où son fils se dresserait ainsi devant lui tel un rival ? La nostalgie du jeune Daymon lui vrilla les tripes. Le temps passait si vite, et son petit garçon lui manquait tellement…

— Tu dis vrai, Stephen, accorda-t-il. Je tâcherai de m'en souvenir.

*
* *

Henry Ier avait décidé de faire un exemple de Basil de Northbyre, et de le juger devant l'assemblée des nobles au grand complet. Parmi la foule des courtisans, Ardith et Bronwyn observaient la cérémonie qui préludait au procès — dont nul encore n'avait eu vent hormis le plaignant et le monarque. Vêtus de leurs plus riches atours, les vassaux de haut rang venaient s'agenouiller devant le roi, plaçaient leurs mains jointes entre ses paumes et lui réitéraient leur serment de fidélité et de loyauté.

Gerard avait été l'un des premiers à s'acquitter de ce témoignage d'allégeance. Il se tenait maintenant près de Kester, sur la droite du trône, un peu en retrait. Bien qu'il s'efforçât de paraître calme, Ardith décelait la tension qui l'habitait.

Richard était adossé au mur de la salle d'audience, dans un coin sombre, sa capuche de moine rabattue sur son visage. Stephen et Corwin étaient invisibles.

Enfin, ce fut le tour de Basil, qui se prosterna devant son souverain en marmonnant ses vœux d'obéissance.

— Mensonge !

La voix de Gerard retentit à travers la salle, puissante. Les têtes se dressèrent vivement, des exclamations choquées se répandirent dans l'assistance, puis le silence retomba.

Ardith eût aimé voir le visage de l'accusé et sa réaction à cette vibrante imprécation, mais elle n'apercevait que l'arrière de sa tête. Henry libéra les mains de son vassal et s'avachit contre le dossier de son trône.

— Que cherche donc Gerard ? chuchota Bronwyn.

— Chut ! répondit sa sœur avec impatience.

— Grave accusation, baron Gerard, observa le roi.

— Et sans le moindre fondement ! renchérit Basil en bataillant pour se remettre sur pieds.

En deux enjambées, Gerard le rejoignit et le maintint à terre.

— Restez à genoux ! C'est la posture qui convient pour implorer la merci d'un souverain !

— Je n'ai nul besoin de merci ! rétorqua son adversaire. Sire, l'audace de Wilmont est un affront à la couronne. Je réclame des excuses publiques pour cet outrage !

Le monarque eut un sourire indulgent.

— Laissez-le se relever, Gerard.

Le jeune baron recula, pendant que Northbyre se redressait enfin. Ardith fronça les sourcils. Henry prenait-il le parti de cet homme sans foi ni loi ? Bronwyn la détrompa en trahissant son inquiétude.

— Doux Jésus..., murmura-t-elle. Basil me semble en fort mauvais draps. Quand Henry arbore ce sourire mielleux, le pire est à craindre.

Levant la main, le roi imposa le silence à la foule qu'agitaient des commentaires surexcités.

— Cet homme est notre féal, Gerard. Vous l'accusez de mentir. Avez-vous des preuves de sa déloyauté ?

Gerard, d'une voix ferme, entama la liste de ses doléances contre son ennemi, à commencer par les redevances volées à Wilmont, l'attaque indue de Milhurst et la mort du chevalier envoyé pour défendre le village. Basil se défendit avec une mauvaise foi qui frisait le ridicule, niant avoir empoché des sommes qui ne lui revenaient pas, alléguant pour le reste qu'il avait agi dans la seule intention de protéger les intérêts de son voisin, regrettant même les « erreurs » qu'il avait pu commettre par excès de zèle.

Devant tant de fausseté, Gerard bouillait de fureur. Dressé de toute sa haute taille, les poings serrés, les yeux étincelants, il n'avait plus rien du tendre amant que connaissait Ardith. Elle craignit même, un instant, qu'il ne brisât la nuque de

Basil. Mais il se contenta de se tourner vers les portes et d'adresser un signe bref aux gardes, qui ouvrirent les battants. Alors entra un homme entièrement vêtu de noir, suivi par Stephen et Corwin en train de rengainer leur épée.

Basil craqua aussitôt, prouvant que son aplomb n'était que vernis.

— Une fois de plus, Sire, Wilmont profane la sainteté de cette cérémonie ! explosa-t-il, hors de lui. Il ose introduire un mercenaire dans une assemblée de nobles ! Par tout ce qui est sacré, j'exige qu'il rende des comptes pour une insulte aussi intolérable !

Gerard l'ignora, se contentant de désigner l'arrivant à l'attention du roi.

— Cet homme, Sire, est Edward Siefeld. Il s'est battu pour vous en Normandie, où il avait mis ses troupes au service de Basil de Northbyre.

Pendant que Siefeld s'inclinait profondément devant Henry, Ardith, du coin de l'œil, aperçut Richard qui sortait lentement de l'ombre.

— S'il s'était contenté de limiter ses ardeurs belliqueuses au champ de bataille, poursuivit Gerard, je n'aurais nul reproche à lui faire, car il s'est montré vaillant. Pour son malheur, cependant, il a aussi choisi d'exécuter les ordres déshonnêtes que Basil lui avait donnés avant son départ d'Angleterre. Sur la commande de ce félon, il a cherché à me tuer dans une embuscade — prenant à tort mon frère pour moi.

— Sottises ! protesta Basil avec virulence. Tout le monde sait que ce bâtard de Richard a été blessé en combattant, et qu'il a péri des suites de ses blessures !

— Oseriez-vous le soutenir devant lui, s'il revenait vous demander des comptes ? riposta Gerard avec un sourire féroce.

Siefeld, qui jusque-là était resté fort placide, changea de position et décocha une œillade acérée à son commanditaire.

— Comment pourrait-il revenir ? persifla ce dernier. Vous l'avez enterré en grande pompe à Wilmont !

Il se tourna de nouveau vers Henry.

— De grâce, Sire, mettez un terme à cet ignoble chantage ! Que puis-je contre des accusations aussi fausses ? Le baron ne cherche qu'à traîner mon nom dans la fange, sans nulle preuve de ce qu'il avance !

A ces mots, Gerard fit un autre signe de la main. Richard s'avança et rabattit son capuchon.

Bronwyn poussa un cri perçant — et défaillit. Ardith eut juste le temps de la soutenir, tandis qu'un véritable tohubohu éclatait dans la salle. Sans se soucier des exclamations incrédules, des visages qui pâlissaient à vue d'œil ni des courtisans qui se signaient avec épouvante, Gerard observait ses adversaires. Incapable de détacher les yeux de Richard, Basil était frappé de stupeur. C'est alors que Siefeld, à la vive satisfaction du jeune homme, réagit enfin comme celui-ci l'espérait. Le choc l'égara.

— Non ! se récria-t-il à l'adresse du « revenant ». Cela est impossible ! Vous avez été blessé à mort ! Je l'ai vu !

— Je suis fort marri de vous décevoir, mais votre coup n'a point été fatal, répondit platement sa victime. J'en suis la preuve vivante.

Richard pivota vers le roi.

— Sire, Edward Siefeld ici présent pensait m'avoir fauché de cette terre, à défaut de Gerard qu'il était chargé d'assassiner. Et nul doute qu'il serait parvenu à ses fins, sans les bons soins dont vos médecins m'ont entouré.

Avant qu'Henry ait pu parler, Basil se ressaisit. Il toussota afin de s'éclaircir la voix, puis brossa son surcot avec dédain, comme pour en faire disparaître toute trace de l'ignominie dont il venait d'être accusé.

— Puisqu'il n'y a point eu meurtre, somme toute, je ne vois nulle utilité de poursuivre cette farce. Sire, ce bâtard n'a été que blessé, et il me paraît…

Il n'eut pas le loisir d'achever sa phrase. D'un bond, Gerard fondit sur lui et lui asséna un formidable coup de poing dans la figure. Il s'écroula, le sang jaillissant de son nez brisé.

— Mille pardons, Sire, d'avoir souillé ces dalles d'un sang aussi nauséabond, déclara le jeune baron. J'en paierai le nettoyage avec joie.

— Accordé, répondit Henry avec un petit sourire crispé.

Sur ce, il proclama haut et fort :

— Basil de Northbyre est accusé de crimes contre Wilmont. Quelqu'un de cette assemblée veut-il prendre sa défense ?

Nul ne souffla mot.

Alors le roi fit venir des gardes, à qui il ordonna de conduire les prisonniers dans un cachot de la White Tower.

— On ne trouble pas impunément la paix du royaume ! ajouta-t-il sévèrement. Ces félons auront tout loisir de contempler leurs méfaits et le châtiment qui les attend, dans l'infâme trou à rats où nous les laisserons moisir.

Puis il tendit son bras droit vers Kester. Son conseiller lui plaça dans la main un rouleau de parchemin ceint d'une faveur écarlate, qu'il offrit à Gerard.

— Ceci, baron, devrait vous plaire.

Le jeune homme s'inclina, sachant que le document royal énumérait les terres de Northbyre qui lui étaient attribuées. Il brûlait d'en consulter la liste, mais s'en abstint.

— Grand merci, Sire.

Henry se leva dans un silence total.

— Avancez, Richard. Le baron Gerard vous juge digne d'être nommé chevalier, et nous agréons. Devant cette noble assemblée, nous vous accordons cet honneur.

Avec fierté et le sentiment du devoir accompli, Gerard couvrit du regard son valeureux cadet qui s'agenouillait devant le souverain et prononçait d'une voix forte le serment de servir loyalement la couronne et le pays.

Quand le rituel fut achevé, il confia le précieux parchemin à Stephen, debout près de lui.

— Prends-en soin. Il contient ton avenir.

14.

— Plus de vin ! cria Gerard, comme d'autres gentilshommes affluaient dans ses appartements.

Ardith, contrainte au rôle malaisé d'hôtesse, espéra en elle-même que cette procession prendrait bientôt fin. En un sens, cependant, le sort lui était affable : tous ces nobles visiteurs l'ignoraient, n'ayant d'yeux que pour le baron et ses frères.

Durant la majeure partie de la journée, Gerard avait reçu les accolades de comtes, de barons, de seigneurs et de courtisans venus le féliciter de sa victoire. Et si ceux-ci, manifestement, brûlaient surtout de contempler Richard en chair et en os, ni Gerard ni l'intéressé ne semblaient prendre ombrage de leur curiosité. Stephen, fort enjoué, régalait l'assistance de ses récits, auxquels Corwin s'empressait d'ajouter les détails qui manquaient.

— Je te souhaite bien de la chance, si tu comptes imposer ta volonté à cet homme, murmura Bronwyn d'un ton pincé, en désignant à sa sœur le jeune baron auréolé d'une gloire peu commune à la cour.

Ardith sourit, indulgente. Son aigreur se comprenait : se pâmer à la vue de Richard l'avait cruellement blessée. Quant à imposer sa volonté à Gerard, l'idée ne l'en avait point effleurée. Car, s'il lui laissait exprimer ses opinions, il n'en faisait toujours qu'à sa tête, persévérant dans ses desseins avec une ténacité inébranlable. Mais elle l'aimait et l'admirait tel qu'il était — même lorsqu'il festoyait avec autant de fougue et d'entrain au milieu d'amis sincères et de simples flatteurs.

Soudain, des murmures surpris remplacèrent les rires tonitruants. La jeune femme intriguée se tourna vers la porte. Diane de Varley se tenait sur le seuil, royale. Aussitôt, comme si elle était Moïse en personne commandant à la mer Rouge de s'ouvrir, les invités s'écartèrent devant elle pour lui livrer passage jusqu'à Gerard.

Ardith n'hésita pas une seconde. Son sens du devoir prenant le pas sur ses réticences personnelles, elle se saisit d'un hanap empli de vin et se porta à la rencontre de sa rivale.

— Vous nous honorez grandement, ma dame, déclara-t-elle en lui tendant la coupe. Voulez-vous du vin, ou préférez-vous de l'hydromel ?

Les yeux durs de Diane, d'un gris de glace, se plissèrent dangereusement.

— Vous outrepassez votre rang. Otez-vous de ma vue.

Surprise par cet éclat, Ardith abaissa le hanap.

— Ma dame, je…

Elle s'interrompit en sentant la main de Gerard se poser sur sa nuque.

— Mes salutations, Diane, dit-il d'une voix sourde.

L'arrivante cligna des paupières. La glace fondit de son regard et se changea en une brume charmeuse.

— Messire Gerard…, ronronna-t-elle en esquissant une révérence. Votre performance de ce matin a été splendide. Mes compliments.

Gerard inclina la tête. Diane désigna d'une main délicate la pièce encombrée.

— Tant de personnes sont là pour vous féliciter ! J'ai appris à l'instant que vous receviez, sans quoi je serais venue plus tôt. Vous eussiez dû me faire quérir, Gerard… Enfin. Il est encore temps de réparer.

— Je ne m'étais point avisé que quelque chose n'allait pas.

Elle sourit, suave.

— Bien sûr ! Vous êtes si rarement à la cour que vous ne pouvez en connaître toutes les subtilités. Et après votre triomphe sur Basil, nul n'oserait vous en faire le reproche. C'est le rôle d'une dame, d'épargner de l'embarras à son seigneur.

Ardith frémit devant l'audace de cette femme. Grâce à l'aide de Bronwyn, aucun détail n'avait été omis, elle le savait. Les doigts de Gerard accrurent leur tendre pression sur son cou.

— Mes hôtes et moi-même n'avons eu à nous plaindre de rien. Ardith s'est occupée de tous et de chacun avec autant de grâce que d'efficacité.

Diane s'empourpra fort joliment. Posant le bout des ongles sur le bras du baron, elle lui chuchota sur le ton de la conspiration :

— Cela se peut. Toutefois, messire, il est malséant pour un gentilhomme de laisser sa maîtresse recevoir des nobles de si haut rang. C'est pourquoi je suis accourue avec un tel empressement.

— Si vous êtes venue remplacer Ardith, vous auriez pu vous éviter cette peine, rétorqua froidement le baron. Elle n'est pas ma maîtresse, mais ma promise. En cette qualité, elle a tout lieu de prendre soin de mes invités.

La main de Diane s'avança sur son bras, ouvertement caressante.

— Il est connu de tous que cet engagement est condamné d'avance, Gerard. Quand ce caprice du roi prendra fin, nous nous marierons. Ma place est à votre côté. Et si vous vouliez vous montrer raisonnable, je vous donnerais fort volontiers, dès à présent, l'héritier qu'un ventre stérile ne pourra vous fournir…

Ardith serra le hanap entre ses doigts. Elle dut lutter âprement pour ne pas jeter le vin qu'il contenait au visage de la vile intrigante.

— L'offre est généreuse, commenta Gerard.

Diane afficha un sourire éclatant. Ardith songeait sérieusement à asperger de vin son fallacieux amant, cette fois, lorsqu'il ajouta :

— Néanmoins, je n'ai nul désir de vous épouser, et encore moins de partager votre couche. Je le ferai si Henry m'y contraint, mais d'ici là je m'emploierai farouchement à éviter une union aussi peu alléchante. A présent, ma dame, restez si vous y tenez. Sachez toutefois que votre présence n'est ni requise, ni souhaitée.

Ce rejet produisit sur Diane l'effet d'un soufflet. Son sourire s'évanouit. Ses traits trahirent d'abord la plus vive confusion, puis une fureur brûlante. Elle retira prestement sa main du bras de Gerard, comme si elle venait de lui découvrir une maladie mortelle.

— Un jour, Gerard de Wilmont, vous regretterez amèrement de m'avoir parlé ainsi, promit-elle.

Après quoi, le menton haut, elle quitta la chambre avec la dignité d'une princesse offensée.

Ardith soupira, soulagée de ce départ. Pourtant, la menace virulente que Diane avait proférée en sortant l'empêcha de recouvrer une entière sérénité. Pupille du roi, possédait-elle assez de pouvoir pour causer du tort au baron ?

— Vous vous êtes fait une ennemie, Gerard, murmura-t-elle.

Il haussa les épaules avec indifférence.

— Ne vous souciez point d'elle, Ardith. Venez, je veux vous présenter quelqu'un, ajouta-t-il comme si l'affaire était réglée.

Tout le reste de l'après-midi, il garda la jeune femme auprès de lui, malgré le désir de cette dernière de rester dans l'ombre. Il ne lui accorda un moment de répit qu'une fois les derniers visiteurs partis, lorsqu'il invita ses frères à s'asseoir pour dérouler devant eux le parchemin royal.

Avec un grand sourire, il parcourut la liste.

— Henry a gardé moins de terres de Northbyre que je ne l'escomptais, annonça-t-il.

Là-dessus, il tira sa dague et trancha le haut du rouleau.

— Ceci est pour moi.

— La forteresse de Basil, dans le Hampshire ? suggéra Richard.

— Tu as deviné. Maintenant, à toi de choisir ta part.

Il coupa le reste du parchemin en deux et lui tendit les deux moitiés. Le jeune homme montra une vive réticence.

— C'est à Stephen de choisir le premier. Il est ton frère de plein droit.

— Il me plaît d'ignorer cet accident de naissance. En outre, tu es de rang supérieur à lui, aujourd'hui. La chevalerie comporte certains privilèges.

— Sans Stephen, je n'aurais pas vécu assez longtemps pour être fait chevalier. Je lui dois et la vie, et ce titre. Il est naturel…

— Par Dieu, Richard ! Vas-tu te décider, oui ou non ? intervint leur benjamin. Choisis donc, qu'on en finisse !

Après une brève hésitation, Richard céda. Gerard remit la dernière partie du parchemin à Stephen.

— Vous détiendrez ces terres en tant que vassaux de Wilmont, précisa-t-il. Nous négocierons demain le montant des redevances et les chevaliers que je vous octroierai. Ceci devrait remplir notre pacte.

Ardith était stupéfaite de voir Gerard se défaire ainsi de la majeure partie des biens qui lui avaient été alloués par le roi, et ignorait de quel pacte il parlait, mais de toute évidence les trois frères étaient pleinement satisfaits.

— Dès que les enregistrements correspondants auront été faits, ajouta le baron, il faudra en délivrer la notification à tous les fiefs concernés, sous le sceau royal.

Stephen, qui examinait avec attention la liste de ses nouvelles possessions, releva brusquement la tête.

— Pourrai-je le faire moi-même ? s'enquit-il.

— Tu souhaites parcourir l'ensemble de ces terres ?

— Oui, confirma le jeune homme. Nous devons nous saisir de cette occasion, à mon sens, pour établir sur-le-champ l'autorité de Wilmont. Si l'un de nous se charge personnellement d'avertir nos nouveaux sujets, ce n'en sera que mieux et pourra nous éviter des troubles ultérieurs. En outre, cette visite en règle me permettra de détecter des germes de rébellion éventuels — et de les étouffer dans l'œuf.

— Sans compter que tu brûles de voir de tes yeux ce qui vient de t'être donné, plaisanta Gerard.

Stephen eut un sourire en coin.

— Cela est vrai. Je persiste à penser, néanmoins, que mon idée est bonne.

— M'est avis qu'il a raison, observa Richard, pensif. Si Stephen se rend dans chaque manoir et démontre clairement notre attention pour nos nouvelles terres, nous obtiendrons des comptes honnêtes.

Ils se mirent aussitôt à préparer ladite expédition comme une véritable campagne militaire, prévoyant les hommes nécessaires, les montures, les provisions et traçant l'itinéraire à suivre sur une carte.

— Peut-être devrais-je l'accompagner, suggéra Richard, manifestement tenté par un voyage après son long confinement.

Gerard pointa un index sur son torse, la mine intraitable.

— Toi, tu retournes à Wilmont. Je ne veux point te voir rôder sur les routes tant que tu ne seras pas complètement rétabli. De surcroît, il faut que quelqu'un prévienne Walter de l'accroissement de nos possessions.

Richard haussa les sourcils.

— Ne rentreras-tu pas toi-même, après ton séjour à la cour ?

— J'ai d'autres projets.

La surprise fut aussi totale que bienvenue pour Ardith. Elle pensait que Gerard souhaiterait passer l'hiver chez lui, afin de profiter de son fils, mais l'idée de rencontrer lady Ursula ne lui paraissait guère engageante. Elle accueillit ce délai de grâce avec gratitude.

Les pensées de Richard avaient suivi le même chemin que les siennes, apparemment.

— Ursula sera fort mécontente, dit-il, quand elle apprendra les faveurs que tu nous octroies, Gerard. Surtout à moi. Elle va glapir et se lamenter à en assourdir tout le château, et à faire fuir tout le monde devant elle.

Gerard sourit froidement.

— La fuiras-tu aussi ?

— J'ai l'intention de dormir dans l'armurerie et de prendre mes repas tout en bas de la table.

— Couard.

— Je suis prêt à affronter une armée entière pour défendre Wilmont, mais ta harpie de mère…

— Elle n'est qu'une femme. Tu es un chevalier. Rappelle-lui sa position.

— Je te laisse cette corvée. Son problème, à mon sens, est qu'elle n'a plus de position reconnue, et qu'elle le sait.

Indifférent à cet échange, Stephen étudiait toujours la carte.

— Peut-être pourrais-je emmener Corwin, dit-il. L'aventure lui plairait.

— Non, je vous en prie ! intervint Ardith.

Trop tard, elle porta une main à ses lèvres. Trois paires d'yeux verts étaient rivées sur elle, la soumettant à un examen acéré. Elle avait encore parlé sans y être invitée.

— Seriez-vous inquiète pour votre frère ? demanda enfin Gerard.

— Non, pas pour lui. Mais j'espérais qu'il pourrait rentrer à Lenvil, afin de s'occuper de notre père. Le laisser seul me tourmente.

Gerard comprenait mal sa piété filiale, vu la façon dont Harold la traitait. Il décida cependant de la tranquilliser.

— Avant son départ, sur ma demande, des médecins l'ont examiné sous toutes les coutures. Hormis sa jambe, il est doté d'un corps sain et robuste pour son âge. Et pour ce qui est du fléchissement de sa mémoire, John en est averti, ajouta-t-il avec un haussement d'épaule.

Ardith se mordit la lèvre. Il était clair qu'elle souhaitait protester, mais qu'elle n'osait le faire devant Stephen et Richard.

Ce dernier se leva et s'étira en bâillant.

— Si vous n'avez plus besoin de moi, je vais gagner mon lit. La messe sera dite de bonne heure, demain matin, et sera fort solennelle. Mais ensuite, je compte bien profiter pleinement des festivités de la Noël, maintenant que je suis de retour parmi les vivants.

— Moi, je vais me mettre en quête de Corwin, annonça Stephen.

Ses frères sortis, Gerard prit Ardith dans ses bras, se promettant d'autres festivités dans l'intimité de sa chambre.

— Si nous n'allons pas à Wilmont, où irons-nous ? s'enquit-elle entre deux baisers.

— Nous nous rendrons dans un petit manoir proche de Romsey. Les redevances n'ont pas encore été versées, je veux savoir pourquoi. Autant profiter de la morte saison pour cette visite.

— Romsey ? répéta la jeune femme, songeuse. Il me semble déjà avoir entendu ce nom.

— C'est là que la reine Matilda s'est retirée dans un couvent, il y a quelques années. Sans doute vous l'ai-je dit.

Les baisers reprirent, de plus en plus brûlants. Ardith enlaça le cou de Gerard, envahie par cette fièvre délicieuse qu'il était si habile à propager en elle.

— Cela se peut..., murmura-t-elle contre sa bouche.

— Mmm ?

Il avait déjà perdu le fil de la conversation, ce dont elle ne songea nullement à se plaindre.

Au cours de ses dix-sept années de vie, Ardith ne se souvenait pas d'avoir eu aussi froid. Malgré la toile épaisse de la tente qui la parait des vents glacés, malgré les braises ardentes contenues dans le bassinet posé sur un trépied, elle ne parvenait pas à se réchauffer.

Elva, elle, n'était nullement affectée par les rigueurs de l'hiver. Elle ronflait, pelotonnée sur sa palette disposée près du réchaud.

La jeune femme s'enfouit plus profondément sous ses fourrures et les rabattit sur sa tête. Si elle regrettait l'impulsivité de Gerard, elle n'y pouvait rien changer. Quinze jours après le bannissement de Basil et d'Edward, qui n'avait toujours été suivi d'aucune décision royale concernant leur châtiment définitif, le jeune baron avait brusquement perdu patience. Du soir au lendemain, comme à Lenvil, il avait donné l'ordre du départ — précipitant tout son monde dans la frénésie des préparatifs.

Ardith n'avait pas protesté, car il lui tardait de quitter la cour et d'échapper aux remarques mordantes de lady Diane, ainsi qu'aux murmures des courtisans. Elle ne tenait pas non plus à assister au supplice éventuel de Basil, les récits de Bronwyn l'ayant conduite à redouter le goût d'Henry pour les tortures les plus raffinées.

Ils avaient donc quitté Westminster ce matin-là, à l'aube, et chevauché toute la journée, quasiment jusqu'au crépuscule. Enfin, les tentes montées, la jeune femme avait pu se mettre à l'abri sous celle de Gerard ; après une légère collation de pain et de fromage, elle avait apprécié le vin chaud et épicé préparé par sa tante et s'était couchée, seule.

Un courant d'air glacé accompagna l'ouverture du rabat. Gerard entra avec Thomas, mais Ardith n'eut pas envie d'émerger de ses couvertures. Quelques minutes plus tard, son promis se coula à son côté, nu comme au jour de sa naissance, et découvrit son visage.

— Je savais bien que vous deviez être quelque part là-dessous, déclara-t-il d'un ton amusé.

Pour toute réponse, Ardith posa une main glacée sur son torse. Il en eut le souffle coupé, et glapit lorsqu'elle glissa ses pieds transis entre ses mollets.

— Par tous les diables ! Pourquoi ne m'avoir point dit que vous étiez changée en glaçon ? s'exclama-t-il en frissonnant.

Elle soupira, heureuse de sentir de nouveau ses orteils.

— Je vous croyais aussi vulnérable au froid que le commun des mortels, mais je me suis trompée. Vous êtes délicieusement chaud…

Gerard la prit contre lui, notant qu'elle avait gardé sa chemise. Le ronronnement d'aise qu'elle émit lui fit l'effet d'un soufflet. Depuis leur départ, il avait pressé ses hommes sans se soucier du confort d'Ardith. Nul ne s'était plaint, ni les gardes qui n'auraient jamais voulu admettre qu'ils avaient les pieds et les mains gelés, ni Elva douillettement blottie dans le nid de fourrures de son chariot, ni Thomas dont le sang était fouetté par l'excitation de ce voyage. Mais Ardith, mal protégée par sa mante en peaux de lapins et ses bottes trop fines, avait souffert. Il frémit à la pensée du martyre qu'elle avait dû endurer, les doigts gourds serrés sur la bride de sa haquenée. Le lendemain, se promit-il, il l'envelopperait dans sa cape de castor jusqu'à leur arrivée au manoir, qu'ils atteindraient vers la fin de l'après-midi. Et, pour l'heure, il allait la réchauffer à sa façon.

Il saisit l'ourlet de sa chemise, et fut récompensé par une tape sur la main.

— Gerard ! Vous ne pouvez songer à cela maintenant ! chuchota-t-elle.

— Y a-t-il meilleure manière de chasser le froid qui vous habite ?

Elle avait la bouche sur son torse, et il la sentit sourire.

— Non, mais nous ne sommes point seuls.

— Elva et Thomas sont endormis. A moins que vous ne hurliez de plaisir, ils ignoreront tout de nos efforts besogneux sous ces fourrures.

— Des efforts *besogneux ?* se récria Ardith à mi-voix. Est-ce donc une si rude corvée pour vous, de m'aimer ?

Gerard se mit à l'œuvre, assaillant ses sens de ses mains et de ses lèvres.

— Et comment ! plaisanta-t-il entre deux caresses. J'en sue à grosses gouttes. J'ai du mal à respirer. Mon corps tout entier est crispé par l'endurance requise. Cette tâche m'épuise, je ne puis attendre d'en être libéré pour connaître enfin l'apaisement du sommeil.

Malicieux, il fit glisser les doigts d'Ardith jusqu'à son sexe brûlant. Le résultat lui arracha un frisson de félicité.

— Mon pauvre baron ! murmura-t-elle sur le même ton. Il faut vraiment que je vous vienne en aide…

Elle crut entendre, alors, un léger bruit venant de la proximité du brasier. Un coup d'œil en direction d'Elva la rassura : sa tante ronflait toujours paisiblement. Oubliant ses scrupules, Ardith s'abandonna aux désirs de son promis et à la délicieuse chaleur qui déferlait enfin dans ses veines.

Gerard fit arrêter sa troupe sur une butte qui surplombait le fief de Romsey.

— Le manoir semble abandonné, observa Ardith.

Le baron acquiesça d'un signe de tête. Aucun manant ne s'affairait autour de la bâtisse en planches, nulle fumée ne montait du trou percé au centre du toit de chaume. Ce silence ne lui disait rien qui vaille.

Il démonta et tira son épée.

— Je vais avancer avec deux hommes. Thomas, ordonne aux autres de garder les femmes et les chariots.

— Vous devriez vêtir votre haubert, murmura la jeune femme du haut de sa jument.

Gerard leva les yeux vers elle et vit l'inquiétude qui troublait ses prunelles d'azur.

— La situation est anormale, certes, mais je ne pressens point de grave menace, répondit-il.

Ardith mit pied à terre et se dressa face à lui.

— Pourtant, vous vous préparez au pire, je le vois bien.

Comme il ouvrait la bouche pour répliquer, elle posa hardiment un doigt sur ses lèvres.

— Le sort frappe lorsqu'on s'y attend le moins, Gerard. De grâce, prenez garde à vous. Car si vous deviez m'être retiré, vous me manqueriez terriblement.

Là-dessus, elle reprit sa monture par la bride et s'apprêta à s'éloigner. Gerard la rappela aussitôt.

— Ardith !

Elle se détourna.

— Dites à Thomas de me quérir ma cote de mailles.

— Tout de suite, messire.

Le baron secoua la tête, se fustigeant de sa propre folie. Ses hommes risquaient de s'alarmer de ce surcroît de précautions. Pourtant, pour un sourire semblable à celui qu'Ardith venait de lui donner et pour la paix de son esprit, il était prêt à tout.

Elle lui réjouissait le cœur. Il lui manquerait *terriblement,* avait-elle dit. Que regretterait-elle au juste de lui, s'il mourait ? Ses baisers, ses étreintes ? Et combien de temps le pleurerait-elle ? Deux semaines, un mois ? Peu lui importait. Ce brin de femme l'enchantait au point qu'il en perdait son bon sens.

Lorsqu'il fut équipé, il vérifia qu'elle était entourée de soldats — fort conscients de ce qu'ils auraient à perdre s'ils négligeaient leurs devoirs envers elle. Puis, flanqué de deux gardes, il descendit prudemment vers le manoir.

— Holà ! cria-t-il à tout hasard. Y a-t-il ici âme qui vive ?

Contre toute attente, la porte tourna sur ses gonds rouillés. Un jeune homme, grand et maigre, se montra en retrait du seuil. Malgré sa mine résolue et la pique de berger qu'il brandissait fermement, telle une arme, la peur habitait ses prunelles. Pourtant, il ne broncha pas devant les trois guerriers qui lui faisaient face. Gerard admira son courage.

— Quel est ton nom ? demanda-t-il en rengainant son glaive.

— Pip, répondit le paysan d'une voix frêle. Et vous, messire, qui êtes-vous ?

Gerard haussa un sourcil, étonné de son audace.

— Je suis le baron Gerard de Wilmont, ton suzerain.

— Mon suzerain, c'est Everart.

— Las ! Mon père est mort depuis plusieurs mois, Pip. Je le remplace. Es-tu l'intendant ? Il va falloir me rendre des comptes sur le triste état de ce manoir.

D'un geste du bras, Gerard fit signe à Ardith et au reste de la compagnie de le rejoindre. Pip, alors, lui indiqua une tombe qui ne datait pas de la veille.

— C'est le vieux Biddle, qui aurait pu vous répondre. Il gît là-dessous depuis près d'une année, messire. Il a passé un soir juste après son souper, sans prévenir.

— Qui régit la propriété, depuis ?

— Vos vilains, messire. Nous gardons le manoir tour à tour et faisons de notre mieux. Nous savions bien que le baron viendrait un jour ou l'autre, pour réclamer ses redevances.

Brièvement, Gerard se demanda comment son père avait pu laisser décliner de la sorte une portion de son fief, en la laissant si crûment exposée aux pilleurs. Mais ses compagnons arrivaient déjà dans la cour. Il aida Ardith à démonter.

— Ardith, voici Pip qui garde le manoir, ce jour.

Pip s'inclina avec respect.

— Ma dame. Vous plairait-il d'entrer, pour vous mettre à l'abri du froid ?

Il s'écarta. Gerard pressa la jeune femme de passer la porte, et la suivit à l'intérieur. Aussitôt, plissant les paupières, il renifla d'un air soupçonneux. Près de lui, Ardith toussa et se couvrit le nez d'une main, afin de se protéger de la puanteur.

Des moutons ! Une douzaine de bêtes, chargées d'épaisses toisons, s'agitaient dans l'unique pièce du manoir. L'odeur était si piquante que les yeux de Gerard s'embuèrent.

— Vos redevances, messire, annonça Pip avec fierté.

— Dressez les tentes ! tonna le baron par la porte ouverte.

Deux jours plus tard, Ardith posa un tranchoir couvert de graisse et de viande de mouton devant le seigneur du manoir qui arborait une mine lugubre, assis à la table dressée sur des tréteaux. Groupés au fond de la pièce, Elva, Thomas et les hommes d'armes se restauraient en conversant entre eux, tandis que Meg s'affairait dans un coin.

— Déridez-vous, Gerard ! lança-t-elle d'un ton enjoué. Les choses ne vont pas si mal, maintenant. Je gage que nous pourrons même dormir ici, ce soir.

Gerard fronça le nez.

— Pas moi.

— Les femmes ont travaillé dur, afin de rendre cette maison habitable par leur suzerain.

— Les hommes aussi. Ils ont édifié un abri pour les chevaux et un enclos pour ces maudits moutons. Mais si j'ai consenti à prendre mes repas dans ce taudis, Ardith, ne m'en demandez pas davantage.

Ardith était trop lasse pour discuter. Elle avait aidé les paysannes, qui avaient offert deux journées de corvée pour cela, à décrotter le manoir à coups de pelle, à balayer le sol et frotter les planches des murs.

Les langues étaient allées bon train. Elle savait maintenant comment les choses se passaient du temps de Biddle, et qui faisait quoi dans le petit domaine. Il n'y avait pas de village. Les fermes étaient tenues par des familles de métayers, certaines cultivant du blé, de l'orge ou de l'avoine, d'autres élevant des moutons ou des porcs qui se nourrissaient de glands dans les bois voisins. Pour les denrées qu'ils ne pouvaient se procurer eux-mêmes, les paysans allaient troquer partie de leurs récoltes à Romsey.

A son tour, la jeune femme avait dû rassurer ses compagnes au sujet de leur nouveau seigneur. Elle avait décrit Gerard comme un maître exigeant, mais juste. Et qui saurait les défendre contre les pilleurs, en preux chevalier qu'il était. Puis elle avait tenu à éclaircir sa position, en leur expliquant la teneur du décret royal qui présidait à son engagement.

Meg, une jeune paysanne alourdie par l'enfant qu'elle attendait, s'était montrée compréhensive.

— Bah ! Pip et moi ne sommes point mariés non plus, ma dame. Si nous avons le temps de prononcer nos vœux, le jour où un prêtre passera par là, tant mieux. Sinon…

Son haussement d'épaule et son sourire avaient achevé de tranquilliser Ardith. Certaine de ne pas être mal jugée, elle avait poursuivi sa tâche en vraie dame du manoir.

Gerard écarta son tranchoir et se frotta les paupières d'une main lasse. D'évidence, il était aussi fatigué qu'elle.

— Combien de temps resterons-nous ici ? s'enquit-elle.

— Quelques semaines au moins. Je dois appointer un intendant et organiser la défense de ces gens.

— Les femmes ne se sentent nullement en danger, si près de la ville et de l'abbaye. Meg m'a conté que l'été dernier, la reine a envoyé sa propre garde pour mettre en fuite des malfaiteurs.

— Les hommes me l'ont dit aussi. Toutefois, ces soldats ont pour mission de défendre Matilda contre d'éventuels désagréments. Ils ne se battront pas pour de simples paysans.

— Ce manoir ne peut nourrir ni abriter une troupe importante.

— Un manquement de plus auquel il me faut remédier. Je pense que nous passerons l'hiver ici, tranquillement. Peut-être enverrai-je quérir Daymon…

Daymon, son fils. A l'idée de connaître le petit garçon, Ardith fut saisie d'un accès de panique. Elle adorait les enfants. Comment résisterait-elle à un bambin ressemblant à l'homme qu'elle aimait ? Elle n'aurait de cesse de remplacer la mère qui lui manquait, s'attacherait à lui. S'ils vivaient comme une vraie famille, durant cette période d'isolement, la séparation lui serait plus cruelle encore.

— Ce ne serait peut-être point sage, dit-elle.

Gerard lui jeta un regard surpris.

— Ce séjour vous coûtera-t-il ? J'aurais cru…

Elle se saisit du tranchoir usagé.

— Je parlais de Daymon. Faire endurer un si long trajet à un enfant de son âge, par des frimas pareils, me semble imprudent.

— Il est robuste. Et l'on veillera sur lui.

— Les petits tombent aisément malades, Gerard. Vous ne devriez point vous jouer ainsi de sa santé. Si vous tenez à le voir, retournez plutôt quelque temps à Wilmont.

Gerard fronça les sourcils, notant son front crispé et la façon dont elle esquivait son regard. Ces façons détournées ne ressemblaient pas à Ardith. Que cherchait-elle à lui dire ? Pourquoi voulait-il qu'il parte seul ? Se souciait-elle réellement du bien-être de Daymon, ou rechignait-elle à recevoir son bâtard dans ce manoir ?

Il écarta cette dernière hypothèse, impensable à son sens. Elle aimait trop les enfants pour repousser le sien, il en était certain. Et elle craignait le froid, se souvint-il de surcroît. Elle devait être sincère, dans son désir de protéger Daymon.

— Ardith ?

Lorsqu'elle tourna vers lui ses yeux cernés de fatigue, il sourit, soulagé. Sa petite guerrière était recrue d'épuisement, pas davantage. C'était la lassitude, qui lui ôtait sa franchise coutumière.

Il la débarrassa du tranchoir qu'elle tenait toujours à la main et l'attira sur ses genoux. Ardith lui enlaça la taille, enfouit son visage au creux de son cou.

— Peut-être avez-vous raison, céda-t-il. L'hiver est sans doute trop rude encore pour imposer un tel voyage à mon fils.

Il la sentit se détendre.

— Cette décision vous honore, répondit-elle, effleurant sa peau de son haleine. Vous rendrez-vous à Wilmont ?

— M'accompagnerez-vous ?

— M'en laisserez-vous le choix ?

— Non.

Gerard lui caressa les côtes, chercha la rondeur d'un sein sous la grossière cotte de drap qu'elle portait pour ses corvées.

— Nous avons à concevoir notre propre enfant, ma douce, l'auriez-vous oublié ? Où je vais, vous irez. Où vous êtes, je serai.

Ardith se pressa un instant contre sa paume, frémissante, puis elle s'écarta abruptement.

— Nous devrions nous retirer sous votre tente.

— Pourquoi ? Nous sommes seuls.

— Seuls ?

Surprise, Ardith regarda autour d'elle. De fait, les gardes s'étaient retirés dès leur repas terminé, au lieu de s'attarder devant une pinte de cervoise. Meg avait disparu, abandonnant les marmites qu'elle récurait dans une bassine un moment auparavant, Thomas et Elva s'étaient évanouis aussi.

— Où sont-ils tous ? Gerard, leur avez-vous ordonné de sortir ?

Les prunelles du baron pétillèrent.

— M'avez-vous entendu proférer un tel ordre ?

— Non. Et je trouve fort étrange que tout le monde se soit éclipsé sans prendre congé de nous.

— Cela vous ennuie-t-il ?

— Non, admit Ardith déconcertée. J'en suis seulement… étonnée.

15.

— Si vous n'avez plus besoin de moi, messire, j'aimerais aller vérifier l'avancement des travaux, dit Thomas en suspendant à une patère de bois la bride qu'il venait de réparer.

— Moi de même, messire, renchérit Pip. Si vous le permettez…

Gerard leur donna son assentiment d'un signe de tête et passa la main sur le flanc de son destrier, distrait. Dehors, des coups de martel résonnaient : ses soldats construisaient une armurerie. Les choses progressaient bien. L'ardeur de Pip lui plaisait. S'il apprenait à lire et à compter, le jeune homme pourrait peut-être devenir un bon intendant, aidé de Meg qui se montrait aussi zélée que lui.

Alors qu'il tournait la tête vers l'entrée de l'écurie, il aperçut Ardith qui se tenait sur le seuil, la mine pincée.

— Si vous n'êtes point trop occupé, Gerard, je voudrais vous parler, dit-elle.

Elle s'avança vers lui, relevant le bas de la cape de castor, trop longue pour elle, qu'il l'obligeait à porter lorsqu'elle sortait. Gerard croisa les bras et s'adossa à un pilier.

— Vous aurait-on contrariée ? s'enquit-il, inquiet et déjà furieux contre les coupables.

D'un geste de la main, Ardith désigna l'écurie déserte.

— Voyez par vous-même !

Le baron parcourut les lieux du regard, en pleine confusion.

— Qu'y a-t-il à voir ?

— Rien ni personne, précisément ! Dès que j'apparais quelque part, tout le monde me fuit comme si j'avais la peste. Thomas et Pip ne viennent-ils pas de s'enfuir tels des lapins poursuivis par un faucon ?

— Ils voulaient voir l'avancement du chantier.

— Le chantier ! Vos soldats ne supportent donc point de dormir au manoir, qu'ils jugent nécessaire de se construire une armurerie ?

— Ils ont coutume de passer l'hiver dans la salle d'armes, à Wilmont, répondit Gerard de plus en plus perplexe. En quoi cela…

Ardith secoua la tête, les lèvres serrées.

— Ils veulent s'isoler de moi, Gerard. Vos gardes ne m'apprécient point.

Le jeune homme faillit s'esclaffer haut et fort, tant cette notion était absurde, mais les larmes qui perlaient aux paupières d'Ardith lui glacèrent brusquement le cœur.

— D'où tirez-vous une telle idée ? s'enquit-il d'une voix douce. Ils se feraient tuer pour vous.

La bouche de la jeune femme trembla.

— Seulement parce que je vous appartiens.

Comme elle se trompait ! Ces rudes guerriers lui vouaient une vive affection. Les gaillards allaient même parfois fort loin, afin de gagner son estime.

— N'ont-ils pas confectionné la longue table et les bancs que vous souhaitiez ?

— Parce qu'ils étaient las de manger assis dans les jonchées.

— Ils ont connu bien pire, croyez-moi. De fait, ils se battraient presque pour être les premiers à combler le moindre de vos désirs, à m'en rendre jaloux ! Ils jouent les maçons, les porteurs d'eau, courent vous couper du bois dès que vous frissonnez…

Ardith campa sur ses positions.

— Ils n'agissent ainsi que par pure loyauté envers vous. Et ils ne sont point les seuls à m'éviter : les paysans aussi, me tiennent à l'écart. Qu'ai-je donc fait pour les offenser ?

— Ardith, vous perdez l'esprit ! Ces gens vous adorent !

— Non, je le sais.

Une larme roula enfin sur la joue de la jeune femme. Devant son désarroi, Gerard s'approcha d'elle et la prit dans ses bras.

— Qu'est-ce qui vous a poussée ainsi à bout, friponne ?

— Meg a refusé mon invitation à souper, avoua-t-elle. Elle repart chez elle dès que ses tâches sont accomplies, et Elva la suit. Personne ne semble vouloir s'attarder au manoir !

— Elva reste auprès de Meg parce que la naissance approche, ma douce. Elle vous reviendra vite.

Trop vite à son propre gré, ajouta le baron en lui-même. Les absences de la vieille harpie lui paraissaient plutôt une bénédiction.

Ardith leva vers lui un regard implorant.

— Mais les autres, Gerard ? M'accepteront-ils un jour ?

Le jeune homme devina la cause de sa détresse. Elle mettait toute son énergie à se créer un futur foyer dans ce manoir qu'il ne lui destinait nullement, s'ils devaient se séparer un jour — à Dieu ne plaise ! Romsey était trop distant de Wilmont. Il jugea, cependant, que le moment était mal choisi pour cette mise au point.

— Les femmes ne viennent me voir que pour m'apporter des présents, comme si elles voulaient apprivoiser une ogresse ! reprit Ardith avec rancœur. Après quoi elles décampent aussitôt. De fait, les seuls moments où je puis bavarder un peu avec quelqu'un, c'est quand vous êtes à la chasse. J'ignore pourquoi.

Cette remarque rendit Gerard songeur.

— Peut-être est-ce moi, que l'on fuit ?

— Jamais de la vie ! Vos métayers ne cessent de chanter les louanges de leur nouveau suzerain. Vous les avez conquis.

— Et, devant moi, tout le monde s'accorde à chanter les vôtres, renchérit le baron. Pourquoi ces gens changent-ils… lorsque nous sommes ensemble ?

Au moment où il prononçait ces mots, une explication lui traversa l'esprit. Elle lui parut si cocasse, néanmoins, qu'il préféra la vérifier avant d'en parler à Ardith.

— Venez, dit-il en la prenant par la main. Allons inspecter les travaux, nous aussi.

Ils se dirigèrent vers l'armurerie, où tout bruit cessa comme par magie dès qu'ils pénétrèrent entre les cloisons quasiment terminées. Un par un, les soldats posèrent leurs outils et s'éclipsèrent.

— Eh bien, que dites-vous de cela ? s'exclama la jeune femme. Il suffit que je me montre pour que vos hommes détalent !

Gerard réprima une forte envie de rire. Tendrement, il posa les mains sur ses épaules.

— Je crois avoir compris ce qui se passe, Ardith. Rentrez au manoir ; je vous y suivrai dans un moment.

Ardith hésita, intriguée, puis elle se décida à obéir. A peine s'était-elle éloignée que les charpentiers revinrent, ce qui accrut l'amusement du baron. Lorsqu'il se rendit au manoir, un moment plus tard, il y trouva Ardith en bonne compagnie : une fermière lui remettait une meule de fromage, Meg tirait du four des pains dorés à point, Elva cardait de la laine dans un coin, et les quatre femmes devisaient gaiement.

Pourtant, dès qu'il pénétra dans la pièce, le silence se fit et les intruses s'empressèrent de sortir.

Gerard s'assit à la table et brisa un morceau de pain chaud, souriant largement.

— Ardith, avez-vous parlé des conditions de notre engagement ? s'enquit-il.

Elle soupira.

— Oui. Et je crains que beaucoup ne les désapprouvent.

Le baron se mit à rire.

— Non, ma douce ! Ces braves gens, au contraire, font ce qu'ils peuvent pour nous permettre de réussir ! Je pourrais vous trousser n'importe où, aussi souvent qu'à mon gré, sans que nous soyons jamais dérangés !

Une vive rougeur gagna le cou et les joues d'Ardith.

— Que dites-vous là ? se récria-t-elle, horrifiée. Prétendez-vous qu'ils nous laissent seuls afin que nous puissions... Doux Jésus !

Elle cacha son visage dans ses mains. Gerard s'esclaffa de plus belle.

— Mes hommes d'armes et mes paysans ont comploté dans notre dos, Ardith. Avec une générosité sans pareille, ils me fournissent toutes les occasions possibles de me repaître de vous à mon gré. Devrais-je m'en plaindre ?

La dague cingla l'air et vint se ficher dans un navet qu'elle fendit en deux. Gerard sourit, satisfait.

— Fort bien, ma dame. Vous progressez de jour en jour. Pourquoi cette mine morose ?

— Si j'alimente la soupe de mes essais, messire, vous me désarmez toujours aussi aisément.

— Parce que je connais vos réactions et votre façon de lancer. Un adversaire sera grandement surpris de votre adresse, croyez-moi.

Ardith essuya la lame sur sa jupe et jeta le légume dans une marmite, l'air dégoûté.

— Je préfère faire couler du jus de navet que du sang.

L'idée de plonger sa dague dans le corps d'un homme lui soulevait le cœur, mais Gerard persistait à vouloir l'endurcir par ses leçons. C'était l'une des façons dont ils meublaient leurs nombreux moments de solitude, lorsqu'ils n'en profitaient pas pour s'ébattre longuement dans les fourrures de leur palette — ainsi que le souhaitait leur entourage — ou pour partager une tranquille collation en tête à tête. Pourtant, l'intense bonheur d'Ardith ne l'empêchait pas de réfléchir, ni de songer à l'avenir.

Elle rangea son arme dans sa botte, pensive.

— Vous devriez acheter d'autres moutons, Gerard.

Il plissa le nez.

— Quoi ?

Ardith sourit de sa grimace.

— Je connais votre aversion pour ces pauvres bêtes, mais elles constituent une vraie richesse pour vos métayers, qui tirent leurs principaux profits de la vente des toisons. D'après Meg, les prix augmentent d'année en année, à la foire de Romsey. Un troupeau plus important couvrirait largement les besoins du manoir et les redevances dues à Wilmont. En outre, Pip ferait un excellent maître berger.

— Je nourris d'autres projets pour lui, répondit Gerard, les bras croisés. Je compte lui confier le manoir, d'ici quelque temps.

— Oh…, fit Ardith, dont le sourire s'évanouit.

— Néanmoins, votre idée est digne d'intérêt, reprit le baron pour atténuer sa déception. J'en parlerai à Pip.

Il n'avait nul remords de lui causer de la peine, car il souhaitait qu'elle s'imagine en future maîtresse de Wilmont, et non en simple tenancière d'un manoir isolé.

Comme s'il avait entendu son nom, Pip se hasarda prudemment dans la pièce — et parut fort soulagé de trouver ses maîtres debout au milieu, tout habillés.

— Ma dame… Je suis marri de vous déranger, mais les douleurs de Meg ont commencé.

Ardith bondit du tabouret sur lequel elle venait de s'asseoir, dépitée par l'annonce de Gerard.

— Où est-elle ?

— Dans la cour, ma dame. Il n'est plus temps de rentrer chez nous, je crois bien.

— Conduisez-la ici, vite !

Le jeune homme ressortit, fort pâle, tandis qu'Ardith donnait ses ordres à Gerard.

— Il faut installer une palette près du feu. Et j'aurai besoin d'eau bouillante. Juste ciel, où sont mes ciseaux ?

— Si j'entends bien, je dois me préparer à passer la nuit à l'armurerie, grommela le baron.

— Cela se peut, répondit Ardith d'un ton absorbé. Certains accouchements sont longs, surtout pour un premier-né.

Meg entra, le visage crispé, soutenue d'un côté par Pip et de l'autre par Elva. Ils l'allongèrent sur la palette, où elle se pelotonna en gémissant. Gerard chargea un tonnelet de cervoise sur son épaule et poussa le futur père dehors.

— Allons nous mettre au chaud ailleurs, mon brave. Nous n'avons pas notre place ici, déclara-t-il sombrement.

Son humeur ne fit qu'empirer au fil des heures qui suivirent, et qui lui parurent fort longues. Trois soldats jouaient aux dés, trois autres dormaient lourdement en attendant de prendre leur tour de garde. Pip, ivre mort, ronflait à son côté. Il se sentait nerveux, ne pouvait supporter l'idée que Meg succombe à cet enfantement, comme la mère de Daymon morte d'une fièvre puerpérale sans qu'il en ait eu vent. Il ne l'avait appris que par la suite, quand on lui avait mis son fils dans les bras. Si la même chose arrivait à Ardith, quand son temps viendrait ? A supposer qu'il vienne un jour, bien sûr… Fallait-il souhaiter qu'elle ne coure jamais un tel risque ? Devait-il renoncer à elle, pour préserver sa vie ? Il serait pourtant comblé de joie, si elle lui donnait un héritier…

Ces pensées contradictoires s'emmêlaient et tourbillonnaient sans fin dans sa tête, le mettant à la torture et lui ôtant le sommeil. En outre, bien qu'il se fustigeât de sa faiblesse, le doux corps de sa promise et la chaleur de leur couche lui manquaient. Etait-il amolli à ce point, qu'il ne pouvait plus se passer du confort d'une femme et d'un lit ?

Enfin, avec les premières lueurs de l'aube, celle qui occupait son esprit sans relâche vint l'avertir en souriant que tout était fini. Ils sortirent ensemble de l'armurerie, enlacés.

— C'est un garçon, Gerard, annonça-t-elle, le visage illuminé de bonheur. La mère et l'enfant se portent bien, ils dorment.

— Le père aussi ! riposta Gerard, railleur. Il a apaisé les douleurs de l'attente en buvant jusqu'à plus soif. Faut-il le réveiller ?

— Non point. Laissons-le profiter de la dernière nuit de calme qu'il connaîtra avant longtemps, répondit Ardith, un sourire amusé sur les lèvres. Il ne sait point encore ce qui l'attend…

Elle se tourna vers son compagnon, et son cœur se serra devant sa mine défaite, ses paupières alourdies. Ce n'était sûrement pas Meg, qui l'avait privé de repos. Cette naissance avait dû l'agiter de tourments bien plus personnels. Tendrement, elle lui caressa la joue.

— N'avez-vous point dormi ?

— Pas plus que vous.

— J'avais des raisons de rester éveillée.

— Moi aussi.

Un bras sur son épaule, Gerard l'entraîna vers le manoir, aspirant à quelques heures de repos avec elle dans le havre de leur palette, que des draps accrochés au plafond isolaient du reste de la pièce.

— Meg souhaite donner votre nom au petit, déclara Ardith. Cela vous plairait-il ?

Le jeune homme dissimula de son mieux la fierté ridicule qui l'envahit à cette nouvelle.

— La pratique est courante. L'Angleterre ne pullule-t-elle point d'Henry et de William ?

Comme ils franchissaient le seuil de la maison, Ardith lui fit signe de se taire. Un profond silence régnait entre les murs de planches ; allongée près du feu, Meg était assoupie, le nouveau-né niché contre elle dans ses langes.

Gerard contempla avec émotion le minuscule visage, rouge et fripé, du petit être qui partageait son nom.

— La naissance a été difficile, chuchota Ardith. Ce jeune coquin se refusait à quitter le ventre de sa mère. Nous avons failli quérir l'assistance de sœur Bernadette, qui réside à l'abbaye.

— Une nonne ?

— Elle est surtout une sage-femme de grand talent et de grande réputation, d'après les paysannes.

Le baron engrangea cette information dans un recoin de son cerveau. Voilà qui était bon à savoir. En cas de nécessité, il serait soulagé que le sort d'Ardith ne dépendît pas seulement d'Elva.

En l'entendant soupirer, Ardith l'observa à la dérobée et nota la mélancolie qui se répandait sur ses traits. Songeait-il à l'héritier qu'il espérait vainement d'elle, se demanda-t-elle, ou au fils qu'il avait déjà ? De fait, ni l'une ni l'autre de ces pensées n'avait de quoi le réjouir…

Elle fut prise d'une soudaine pitié pour ce rude guerrier qui s'efforçait, avec tant de soin, de dissimuler au reste du monde la tendresse enfouie au fond de son cœur. Elle savait, elle, quel amour farouche liait le Lion de Wilmont à son jeune lionceau. La culpabilité l'envahit à l'idée qu'elle avait, égoïstement, fait passer ses propres sentiments avant ceux d'un père privé de son enfant.

— Gerard ? glissa-t-elle à mi-voix. Je crois que j'ai eu tort, au sujet de Daymon. Peut-être devriez-vous le faire quérir.

Le sourire éclatant qu'elle reçut en retour de cette suggestion ne la satisfit qu'à demi : plus que de la gratitude, il exprimait le triomphe. Une fois encore, songea Ardith passablement froissée, ce diable d'homme avait eu ce qu'il voulait ! S'était-elle laissé conduire par le bout du nez, en sotte qu'elle était ?

16.

Le lendemain matin, quand elle vit un chariot pénétrer en cahotant dans la cour, la jeune femme pensa qu'elle avait été plus naïve encore qu'elle ne le croyait. Un petit garçon trônait au côté du cocher, enveloppé dans des fourrures. La ressemblance de ce délicieux blondinet avec Gerard et Richard était si frappante qu'il ne pouvait s'agir que de Daymon ! D'ailleurs, son oncle chevauchait près de la voiture en compagnie de cinq gardes en armure, ce qui disait assez quelle importance on lui accordait.

A moins, songea-t-elle brièvement, que cet enfant ne fût le fils de Richard, après tout.

Elle renonça très vite à cette hypothèse : après avoir lancé un salut cordial à son frère, Gerard traversa la cour au pas de course pour venir tendre les bras au garçonnet. Celui-ci hésita un instant, puis se jeta en glapissant dans la fougueuse étreinte qui l'attendait.

Ardith s'approcha lentement de l'attendrissante paire qu'ils formaient, comparant l'enfant à son géniteur, et son cœur se mit à fondre. Elle n'avait point tort de se refuser à voir le fils de Gerard, se dit-elle, vivement émue ; car, au premier regard, il l'avait déjà conquise.

La tête sur l'épaule de son père, un pouce dans sa bouche, Daymon la regardait s'avancer sans ciller, rivant sur elle des yeux d'un vert lumineux. Elle s'arrêta à moins d'une coudée et agita les doigts en signe de bienvenue. Il cessa de téter, sur la défensive. Après quoi, pour le plus grand bonheur d'Ardith, il esquissa un sourire et gloussa.

— Seriez-vous déjà des amis ? plaisanta Gerard, dont les prunelles pétillaient de plaisir.

La jeune femme s'enhardit à caresser du revers de la main la joue veloutée du petit garçon, puis lui chatouilla le cou. Il gloussa de plus belle.

— Cela ne tardera point, me semble-t-il. Bonjour, Richard, ajouta-t-elle à l'intention du jeune homme qui était venu les rejoindre.

— Ardith.

— Nous devrions rentrer, Gerard, reprit cette dernière. Nos hôtes ont sûrement besoin de se réchauffer et de se restaurer.

— Dans un instant.

Sans la consulter, le baron lui tendit son fils. Ardith se saisit avec joie de Daymon, qui se crispa tout d'abord, mais renonça à se débattre et céda rapidement aux tendres bercements qu'elle lui prodigua.

Gerard se tourna vers son frère.

— Eh bien ? demanda-t-il d'un ton impérieux. Quelles nouvelles m'apportes-tu ?

— J'ai remis les titres de propriété à Walter, selon tes ordres. Et ta mère a réagi avec la virulence que je prévoyais ; elle te voue une vive rancœur d'avoir si richement récompensé un bâtard — et n'approuve guère non plus les dons faits à Stephen, trop jeune à son gré pour les mériter. J'ai préféré fuir son courroux.

— Mais pourquoi être venu ici ? Pourquoi m'avoir amené Daymon ?

Richard haussa ses larges épaules. Avec un petit sourire en biais, il ébouriffa les cheveux blonds de son neveu.

— J'ai pensé qu'il ne serait pas mauvais pour nous tous de jouir de quelques semaines de paix, avant de retourner affronter le pire.

A l'œillade qu'il lui décocha, Ardith comprit qu'il l'incluait dans ce « tous » et un frisson d'appréhension la parcourut.

Gerard croisa les bras, la mine dure.

— Qu'entends-tu par là ?

— Rien qui n'ait de quoi te surprendre. Ursula a eu vent du décret royal, et sa fureur à propos de tes legs n'est que douce brise comparée à celle que lui cause ton engagement. Elle clame haut et fort qu'elle ne tolérera point ton « immoralité », ni la présence d'une… Ardith sous son toit. Mieux vaudrait que tu t'abstiennes de rentrer à Wilmont tant que les conditions d'un mariage ne seront pas remplies, à mon humble avis.

La jeune femme n'eut aucun mal à deviner le terme que Richard avait poliment éludé. C'était d'une *ribaude*, que la mère de Gerard ne voulait point. En un éclair, tous les moments sordides qu'elle avait vécus à la cour lui revinrent à la mémoire. Ce supplice allait donc se poursuivre ? Et Richard, de surcroît, conseillait à son frère d'éviter sa propre demeure à cause d'elle ? C'était plus qu'elle n'en pouvait supporter.

Elle tourna les talons et se rua vers le manoir, Daymon dans les bras, ravalant la bile qui lui montait à la bouche. Gerard eut beau la rappeler rudement, elle n'obéit pas. La seule façon pour elle de ne plus penser, de ne plus souffrir, c'était de s'affairer.

— Pip ! lança-t-elle d'un ton coupant. Nous avons des hôtes. Allez décharger le chariot et transportez leurs coffres ici.

Elle débarrassa prestement l'enfant de ses fourrures, qu'elle laissa choir sur les jonchées, et jeta sa propre cape dessus.

— Elva, ce petit a besoin d'un bain. Amenez le baquet.

Sa tante la regarda de travers, mais elle s'exécuta. Ensuite, comme Daymon contemplait avec curiosité Meg et son nourrisson, Ardith alla le déposer près de la jeune mère, pour l'occuper en attendant que le bain soit prêt.

— Meg, voici Daymon, le fils de Gerard.

Elva poussa une exclamation offusquée, qu'elle ignora. Elle tira le baquet près du feu, l'emplit d'eau chaude, puis revint chercher le garçonnet, qui s'enfuit en courant. Elle le rattrapa et dut lutter pour le dévêtir, car il se tortillait comme un ver. La saleté de cet enfant la révulsa. Dès qu'il fut assis dans le baquet, où il commença aussitôt à jouer en s'esclaffant gaiement, elle jeta dans les flammes sa tunique rapiécée et ses pauvres chausses trouées. Ces oripeaux étaient indignes d'un fils de baron, fût-il bâtard, fulmina-t-elle en elle-même. Gerard serait furieux, s'il les voyait. Qui s'était permis de l'habiller ainsi ? Ursula le laissait-elle donc sans aucun soin ? Elle espéra que Richard lui aurait trouvé quelques effets mettables, avant son départ.

Alors qu'elle empoignait un chiffon et un morceau de savon pour frotter le bambin, la lourde porte de chêne se rabattit violemment contre la cloison et Gerard se dressa sur le seuil, blême de colère. Ardith ne l'avait vu ainsi qu'une seule fois, le jour où il avait frappé Basil, mais elle n'en fut nullement effrayée : elle était sûre qu'il ne porterait pas la main sur elle, en dépit de son courroux.

— Voulez-vous refermer la porte, messire ? lança-t-elle d'une voix posée. Votre fils va prendre froid.

— Couvrez-vous et sortez, Ardith ! rugit le baron.

— Vous voyez bien que je suis occupée…

Les mâchoires serrées, Gerard traversa la pièce à longues enjambées, et ramassa sa cape au passage. Il la jeta sur les épaules de la jeune femme et l'obligea à se relever.

— Venez !

— De grâce, Gerard…

Ardith ne put protester davantage. En un clin d'œil, elle se sentit soulevée de terre et atterrit rudement sur l'épaule de son promis, l'estomac cisaillé par le choc.

— Elva, prenez soin de Daymon ! commanda le baron d'un ton féroce.

Et il sortit du même pas rageur, transportant la jeune femme tel un sac de grains.

— Où… me… conduisez-vous ? gémit Ardith, la voix hachée par les secousses.

— Taisez-vous !

Une fois dans la cour, il cria :

— Richard, j'emprunte ton cheval !

Ardith manqua défaillir lorsqu'il sauta en selle sans la lâcher. Il s'installa, la fit glisser en travers de ses genoux et talonna les flancs du destrier, qui détala au grand galop.

Ils chevauchèrent furieusement durant un bon moment, au cours duquel la jeune femme crut plusieurs fois sa dernière heure venue. Le paysage hivernal défilait à la vitesse du vent, et nul obstacle n'arrêtait la course folle du baron. Enfin, il freina sa monture devant une cahute de bûcheron, visiblement abandonnée. L'énorme cheval noir de Richard écumait.

Gerard sauta à terre, empoigna sa compagne et la poussa dans la hutte. Faute de porte à claquer derrière lui, il renversa une escabelle d'un coup de botte. Ardith, qui tremblait de tous ses membres, ramena sa cape autour d'elle.

— Pourquoi m'avez-vous désobéi ? demanda-t-il enfin, d'un ton moins brutal qu'elle ne s'y attendait. Pourquoi vous être enfuie, alors que je vous rappelais ?

— Votre fils était transi et avait grand besoin d'être lavé. Je…

— Menteuse ! coupa-t-il. Je veux vos vraies raisons !

Il les avait devinées, savait fort bien qu'elle avait été blessée par les déclarations de Richard, mais voulait la forcer à l'admettre, afin de régler cette question une fois pour toutes.

Soudain, les prunelles d'Ardith s'assombrirent ; elles étincelèrent tels des saphirs. Elle était plus jolie que jamais, pensa Gerard, avec ces mèches brillantes qui s'étaient échappées de sa natte et lui barraient le visage. Il mourait d'envie de l'embrasser, de la rassurer, et cependant il ne pouvait se permettre de céder. Elle méritait une bonne leçon : sous aucun prétexte, en aucune circonstance, elle ne devait se dérober à ses ordres. Un jour, sa vie pouvait en dépendre.

D'un geste vif, elle écarta les cheveux qui collaient à ses lèvres. Sa main tremblait de colère.

— Ne vous ai-je point toujours obéi, jusqu'ici ? De fait, messire, je me suis montrée trop docile, durant trop longtemps, et cela a assez duré à mon goût ! Je désire mettre fin à cet engagement. Je vais faire porter au roi une missive lui demandant de me libérer, et de m'autoriser à regagner Lenvil.

Elle ne pouvait penser sérieusement ce qu'elle disait ! Le pouls de Gerard s'emballa.

— Votre rancœur vous égare, Ardith. Comment pourriez-vous me quitter de votre plein gré ? Vous m'aimez, je le sais.

Ardith ouvrit la bouche, le souffle coupé. Ses pupilles se dilatèrent, révélant sa vulnérabilité.

— Vous m'aimez, insista Gerard, et vous redoutez de souffrir par ma faute, parce que vous m'appartenez corps et âme. Mais le véritable amour exige des sacrifices, Ardith, car il accorde à ceux qui l'acceptent des joies sans pareilles. Fiez-vous à moi. Il ne vous adviendra aucun mal.

Elle lui jeta un regard implorant.

— Pourquoi me torturez-vous ainsi ? murmura-t-elle.

A bout de forces, elle se laissa choir sur l'escabelle et ferma les paupières, les épaules basses. Le spectacle de son chagrin eut raison du baron. Il s'agenouilla devant elle et lui prit les mains, faisant fi de tout orgueil et de toute fierté. S'il voulait la garder, il devait se montrer totalement sincère avec elle, il le savait. Et comment accepter de la perdre ? Il tenait plus à elle qu'à sa propre vie.

— Ardith, ma douce Ardith, dit-il en pressant ses doigts glacés sur son surcot. Croyez-vous que je ne comprenne point vos tourments ? Ils sont les miens. Ne sentez-vous point mon cœur qui bat pour vous ? J'ai lutté de toutes mes forces pour sauvegarder ma liberté, mais vous avez remporté la bataille, mon aimée. Je suis à vous, autant que vous êtes à moi.

A ces mots, Ardith rouvrit les yeux ; ils étaient pleins de larmes.

— Accordez-moi votre merci, ma tendre guerrière, ajouta Gerard d'une voix sourde. Adoucissez ma défaite de vos caresses et de vos baisers, au lieu de me repousser si cruellement. Vous êtes la première femme à laquelle je me rends et vous resterez la seule à jamais, je vous en fais le serment.

Ardith contempla ce fier et beau visage qu'elle chérissait tant, et qui implorait sa clémence. Par cet aveu, son bien-aimé exauçait son rêve le plus cher. Pourtant, cela ne suffisait point à chasser son amertume. Quels tristes tours le sort s'acharnait à lui jouer ! Gerard l'aimait, ce qu'elle n'eût jamais osé espérer, ce qui eût dû la combler de bonheur. Mais il était par trop réticent et ne trouvait nulle félicité, apparemment, dans cet amour qu'il subissait tel un joug, parce qu'elle était loin d'être l'épouse qui lui convenait. Si leur avenir, au moins, avait été sans nuages… Or les pires épreuves étaient encore à venir, pour lui comme pour elle. Surtout pour elle.

Elle sourit, tristement.

— Vous avez perdu une bataille, mais vous comptez encore gagner la guerre, Gerard, je le vois. Je vous en supplie : si vous m'aimez autant que vous le dites, laissez-moi partir. Séparons-nous avant que l'aigreur ne vienne ternir de si doux souvenirs.

— Non.

Connaissant son orgueil et sa volonté inflexible, Ardith ne s'attendait guère à une autre réponse. Elle insista néanmoins, avec chagrin, espérant encore le ramener à la raison en l'apitoyant sur son sort.

— Aussi fort que nous nous aimions, le jour viendra… où vous devrez épouser une autre que moi. Ne m'obligez point à attendre ce moment, à ignorer plus longtemps les embûches qui se dressent sur notre chemin.

Gerard serra ses doigts entre les siens.

— Rien ne vous permet d'affirmer que notre union est vouée à l'échec, mon bel amour. En outre, quoi qu'il advienne, mes sentiments pour vous resteront inchangés. Nulle femme, avant vous, ne m'a procuré autant de joie et de paix. Aucune ne sera à même de vous remplacer. Vous serez toujours mon épouse de cœur, la seule et unique qui comptera pour moi.

Ardith soupira, sachant qu'elle ne pourrait accepter ce rôle de compagne idéale, recluse dans l'ombre de son mariage. Néanmoins, comment résister à des serments aussi fervents ? S'il était prêt à tout braver pour la garder, y compris la haine de sa propre mère, pouvait-elle l'abandonner avant d'avoir la preuve formelle qu'elle n'était point faite pour lui ?

— Oh, Gerard… Que puis-je dire, si vous vous refusez à mesurer la folie de poursuivre ?

— Dites-moi simplement que vous m'aimez, et que vous n'envisagerez plus jamais de rompre. C'est le contraire, qui serait folie.

— Est-ce un ordre, messire ?

— Oui. Un ordre sans appel.

Vaincue, la jeune femme posa une main sur sa joue.

— Je vous aime, Gerard, admit-elle pour la première fois d'une voix qui tremblait d'émotion. L'amour que j'ai pour vous m'habite depuis des années, et ne me quittera jamais.

C'était tout ce que le baron souhaitait entendre. Fou de bonheur, il la serra dans ses bras et pressa ses lèvres au creux de son cou.

— Vous m'êtes nécessaire, Ardith. Je ne puis vivre sans vous. Prouvez-moi votre amour, ma douce. Donnez-vous à moi. Montrez-moi que le froid le plus mordant ne peut éteindre la flamme qui brûle entre nous.

L'ardeur de son étreinte et de ses baisers, la joie infinie de savoir qu'il l'aimait sans réserve ôtèrent à la jeune femme ses dernières réticences.

— Je me donne à vous, mon bien-aimé. Faites de moi ce qu'il vous plaira, murmura-t-elle contre ses lèvres.

Gerard jeta sa cape fourrée sur le sol, s'enroula dedans avec Ardith et la posséda farouchement, sans la dévêtir. La force de ce qu'ils venaient de vivre et de s'avouer fit pourtant de cette union brutale et inconfortable la plus éblouissante de toutes celles qu'ils avaient connues jusqu'alors. Le lien qui les attachait l'un à l'autre, enfin reconnu, les poussa vers les limites les plus extrêmes de la volupté.

Quand son promis laissa exploser en elle la passion qu'il lui vouait, accompagnant ce déferlement d'aveux brûlants, Ardith connut la jouissance la plus vive qu'elle avait jamais éprouvée. Et Gerard, en la sentant vibrer de tout son être autour de lui, soulevée par un plaisir si long et si fort, fut ébloui par une telle révélation. L'amour partagé était bien le plus puissant des aphrodisiaques. Un homme pouvait-il mourir de félicité ? se demanda-t-il en s'écroulant près de sa compagne, épuisé mais comblé par ce moment d'extase incomparable. Si oui, il mourrait heureux.

Toutefois, il préférait vivre encore un peu, afin de connaître d'autres bonheurs à la mesure de celui-là, se dit-il en attirant Ardith dans ses bras. Et, pour la première fois depuis maintes années, il pria, ardemment : « De grâce, Dieu tout-puissant, faites qu'elle ait conçu. Je ne puis la perdre. »

Quand avait-elle saigné ? Trois semaines auparavant, à Westminster. D'ici huit à dix jours, ils seraient fixés.

— Gerard ?

— Oui, mon aimée…

— Ces autres femmes qui vous ont donné moins de joie que moi, ont-elles été nombreuses ?

Il sourit, à moitié endormi, et songea un instant à la taquiner. Mais il y renonça — autant par charité que pour éviter de susciter son courroux.

— Pas autant que vous pourriez le penser.

— Vous souvenez-vous encore de certaines ?

Gerard fronça les sourcils, quelque peu agacé par ces questions qu'il jugeait incongrues. Cette femme était-elle insatiable ? Ne venait-il point de lui prouver, amplement, qu'elle était sans rivale ? Néanmoins, ses craintes étaient attendrissantes, et sa jalousie le touchait.

— Aucune n'a suffisamment compté pour que son souvenir résiste aux merveilles que j'ai découvertes avec vous, Ardith, répondit-il en l'embrassant. Et la perfection de nos accouplements m'ôte à tout jamais l'envie de faire de nouveaux essais. Etes-vous satisfaite ?

— Assez. Soyez averti, cependant : s'il vous arrivait de me trahir, mon bel amour, je n'hésiterais point à vous castrer.

Gerard gloussa, amusé par la férocité de cette menace. Mais lorsqu'il sentit la froideur d'une lame se poser sur ses parties viriles, il perdit brusquement toute envie de rire. La friponne ! Elle avait réussi à tromper son attention.

— Surprise, messire ! chuchota-t-elle contre ses lèvres, visiblement fort contente d'elle.

17.

Pour la châtier de son audace, Gerard lui refit l'amour, en la menaçant à son tour que ce serait la dernière fois avant longtemps si elle recommençait pareille imprudence.

— Vous en seriez aussi puni que moi, messire, se gaussa-t-elle en s'abandonnant à ses caresses enflammées. En outre, si mon amant a été offensé, mon maître d'armes n'est-il point satisfait de ma prouesse ?

Comment la contredire ? Frustré par le pouvoir qu'il lui avait donné sur lui, le baron se consola avec la semonce trop longtemps remise.

— Certes. Mais je ne saurais tolérer que vous mettiez votre vie en péril, Ardith, fût-ce par jeu ou par dépit. Je vous avais conduite ici pour exiger de vous le serment de m'obéir sans discuter, toujours, en tout lieu et en toute circonstance. Jurez !

De nouveau, les yeux de la jeune femme étincelèrent d'indignation. Puis, miraculeusement, ils se radoucirent.

— Vous êtes le seul homme auquel je puis envisager de confier mon sort sans réserve, Gerard, car je sais que vous agirez toujours pour mon bien. Si vous y tenez, je vous jure obéissance.

Gerard allait lui témoigner sa gratitude avec une ferveur redoublée, quand un bruit de sabots fort malvenu l'interrompit. Ardith en parut aussi déçue que lui.

— Richard ! grommela-t-il. Que vient-il faire ici ?

— Comment savez-vous qu'il s'agit de lui ? s'enquit la jeune femme qui remettait promptement de l'ordre dans ses vêtements.

— Je reconnais mon destrier.

Il se leva, rajusta ses chausses et sortit, non sans sourire du mécontentement de sa compagne. Son frère, qui venait de démonter, le jaugea d'un coup d'œil malicieux.

— Par tous les saints ! N'en as-tu point fini, encore ? Je croyais t'avoir laissé tout le temps d'imposer ton autorité à ce brin de fille ! T'aurait-elle donné du fil à retordre ?

— Prends garde, Richard. Je ne suis pas d'humeur à plaisanter, rétorqua Gerard, acide. Que se passe-t-il ?

— Il serait temps que tu rentres mettre de l'ordre au manoir, baron. La maison est sens dessus dessous. Ton fils réclame son père à grands cris, Meg ne peut calmer le sien et Elva, folle d'inquiétude, prépare des baumes.

— Des baumes ?

— Pour les contusions d'Ardith.

Alors que Gerard fronçait les sourcils, déconcerté, il sentit la main de la jeune femme se poser sur sa manche.

— Ma tante est convaincue qu'un jour ou l'autre vous me battrez, Gerard.

— Quoi ?

— Je sais qu'il n'en est rien. Mais Elva l'ignore.

Richard, qui avait enfourché sa monture, se racla la gorge.

— Dois-je la rassurer sur l'état de sa nièce ?

— Non, répondit le baron d'un ton furieux. Elle le constatera par elle-même quand Ardith rentrera.

Le jeune homme acquiesça d'un signe de tête et détala à vive allure. Ardith, enveloppée dans sa cape, le suivit des yeux.

— Comment nous a-t-il trouvés ? demanda-t-elle.

— Mon frère est le meilleur pisteur du royaume, répondit sombrement Gerard. Nul ne peut espérer lui échapper.

Là-dessus, il sauta en selle et empoigna la main qu'Ardith lui tendait. Lorsqu'elle fut calée sur ses genoux, cependant, il ne donna nul signe de vouloir partir. Comme elle levait vers lui un regard interrogateur, il sourit à demi, les yeux brillants.

— De fait, mon frère est arrivé trop tôt à mon gré. Si nous finissions ce que nous avions commencé ?

Pressée contre son ventre, Ardith ne put se méprendre sur le sens de sa question.

— Sur votre destrier ? s'exclama-t-elle, ahurie.

— Pourquoi pas ? Si je vous ordonnais de relever vos jupes et d'apaiser mon tourment pendant que nous chevauchons, le feriez-vous ?

Son sourire s'élargit, ouvertement provocateur. La jeune femme n'hésita qu'un instant. Ce diable d'homme la mettait-il au défi de rompre sa promesse d'obéissance, en lui proposant un accouplement aussi dépravé ? Il allait voir ce qu'il allait voir ! Elle se penchait déjà pour saisir l'ourlet de son bliaut quand il l'arrêta, les prunelles assombries par le désir.

— Je plaisantais, friponne. Je prendrai mon mal en patience jusqu'à ce soir. Mon cheval nous jetterait à terre avant que nous ayons réussi à nous joindre.

Ardith ne put réprimer un soupir de regret. L'expérience la tentait assez, à dire vrai… En riant, son promis l'embrassa et mit sa monture au petit trot pour rejoindre ceux qui les attendaient dans l'anxiété.

*
* *

Durant le souper, la jeune femme s'étonna encore de la ressemblance entre Gerard et Richard. Il était aisé d'admettre qu'Edward Siefeld ait pu s'y tromper, songea-t-elle. Et malgré l'amitié qu'elle portait au jeune homme, à sa grande honte elle ne put s'empêcher de remercier le ciel de cette méprise.

— Le comte de Warwick s'est arrêté à Wilmont en rentrant de la cour, déclara Richard. Henry va laisser moisir Basil et Siefeld dans leur geôle quelque temps encore, paraît-il. Pour l'heure, il est préoccupé par ses démêlés avec l'Eglise.

— N'est-ce point fini ? se récria Gerard.

— Non. Il bataille toujours pour éviter l'excommunication et négocie avec l'évêque Anselme, qu'il a rappelé de son exil.

Ardith, qui suivait la conversation avec attention, fronça soudain les sourcils. Le vin qu'elle venait d'absorber lui laissait un arrière-goût amer dans la bouche. Elle tourna les yeux vers Elva, soupçonnant celle-ci de lui avoir administré une potion en dépit des efforts qu'elle avait déployés pour la convaincre qu'elle n'avait subi aucune violence. Pour l'amour du ciel, cela ne se voyait-il point ? Mais sa tante n'en faisait qu'à sa tête, et cela ne pouvait durer.

Irritée, elle abandonna la table à contrecœur et fit signe à la coupable de la suivre dans un coin retiré.

— Vous avez mis des herbes dans mon vin, chuchota-t-elle d'un ton accusateur.

— Un remède roboratif, confirma Elva sans la moindre gêne.

Sa hardiesse accrut l'irritation d'Ardith.

— Je n'en ai nul besoin. Comment osez-vous me faire avaler des potions à mon insu ?

— Ardith, mon cœur… Je *connais* ces Wilmont. Je sais ce que tu dois endurer en silence. Je voulais seulement…

— Il suffit ! coupa durement la jeune femme. Vos accusations sont ridicules.

— Tu défends le baron parce qu'il te tient sous son emprise, par la violence.

— La seule emprise que Gerard exerce sur moi est celle de l'affection, ma tante. Ouvrez donc les yeux !

Elle releva sa manche.

— Suis-je marquée ? Ai-je l'air d'une femme brutalisée ? Je vous préviens : si vous persistez dans vos folies, c'est moi qui vous renverrai à Lenvil !

La menace porta. Elva en parut si mortifiée qu'Ardith éprouva un instant le désir de la consoler, mais elle devait se montrer ferme. Avant de se laisser apitoyer par sa parente, qu'elle chérissait tendrement malgré ses défauts, elle tourna les talons et retourna s'asseoir.

Bien que quelques restes de neige fussent encore visibles sur les pentes des collines, l'hiver était déjà moins rigoureux. Et si Gerard appréciait ce redoux, il déplorait pourtant le passage des jours. Une année lui avait paru éternelle, quand Henry avait édicté le décret qui le liait à Ardith. Mais, au bout de trois mois, le ventre de sa promise était toujours vide d'enfant.

Un tisonnier à la main, il remuait distraitement les braises du réchaud pendant qu'Ardith, derrière lui, se préparait pour la nuit et ajustait ses bandages. Il tourna la tête lorsqu'elle vint le rejoindre, les pieds nus, drapée dans sa chemise de toile blanche. Des larmes brillaient dans ses yeux.

Muet, incapable de lui offrir les paroles de réconfort qu'elle attendait, il continua à tisonner le feu. En serait-il ainsi à chaque lune ? Ardith en pleurs, et lui la langue liée par la déception ?

— Gerard, murmura-t-elle d'une voix étranglée. Je…

Soudain, elle s'affala près de lui, une main serrée sur sa cuisse.

Lâchant le tisonnier, le baron la prit dans ses bras et la fit asseoir sur ses genoux. Elle crispa les paupières, s'efforçant d'endiguer la vive douleur qu'elle venait d'éprouver. Quelque chose lui disait que Corwin était blessé, qu'il essayait d'entrer en contact avec elle. Mais comment était-ce possible, puisque son jumeau se trouvait à des dizaines de lieues de Romsey ? Elle secoua la tête, désemparée. Se trompait-elle, ou son jumeau était-il plus proche d'elle qu'elle ne le pensait ?

— Qu'avez-vous ? s'enquit Gerard, inquiet.

— J'ai terriblement mal à la jambe. Ici.

Il releva sa chemise et massa l'endroit qu'elle lui indiquait. La douleur s'atténua.

— Je ne vois nulle trace de contusion. Vous seriez-vous froissé un nerf ?

Ardith ne répondit pas, n'osant lui faire part de ce qu'elle soupçonnait, de crainte de l'irriter. Les yeux fermés, elle se concentrait sur son frère et se rassurait peu à peu. Corwin avait subi une atteinte, certes, mais il n'était pas en danger. Elle ne discernait nulle alarme, tandis qu'elle se représentait son image.

— Ardith ? Souffrez-vous toujours ?

Elle rouvrit les paupières. Le visage de son promis exprimait une telle compassion, un tel souci pour elle qu'elle écarta ses réticences. Gerard l'aimait assez pour qu'elle pût lui parler sans détours, décida-t-elle.

— Je crois… que Corwin a été blessé. Et qu'il n'est pas loin d'ici.

Gerard haussa les sourcils, comprenant ce qui venait de se passer. Puis il se renfrogna, pressant doucement les doigts sur la cuisse de la jeune femme.

— C'est sa souffrance, que vous ressentez ? s'enquit-il avec une pointe de colère.

— Il n'y est pour rien, Gerard.

— Est-ce grave ?

— Je ne le pense pas.

— Et les autres ?

« Les autres ? » Tout à coup, Ardith se rappela Stephen et les soldats qui étaient partis inspecter avec son frère les possessions de Basil. Elle réfléchit, regrettant pour une fois de ne pouvoir lire à distance dans les pensées de son jumeau, et finit par secouer la tête.

— Je ne puis l'assurer, mais je gagerais qu'ils ne sont point en danger. Corwin ne me semble pas alerté outre mesure.

Gerard soupira, plus contrarié qu'il ne l'aurait voulu par cette scène. Si ce lien mystérieux existait bel et bien entre Corwin et Ardith, pourquoi tardait-elle à prouver que son frère ne s'était pas trompé en déclarant qu'elle était intacte, à Westminster ? Il se contraignit à réprimer sa rancœur — et ses doutes.

— A quelle distance d'ici se trouvent-ils, d'après vous ?

— Ils devraient être à moins d'une journée de cheval.

— Avez-vous une idée de la direction ?

— Non, mon aimé. J'aimerais pouvoir vous en dire plus, afin d'apaiser vos tourments, mais cela m'est impossible.

A l'instant où elle prononçait ces mots, Ardith fut prise d'un soupçon. Elle plissa les paupières.

— Vous ne songeriez pas à vous porter à leur rencontre ?

L'idée avait traversé l'esprit du baron. En l'entendant exprimée à voix haute, cependant, elle lui parut ridicule — surtout s'il n'accordait plus la même foi à de tels pressentiments.

— Pas ce soir, en tout cas. Nous verrons demain. Etes-vous en état de marcher, ou dois-je vous porter jusqu'à notre couche ?

Ardith lui décocha un sourire espiègle.

— Je *pourrais* marcher, je crois. Si j'en avais l'envie…

— Friponne !

Rasséréné par son humeur mutine, Gerard la souleva dans ses bras et franchit la distance qui les séparait du fond de la pièce. Avant d'écarter les tentures, il s'arrêta pour contempler son fils, endormi dans un nid de fourrures au pied de leur lit. Il remit la jeune femme sur ses pieds et se courba pour remonter une couverture sous le menton du petit garçon.

— Il vous ressemble tellement, murmura Ardith. Il a même hérité de votre tempérament volontaire. Cela se voit jusque dans son sommeil.

Le baron songea à la façon dont elle s'occupait de Daymon, depuis son arrivée. Elle l'entourait de soins attentifs, comme une vraie mère. Si seulement elle pouvait, à son tour…

Il coupa court à ces pensées, trop moroses.

— Il est heureux ici, n'est-ce pas ?

— Oui. Il adore les moutons.

— Peut-être a-t-il un problème d'odorat ?

— Non point. Son délicieux petit nez fonctionne à merveille. Contrairement à vous, il n'a aucun préjugé contre ces gentils animaux, riposta Ardith, rieuse, en se mettant au lit.

Avant de la rejoindre sous les fourrures, Gerard observa encore son fils, pensif. Ardith n'était pas la seule à s'être prise d'affection pour lui. Les paysans aussi. Un jour, Daymon aurait besoin d'un endroit lui appartenant en propre. Ce pourrait être ce manoir.

18.

Gerard arpentait le manoir en rongeant son frein, tel un étalon retenu contre son gré dans un enclos. A son lever, il avait mesuré qu'il ne pouvait réellement pas se mettre en quête de Stephen et de Corwin — sauf à passer pour fou. De quoi aurait-il l'air, s'il déployait ses hommes dans les environs afin de secourir un blessé qui se portait peut-être fort bien, et alors que rien n'attestait du retour imminent des deux jeunes gens hormis le vague « pressentiment » d'une sœur !

Cette affaire lui portait sur les nerfs. Finalement, las de tourner en rond, il proposa à Richard qui rompait son jeûne de sortir ferrailler avec lui dans la cour, histoire de vérifier si sa dextre avait recouvré toute sa vigueur. Son frère se montra enchanté de la suggestion.

Quelques minutes plus tard, les deux comparses échangeaient des coups furieux en souriant jusqu'aux oreilles, sous le regard inquiet d'Ardith qui les observait depuis le seuil au côté de Thomas. Ils ne portaient ni heaume ni haubert, et menaçaient à tout instant de s'embrocher.

— Ils sont bien appariés, commenta le jouvenceau d'un ton appréciateur, sans témoigner du moindre effroi.

La jeune femme acquiesça d'un signe de tête, se reprochant sa nervosité. Gerard et Richard se montraient en effet d'une souplesse et d'une habileté admirables, chacun défendant son territoire pied à pied avec la férocité d'un lion, mais ils donnaient surtout l'impression de s'amuser comme deux larrons en foire. Ils suaient à grosses gouttes, juraient, grognaient, bondissaient, heurtaient leurs lames sans relâche et paraissaient y trouver grand plaisir. Un cercle de curieux s'était attroupé autour d'eux, manants et hommes d'armes mêlés. Ils ne plaignaient pas les encouragements et les paris allaient bon train.

Soudain, au milieu de ce vacarme bon enfant, Ardith perçut un son qui lui fit vivement tourner la tête vers la route. Ce qu'elle vit lui coupa la respiration.

— Thomas ! s'exclama-t-elle. Pouvez-vous mettre un terme à ce combat ?

— Certes, ma dame. Mais je vous préviens : ils ne vont pas être contents !

— Peu m'importe. Nous avons des hôtes.

Le jeune serviteur jeta un coup d'œil à l'orée de la cour, comprit et porta deux doigts à ses lèvres, afin d'émettre un sifflement puissant. Aussitôt les combattants s'arrêtèrent, rivant sur lui un regard interrogateur. Thomas leur désigna la paire de cavaliers qui arrivait, et le pouls de Gerard s'emballa.

Ardith avait dit vrai ! Incrédule, il porta les yeux vers sa promise, dont le visage s'était illuminé de joie. Puis elle saisit sa cotte à deux mains et s'élança en courant vers son frère, voile au vent, si heureuse que le cœur du baron se contracta d'une envie qui frisait la jalousie. Il se fustigea de cette réaction puérile. Ardith l'aimait aussi, par tous les diables ! Il en avait la certitude absolue, et ce n'était pas un jumeau — fût-il adoré — qui allait lui prendre sa place. Pourtant, il ne put s'empêcher de songer que leur amour restait teinté d'un filet d'amertume, altéré par l'ombre de l'incertitude qui planait sur leur avenir. Le jour viendrait-il où Ardith se jetterait ainsi à son cou, rayonnante, parce qu'elle saurait enfin que rien ne pourrait les séparer ? Aurait-il la joie, un jour, de la voir virevolter entre ses bras avec de grands éclats de rire, certain qu'elle était à lui pour l'éternité ?

— Stephen paraît furieux, remarqua Richard, l'arrachant à ses pensées mélancoliques.

Ils remirent leurs armes à Thomas et se dirigèrent vers leur benjamin, qui, de fait, semblait prêt à exploser.

— Bonté divine, Gerard ! J'ai tant de nouvelles à t'annoncer que je ne sais par quoi commencer, grommela-t-il en confiant sa monture à un garde.

— Si tu me disais d'abord comment Corwin a été blessé ? suggéra le baron, mi-figue mi-raisin, en constatant que son écuyer regagnait le manoir appuyé sur Ardith, la jambe raide.

— Oh, c'est là le moins grave, répondit Stephen. Dans ma hâte de te rejoindre, j'ai poussé ma troupe à chevaucher après la nuit tombée, hier soir. Le cheval de Corwin a trébuché dans une ornière et jeté son cavalier à terre, sur une pierre pointue. Corwin en a ressenti une vive douleur, mais il n'a rien de cassé. Après cet incident, nous avons dressé le camp jusqu'à l'aube.

— Où sont tes soldats ? s'enquit Gerard, dissimulant le léger malaise que lui causait cette information.

— Ils nous suivent. Corwin et moi avons pris les devants afin d'arriver plus vite. Prépare-toi à un vilain choc, mon frère : Basil de Northbyre et Edward Siefeld se sont échappés de leur cachot.

Le choc fut rude, en vérité. La rage qui envahit Gerard lui fit l'effet d'un terrible coup de poing dans l'estomac.

— Quand ? gronda-t-il.

— Il y a plusieurs jours de cela. De l'avis général, ils ont déjà dû s'embarquer sur un navire à destination de la Normandie.

Le baron était hors de lui. Henry s'était arrogé le privilège de châtier son pire adversaire, et il le laissait s'enfuir ? Au diable la justice royale ! Wilmont allait réclamer son dû à la pointe de l'épée !

Richard, qui avait deviné ses plans, intervint d'une voix apaisante :

— Rentrons, Gerard. Nous discuterons de ce qu'il convient de faire devant un gobelet de cervoise.

A l'intérieur du manoir, Ardith aidait son jumeau à s'asseoir sur un banc, ménageant de son mieux sa jambe meurtrie.

— Tu savais, pas vrai ? murmura Corwin.

La jeune femme lui tâta la cuisse avec précaution et soupira.

— Il m'a semblé qu'une flèche me pénétrait les chairs, hier soir. La douleur a été si vive que j'ai failli m'effondrer. Mais cette fois, au moins, l'os n'est pas brisé.

Corwin lui caressa la joue du bout des doigts, tendrement.

— Toi, tu vas bien, sœurette. Je te sens heureuse et satisfaite.

Gênée par cette remarque, Ardith s'empressa de changer de sujet.

— Pour l'amour du ciel, comment as-tu pu tomber de ta selle ? Ne sais-tu plus tenir sur un cheval ?

Son frère haussa une épaule.

— Il faisait nuit noire, je n'ai pas vu une ornière.

— Quelle idée de chevaucher de nuit, grands dieux ?

— Stephen était pressé de s'entretenir avec Gerard. Tu ne tarderas point à en voir le résultat, c'est moi qui te le dis.

— Qu'est-il donc arrivé ?

— Basil et Edward ont pris la poudre d'escampette.

Comme Ardith réprimait un cri horrifié, Corwin ajouta :

— Et ce n'est pas tout. Il y a du grabuge à Wilmont. Lady Ursula…

Il fut interrompu tout net par l'arrivée brutale du baron, que suivaient Richard et Stephen. Gerard plongea un gobelet dans un cruchon de cervoise, le vida d'un trait et répéta l'opération. Après quoi, adressant un bref salut à son écuyer, il s'affala de tout son poids sur le banc et frappa la table de sa timbale.

— J'aurai la tête de ce fils de catin ! jura-t-il, les dents serrées.

— Lequel ? lança Richard goguenard. Basil, Edward ou Henry ?

— Basil d'abord, gronda le baron.

Stephen intervint prudemment.

— La consolation est faible, je le sais, mais Henry t'envoie ses excuses et promet de rattraper les fuyards au plus vite. Il a mis sa garde personnelle à leurs trousses.

— Compte-t-il les suivre en Normandie ? persifla Gerard.

— De fait, il n'est pas absolument certain qu'ils aient pris la mer, même s'il est probable que Basil tente de se réfugier sur les terres qui lui restent en France. Le roi a donné l'ordre de fouiller le royaume de fond en comble.

— La belle affaire ! Autant chercher une aiguille dans une meule de foin !

Nul ne le contredit. Après un silence tendu, le baron darda un regard noir sur son jeune frère.

— La tour de Guillaume le Conquérant est une forteresse impénétrable, dont il est impossible de s'échapper sans secours extérieur. Qui a eu le front d'aider Basil ?

— Le bruit court que lady Diane a fourni des épées aux prisonniers, afin de faciliter leur évasion.

Le sang d'Ardith se figea dans ses veines, tandis qu'elle se remémorait le serment vengeur de sa rivale. Diane de Varley avait tenu parole. A voir la façon dont les doigts de Gerard se serrèrent autour de sa timbale, il était clair qu'il se jurait à son tour de briser le cou gracile de la belle félonne, d'une blancheur de lys. Stephen le perçut, lui aussi, car il précisa :

— Elle est morte, Gerard. En récompense de son aide, l'un ou l'autre de ses débiteurs l'a tuée, ainsi que deux gardes. Henry est blême de rage. Même fautive, Diane était sa pupille, placée sous sa protection. Il veut la tête de Basil embrochée sur une lance.

— Il l'aura, à la pointe de la mienne !

Durant la pause qui suivit, le baron nota que son frère passait une main nerveuse dans ses cheveux noirs. Il lui jeta une œillade acérée.

— Qu'as-tu encore à me dire, Stephen ? Parle !

Le jeune homme déglutit et s'accouda à la table.

— Après avoir inspecté les possessions de Northbyre, j'ai fait une halte à Wilmont, afin de vérifier si ce que j'avais vu correspondait à la teneur des actes qui ont été remis à Walter. A quelques détails près, tout paraît en ordre.

— La mauvaise nouvelle, à présent ! commanda Gerard d'un ton sans réplique.

Stephen coula vers lui un regard anxieux.

— Notre mère a l'intention de bannir tout bâtard et toute ribaude des terres de Wilmont.

Gerard crispa les paupières et inspira profondément.

— J'ai tenté de lui faire entendre raison, reprit le jeune homme, mais je n'oserais jurer de mon succès. Walter est d'avis, comme moi, que seule ton intervention directe peut la contraindre à reculer.

Le baron abattit ses paumes sur la table.

— Nous partirons demain matin pour Wilmont. Stephen, monte une escorte. Richard, fais entasser des provisions dans un chariot. Ardith, emballez ce dont Daymon et vous aurez besoin pendant le voyage.

Tandis que tout le monde se levait pour exécuter ses ordres, Ardith resta assise, les mains nouées dans son giron.

— Eh bien ? Pourquoi ne bougez-vous point ? s'enquit Gerard d'un ton las.

La jeune femme en fut étonnée, car elle s'attendait à une verte semonce.

— Je requiers une faveur de vous, Gerard.

Il enfourcha le banc de manière à lui faire face. Penché vers elle, il murmura sourdement :

— Quelle sotte notion avez-vous encore à l'esprit ?

Ardith déglutit, sachant qu'elle avait fort peu de chances d'obtenir ce qu'elle désirait.

— Je gage que vous reviendrez ici, après votre visite à Wilmont, car il vous reste encore maintes affaires à régler. Il me semblerait raisonnable de vous y attendre en compagnie de Daymon. Pourquoi infliger ce double trajet supplémentaire à votre fils, si vous n'avez pas l'intention de le laisser à la garde de lady Ursula ?

L'expression de Gerard s'adoucit, ce qui la surprit derechef. Il lui prit les mains et les porta à ses lèvres.

— Je gage, moi, que vous n'avez nul désir d'affronter le courroux de ma mère, friponne. Et je ne saurais vous en tenir rigueur. De fait, si je pars avec une troupe réduite, je pourrai être de retour d'ici une semaine. Mais vous me manquerez grandement, ma douce.

— Vous me manquerez aussi, Gerard.

Le baiser qui suivit cet aveu fut empreint d'une telle passion qu'il pénétra Ardith jusqu'à la moelle des os.

— Je crains pour votre sûreté, ajouta le baron en la serrant contre lui. Avec Basil se terrant je ne sais où, je préférerais ne point vous quitter, mais l'attitude outrageuse de ma mère mérite une sentence immédiate. Le plus tôt elle cessera de nuire, le mieux ce sera. En outre, je doute fort que ce scélérat et son mercenaire viennent rôder aux abords d'une ville où réside la reine. C'est la principale raison qui me pousse à fléchir. Et je vous laisserai sous la protection de Corwin et de mes soldats.

Emue par le souci qu'il avait d'elle, Ardith s'écarta et lui décocha un petit sourire tremblant.

— J'avoue qu'une capitulation aussi rapide avait tout lieu de m'étonner, messire. Il n'est guère dans vos habitudes de céder sans discuter aux injonctions d'une femme.

— Il me semble pourtant, ma dame, que je suis tout dévoué à vos ordres, quand vous m'implorez de mettre un terme à certains supplices…

L'éclat malicieux qui brillait dans ses yeux verts fit rougir la jeune femme. Elle enfouit son visage au creux de son épaule.

— Puisque vous êtes si bien disposé, Gerard, j'ai une autre faveur à vous demander, murmura-t-elle.

— N'outrepassez-vous point vos droits, friponne ? rétorqua-t-il, faussement sévère.

— Non, répondit Ardith d'un ton grave. Malgré les fautes dont votre mère s'est rendue coupable, je vous adjure de ne point la châtier trop cruellement. Vous risqueriez de le regretter jusqu'à la fin de vos jours.

Le baron ne répondit pas. Il se contenta de l'écarter et de poser un dernier baiser au creux de sa paume, avant de se lever pour aller changer ses instructions.

*
* *

Quelques jours plus tard, Ardith contemplait Meg en train de donner le sein au petit Gerard. Il y avait eu une époque où ce spectacle l'emplissait d'un vif chagrin, mais ce temps-là était révolu : elle avait décidé de prendre son dèstin en mains.

— Lors de votre accouchement, Meg, vous avez parlé de sœur Bernadette, du couvent de Romsey. S'y entend-elle aussi bien qu'on le dit aux mystères des entrailles de femme ?

Meg haussa une épaule.

— Ce qui est sûr, ma dame, c'est qu'elle a sauvé plus que sa part de mères et de nouveau-nés, ces dernières années. Pour le reste…

— Je gagerais que son expérience a dû l'enrichir de connaissances précieuses. Cela mérite considération.

— Que comptes-tu considérer de la sorte, sœurette ? lança plaisamment Corwin qui entrait dans la pièce.

Ardith se leva et le prit par la manche.

— Une affaire qui te concerne, mon frère.

— Doux Jésus ! Je n'aime point ce ton sérieux, Ardith. Que me réserves-tu encore ?

— Sortons, je vais te l'expliquer.

Elle entraîna son jumeau réticent jusqu'à l'écurie, et plongea son regard dans le sien.

— Souhaites-tu mon bonheur, Corwin ?

Le jeune homme grommela.

— Plus de doute. Des ennuis m'attendent.

— Mais non. Ma requête est fort simple : je voudrais que tu m'accompagnes à Romsey avant le retour de Gerard.

A ces mots, Corwin leva les mains au ciel.

— Quoi ? Mesures-tu ce que tu me demandes ? Gerard s'est montré intransigeant, avant son départ : tu ne dois pas t'éloigner du manoir, et j'ai mission de veiller sur Daymon et toi comme sur la prunelle de mes yeux. Veux-tu donc que ton promis m'étripe ? Et que veux-tu donc aller faire à Romsey, pour commencer ?

La jeune femme le fixa sans ciller.

— Je désire voir une nonne du couvent.

— De mieux en mieux ! fulmina son frère. Quelle mouche te pique, Ardith ? Voudrais-tu entrer dans les ordres, finalement ?

Il paraissait si déconcerté qu'Ardith ne put s'empêcher de sourire, amusée par sa confusion.

— Non point, Corwin. Sœur Bernadette est une sage-femme fort réputée, qui pourrait m'éclairer sur certains points capitaux pour moi.

Son jumeau souffla et croisa les bras.

— C'est bien ce que je disais. Tu as perdu le sens. Si tu tiens tant à parler à cette religieuse, pourquoi ne pas la faire venir ici ? Ce serait tellement plus simple.

Ardith décida de sortir sa dernière arme, celle à laquelle il ne résisterait pas, elle le savait.

— Ce que j'ai à lui demander requiert une discrétion que je ne puis trouver au manoir, Corwin. Je veux savoir avec certitude si je suis capable ou non de concevoir, et je pense qu'elle est à même de me le dire.

Ainsi qu'elle s'y attendait, Corwin détourna son regard ; elle avait touché son point sensible, celui de la culpabilité qu'il éprouvait à son encontre. Une telle manœuvre lui déplaisait, mais elle n'avait pas le choix.

— Il te reste encore près de huit mois à passer avec Gerard, bougonna-t-il. Ta certitude, tu l'auras tôt ou tard. Pourquoi ne pas prendre patience ?

Ardith inspira profondément. Elle s'assit sur une caisse et croisa les doigts.

— Parce que les choses ont changé avec la mort de Diane, Corwin, répondit-elle d'une voix altérée. De ce fait, Gerard est libéré des obligations du décret et peut se choisir dès maintenant une autre épouse, s'il le souhaite. Je m'en voudrais de lui imposer un délai inutile.

Son frère lui refit face, les sourcils froncés.

— Préférerais-tu qu'il t'abandonne pour une autre ?

— Non, bien sûr que non ! Je l'aime de tout mon cœur et de toute mon âme, Corwin. Je brûle de devenir sa femme. Mais s'il s'avère que je suis infertile, songe au temps précieux qu'il aura perdu avec moi !

Corwin ne se dérida pas.

— Je te sais généreuse, Ardith. Mais à ce point… Je ne puis croire à ces arguments.

— Tu as raison, avoua-t-elle dans un soupir. Je pense aussi à moi. J'ai *besoin* de savoir si j'ai quelque chance de devenir mère un jour. Le retour de mes menstrues, chaque mois, m'est un supplice. Je ne puis plus supporter la déception que je lis dans les yeux de Gerard, je crains qu'à la longue il n'en vienne à s'aigrir et à m'en vouloir de mon impuissance à le contenter. Cette angoisse me ronge, Corwin. Imaginer qu'il puisse un jour me haïr…

— Gerard ne te haïra jamais.

— Jamais est un bien grand mot. Pour l'heure, il m'aime encore avec une ferveur dont je remercie le ciel. Mais qui peut dire ce qui se passera s'il se sent trahi, à la fin de l'année ? Il me serait moins dur de le quitter avant.

La tête basse, Corwin donna un coup de botte dans un monticule de foin. Puis il se redressa, les mains sur les hanches, les lèvres pincées.

— Si j'acceptais de te conduire à Romsey, qui garderait Daymon ?

— Ce voyage ne nous demanderait que deux jours, Corwin. Meg veillerait sur lui dans la journée, et il pourrait passer la nuit à l'armurerie avec les gardes. Je suis sûre qu'il verrait cela comme une grande aventure.

Son frère souffla avec irritation.

— Tu me demandes beaucoup, Ardith.

Elle se leva et croisa les bras, aussi butée que lui.

— Je te demande seulement d'achever ce que tu as commencé.

— Quoi ?

Ardith haussa le menton.

— Qui a prié Gerard de m'abriter contre le courroux de notre père ? Qui a eu la brillante idée de lui révéler que je n'étais peut-être point stérile, au fond ? Si tu étais resté coi, il n'aurait point persisté dans le projet de m'épouser ! A ce jour il serait marié avec Diane, je serais rentrée à Lenvil, Basil croupirait toujours dans son cachot…

— Il suffit ! coupa Corwin. Je veux bien être blâmé de certains faits, mais pas de tous. Si tu avais refusé cet engagement, après tout, nous n'en serions point là !

— Peut-être. Néanmoins, nous y sommes. Et si tu manques de courage pour m'accompagner, j'irai seule à Romsey.

Le jeune homme blêmit.

— Tu sais bien que je ne puis accepter.

Sachant qu'elle avait gagné, Ardith se radoucit et posa une main sur son bras.

— Je n'ignore nullement dans quelle situation inconfortable je te place, Corwin. Mais fais cela pour moi, je t'en prie… Je te promets de te défendre auprès de Gerard, lorsqu'il apprendra notre escapade.

Corwin soupira et l'enlaça tendrement.

— Je n'ai jamais rien pu te refuser, sœurette.

— Merci.

— Ne me remercie pas trop tôt. Je puis encore changer d'avis.

Soudain, son frère l'écarta de lui et la jaugea.

— Les habits de Thomas devraient t'aller. Et ne proteste pas, Ardith ! Si tu tiens à faire ce voyage, tu le feras à *mes conditions*, est-ce clair ?

19.

Une jeune novice, trop fraîche et trop jolie pour postuler à une vie de recluse, de l'avis d'Ardith, fit entrer les visiteurs dans un petit parloir chichement meublé où régnait une odeur de moisi. La réprobation qui s'alluma dans ses grands yeux bruns, lorsqu'elle vit Ardith ôter son chaperon et dérouler sa natte épinglée au sommet de sa tête, suscita l'agacement de la jeune femme.

— Je m'en vais quérir sœur Bernadette, dit-elle. Qui désire la voir ?

— Corwin de Lenvil et sa sœur Ardith, répondit Corwin.

Après une nouvelle œillade jetée à la tenue de l'arrivante, composée d'une tunique grossière qui s'arrêtait au-dessus de ses genoux, de chausses serrées par des lanières de cuir autour de ses mollets et de courtes bottines de feutre, la novice ajouta d'un ton pincé :

— Nous sommes à peu près de la même taille, ma dame. Peut-être pourrais-je vous procurer un costume plus approprié à cette audience.

— Je vous en saurais gré, marmonna Ardith dont l'humiliation était encore montée d'un cran.

La porte refermée sur la nonnette, elle pivota vers son jumeau et lui lança son chaperon d'un geste furieux.

— Je t'avais dit que ce travestissement était ridicule. As-tu vu la façon dont cette fille m'a jaugée ?

— Je te trouve pourtant fort attrayante, dans les habits de Thomas, répliqua Corwin avec malice. Et de loin, sœurette, tu as tout l'air d'un jouvenceau, le but que nous visions. A présent, au lieu de fulminer inutilement, je t'engage à conclure ton affaire au plus vite. Je frémis à l'idée que Gerard pourrait rentrer avant notre retour.

La novice revint, une robe gris tourterelle identique à la sienne pliée sur un bras.

— Voici, ma dame, dit-elle en l'offrant à Ardith avec une cordelière de chanvre. Cette tenue manque d'élégance, mais je gage qu'elle sera plus confortable que la vôtre.

Son ton s'était quelque peu départi de sa censure, ce qui amadoua la jeune femme.

— Merci de vous être donné cette peine. Et, de grâce, appelez-moi Ardith. Quel est votre nom ?

— Judith, répondit la jeune fille, abaissant modestement d'épais cils noirs. Maintenant, nous allons vous laisser vous changer. Sœur Bernadette, j'en suis marrie, ne pourra vous recevoir qu'après la terce. Pour l'heure, elle est en prière.

Elle ressortit dans le corridor avec Corwin. Ardith se dévêtit prestement, enfila la robe de lin et roula ses effets masculins en un ballot qu'elle rangea dans un coin. Peu après, Judith reparut avec un pichet d'eau claire et deux gobelets ; le jeune homme portait du pain et du fromage. De nouveau, la jolie novice les laissa seuls pendant qu'ils prenaient leur collation en silence.

Tandis que les minutes s'étiraient, Ardith s'efforça de dissiper en mangeant et en buvant la boule d'appréhension qui lui pesait sur l'estomac. Par ailleurs, elle s'interrogeait en elle-même sur la sagesse d'avoir amené son frère dans un couvent empli de saintes femmes ; avec sa fière allure, il lui faisait l'effet d'un loup dans une bergerie. Mais il était trop tard pour reculer, et elle était déterminée à conduire sa démarche jusqu'à son terme.

Quand la porte se rouvrit, elle sursauta, les nerfs à vif. Une femme d'âge mûr, richement vêtue de soie brochée, pénétra dans la petite pièce. Corwin se leva vivement, avec un large sourire. Ardith l'imita.

— Majesté ! Quel honneur vous nous faites, et quel plaisir de vous revoir.

Il s'inclina sur la main que l'arrivante lui tendait. Ardith, ébaubie, contemplait avec stupeur la reine Matilda, qu'elle n'aurait jamais songé voir face à face lors de cette visite impromptue. La simplicité de la souveraine et la bonté qui réchauffait son visage sans grâce emportèrent aussitôt sa sympathie. Elle partageait de tout cœur les vues de cette noble Saxonne, qui préférait se vouer aux malades et aux nécessiteux plutôt que de subir l'acerbe mépris des courtisans.

Matilda sourit gentiment à Corwin, ses yeux bruns emplis de bienveillance.

— Relevez-vous, Corwin de Lenvil, que nous vous regardions. Mmm… Il est aisé de voir ce qui cause l'émoi de Judith. Nous gagerions que vous avez fait une conquête, jeune homme.

Corwin fronça les sourcils.

— Cette petite novice, Majesté ?

— Judith, notre nièce, ne se destine point aux ordres. Mais cessons ces digressions. Nous sommes ici pour rencontrer votre sœur.

Recouvrant son aplomb, Corwin lui présenta Ardith, qui plongea dans une profonde révérence.

— Ainsi, c'est vous dont nous avons si abondamment entendu parler, déclara la reine en lui faisant signe de se relever.

— Je crains fort ce que vous avez pu ouïr à mon sujet, Majesté, murmura la jeune femme avec embarras.

— Rien de mal, rassurez-vous, répondit Matilda avec un sourire indulgent. Henry, avec qui nous entretenons une correspondance régulière, nous a décrit avec force détails l'engagement peu commun qui vous lie à Gerard de Wilmont.

Son sourire se crispa.

— Le roi se montrait fort satisfait de cet arrangement jusqu'aux tragiques événements que vous connaissez sans nul doute, et qui l'ont cruellement frappé. L'orgueil de lady Diane, à notre sens, aurait dû l'inciter à davantage de prudence. Mais parlons d'autre chose, ajouta-t-elle avec un petit geste de la main. Ce qui nous intrigue, c'est la raison qui vous amène auprès de sœur Bernadette. Auriez-vous des espérances ?

Ardith pressa une main tremblante sur son ventre plat.

— Pour l'heure, Majesté, mon seul espoir est de déterminer si je suis stérile ou non. Je me fie au renom de cette sainte femme pour m'ôter les doutes qui me rongent.

La reine l'étudia, la tête inclinée sur le côté.

— Le baron Gerard a fait un bon choix, nous semble-t-il. Vous nous paraissez aussi sage que vous êtes belle, mon enfant. Venez, nous attendrons sœur Bernadette dans nos appartements. Quant à vous, Corwin, allez donc patienter chez notre prieur, hors des murs. L'un de nos gardes vous y conduira. Nous vous préviendrons quand nous aurons fini.

— Je me refuse à cautionner son immoralité.

Le cœur d'Ardith chuta dans sa poitrine, devant l'intransigeance de la religieuse qui se dressait face à elle de toute sa haute taille. Drapée et voilée de noir, fort imposante, sœur Bernadette évoquait un archange vengeur.

— Voyons, ma sœur, insista la reine avec douceur. Comment pouvez-vous dénier votre pitié à cette pauvre petite ? N'êtes-vous point sensible à son angoisse ?

— Ses souffrances sont méritées. C'est le châtiment de Dieu, pour punir cette dépravée de forniquer avec un homme qui n'est point son époux.

— Une dépravée, cette délicieuse enfant ? Non point, ma sœur. Ardith n'a fait qu'obéir à son corps défendant aux vœux de son roi et de son suzerain, les seuls responsables de sa pénible condition.

Ardith se détourna, honteuse, et alla se réfugier près d'une croisée aux contrevents de chêne. La chambre de Matilda, d'une noble simplicité, ressemblait à sa propriétaire, constata-t-elle. Elle était accueillante et chaleureuse, comme la reine qui prenait sa défense avec tant de générosité.

— Je ne sens en elle nul remords pour la vie de débauche qu'elle mène auprès d'un riche baron, contesta sèchement la religieuse. Elle n'est point différente de ces ribaudes qui usent effrontément de leurs charmes pour se gagner les faveurs d'un noble de haut rang.

— Sœur Bernadette ! protesta la souveraine. Ardith n'aspire ni à la fortune, ni aux honneurs, mais à un mariage qui lui sera dénié si elle ne peut concevoir. D'ici quelques mois, faute de grossesse, le baron Gerard sera contraint de la répudier pour une autre, malgré l'affection qu'il lui porte. Pouvez-vous la condamner de vouloir écourter son épreuve ?

Il y eut un bruissement de soie. Jetant un coup d'œil derrière elle, Ardith vit Matilda se lever et poser une main blanche sur la manche de sa redoutable adversaire.

— Réfléchissez, ma sœur, insista-t-elle avec un sourire enjôleur. Aurez-vous le cœur d'entraver une union aussi bien assortie, entre deux jeunes promis qui sont sincèrement attachés l'un à l'autre ? Le roi et moi-même sommes convaincus de l'amour qu'ils se portent, et la chose est trop rare pour ne point lui accorder l'importance qu'elle mérite, convenez-en. Le monde ne serait-il point meilleur, si la plupart des époux se chérissaient au lieu de subir le mariage tel un joug — et ne trahissaient si souvent leurs vœux pour aller quérir ailleurs des plaisirs profanes ? N'est-ce point là l'immoralité que vous réprouvez ?

— Les nobles ne se marient point par affection, grommela la nonne, acerbe. Je gage que le baron doit espérer certains profits de ce mariage, lui aussi.

— Nenni, ma sœur. Ardith est le seul gain qu'il peut en attendre, et il n'a point choisi la facilité, admettez-le.

A ces mots, la religieuse fronça les sourcils. Pour la première fois, elle daigna s'adresser directement à la jeune femme.

— Cela est-il vrai, petite ?

— Oui, ma sœur. Je n'ai ni dot, ni alliance à offrir au baron Gerard qui est le suzerain de mon père, un simple hobereau saxon dont je suis la cinquième fille.

La sage-femme prit son temps pour digérer cette surprenante information, tandis que la reine retournait s'asseoir et portait une timbale en or à ses lèvres, en souriant à demi.

— Et il veut tout de même de vous, sans être certain que vous lui donnerez un héritier ?

— Oui, ma sœur. Notre accord est profond, et remonte pour ma part à ma douzième année. Sans la blessure qui m'a conduite à vous, j'aurais été promise à Gerard dès cette époque, par son père feu le baron Everart qui tenait à ce mariage. C'est le mien qui a refusé, alors, me jugeant indigne d'un tel honneur, mais Dieu nous a réunis malgré nous, conclut habilement Ardith. Pour le meilleur… ou pour le pire, vous seule pourrez me le dire.

Cette fois, la revêche Bernadette parut sérieusement ébranlée. Elle soumit Ardith à un long examen, avant de déclarer d'une voix neutre :

— Otez cette robe et allongez-vous sur le lit.

Malgré l'intense soulagement que lui procurait cette victoire inespérée, Ardith resta clouée sur place, en proie à une soudaine panique. L'heure de la vérité avait sonné. D'une minute à l'autre, maintenant, elle allait savoir qui avait raison, d'Elva ou de Corwin — et son sort serait scellé.

— Allons, petite ! Bougez-vous avant que je ne change d'avis ! la fustigea la nonne.

Ardith porta les yeux vers la couche royale, ceinte de tentures de velours ivoire. Sa gorge s'assécha. Comment oserait-elle s'allonger sur le lit de la reine d'Angleterre ?

— Ce n'est qu'un lit, mon enfant, déclara Matilda avec gentillesse. Obéissez sans crainte.

Engourdie par l'appréhension, la jeune femme obtempéra. Elle se débarrassa de ses bottines, de sa robe et s'allongea en tremblant sur la courtepointe damassée, entièrement nue. Sœur Bernadette se pencha sur elle, massive, et passa un doigt glacé sur sa cicatrice. Elle ne put réprimer un frisson.

— Cette marque est bien fine..., marmonna la religieuse, le front ridé sous son voile noir. Qui vous l'a causée ?

— Un sanglier.

— La défense est-elle entrée profondément en vous ?

— Je ne sais, ma sœur. J'ai défailli aussitôt, autant de terreur que de douleur, je crois bien. Par la suite, c'est surtout de la fièvre, que j'ai pensé mourir. Sans les soins constants de ma tante Elva, la sœur de mon père, j'aurais sûrement trépassé.

Bernadette pressa lourdement sur son ventre, le tâta d'un air concentré. Puis elle releva sa manche droite.

— Ecartez les jambes, petite.

Une sueur froide recouvrit Ardith, quand elle comprit ce qui l'attendait. C'était de honte et d'humiliation, qu'elle allait mourir maintenant, songea-t-elle avec horreur. Subir un examen aussi offensant en présence de la reine ? Ce serait atroce ! Puis elle pensa à Gerard, dont elle avait bravé le courroux pour en arriver là. Pour lui, pour elle-même, pour l'amour qui les liait, elle devait se soumettre à cette dégradation. Elle inspira à fond, ferma les paupières et obéit.

L'intrusion redoutée fut immédiate.

— Détendez-vous ! commanda la religieuse.

Au supplice, Ardith s'obligea à respirer calmement, régulièrement. Toute femme ne devait-elle point faire taire sa pudeur, lorsqu'elle enfantait ? se dit-elle pour s'armer de courage. L'auscultation dura quelques minutes, accompagnée d'une palpation extérieure. Enfin, sœur Bernadette s'écarta et rabaissa sa manche, la mine sévère. Le cœur d'Ardith cessa un instant de battre.

— Est-ce cette Elva, qui vous a déclarée stérile ?

— Oui, répondit la jeune femme dans un souffle. Elle est guérisseuse et sage-femme à ses heures.

— Ou elle est inapte à cet art, ou elle vous a délibérément menti, trancha alors la religieuse. Vos parties féminines n'ont point été atteintes. Si Dieu souhaite vous accorder la venue d'un enfant, rien ne s'y oppose.

Ce soir-là, Ardith eut le plus grand mal à absorber son repas en compagnie de la reine et du reste des nonnes. Elva n'était nullement inapte, elle en était certaine. L'idée que sa tante ait pu lui mentir durant toutes ces années lui paraissait inconcevable, mais elle ne pouvait se l'ôter de l'esprit.

— Vous semblez bien soucieuse, nota Matilda. N'avez-vous point toutes les raisons d'être contente ?

Ardith abandonna son tranchoir.

— Si fait, Majesté. Néanmoins, j'ai cru si longtemps à ma stérilité qu'il m'est difficile de croire à ce revirement.

— Haut les cœurs, mon enfant ! Sœur Bernadette se serait gardée d'éveiller vos espoirs s'il demeurait le moindre doute.

Elva aussi avait assuré ce qu'elle avançait, songea sombrement la jeune femme. Au point de ruiner ses premières fiançailles avec Gerard. Soudain, elle se crispa. Gerard. Un Normand. Pis encore, un Wilmont — la lignée que sa tante haïssait plus que tout au monde. Se pouvait-il…

L'irruption de Judith l'interrompit dans ces troublantes pensées. La jeune fille arborait une mine terrifiée. Elle dédia une rapide révérence à la reine.

— Tante Maud… L'abbesse requiert votre présence dans ses appartements dès que vous aurez fini de souper, annonça-t-elle, hors d'haleine. Dame Ardith, vous devez vous y rendre sur l'instant.

Matilda haussa un sourcil.

— Ardith ne peut-elle achever son repas ?

— Un homme est avec l'abbesse. Il est venu la quérir.

Ardith esquissa un sourire.

— Corwin a dû perdre patience.

Judith secoua la tête.

— Il ne s'agit point de votre frère, ma dame. Cet homme est beaucoup plus grand que lui, et fort…

Une voix furieuse retentit alors dans les corridors, faisant sursauter les nonnes.

— *ARDITH !*

— … courroucé, acheva la jeune fille.

— Gerard, murmura Ardith.

Brièvement, elle débattit entre le désir de rester où elle était, sous la protection de sa royale voisine, et celui de courir arrêter le baron avant qu'il ne mette le couvent à feu et à sang. Ayant opté pour la dernière solution, elle enjambait déjà le banc quand son promis entra en trombe dans le réfectoire, tête nue, les poings serrés et les traits crispés par une telle fureur qu'elle se figea sur place.

Gerard s'immobilisa aussi, rivant des prunelles étincelantes sur sa robe de novice qui semblait fort peu à son goût. Ardith, résignée à l'affronter, inspira à fond et se porta à sa rencontre. Elle n'avait jamais flanché devant ses terribles colères, ce n'était pas maintenant qu'elle allait commencer.

— Messire, la reine est ici, chuchota-t-elle, espérant retarder l'explosion qui menaçait.

Le baron dédia un bref signe de tête à Matilda.

— Maud.

Belle diversion ! pensa Ardith, déçue. Elle se mordit la lèvre.

— Je puis vous expliquer, Gerard.

— Fi d'explications, friponne ! Ce que je veux, c'est partir d'ici sur-le-champ, avec vous !

Il abattit ses larges mains sur ses épaules, les pouces à la base de son cou. Et là, loin de la brutaliser ainsi qu'elle s'y attendait, il caressa l'artère qui battait violemment sous sa peau. Ardith frémit, troublée par cette marque de tendresse qui lui évoquait de si tendres souvenirs. Il s'était déjà radouci, nota-t-elle en posant les doigts sur les mailles de son haubert.

— Il fait presque nuit, Gerard, protesta-t-elle à mi-voix. Ne serait-il imprudent…

— C'est maintenant, que vous songez à votre sûreté ?

Son ton demeurait sourd et menaçant, mais elle savait que l'orage touchait à sa fin. Elle le connaissait bien, à présent. Ce qui l'avait mis hors de lui, c'était de découvrir qu'elle avait quitté le manoir malgré sa défense, au risque de se mettre en péril. L'amour protecteur que le Lion de Wilmont vouait aux siens était aussi farouche que ses élans de passion.

— Corwin m'a accompagnée jusqu'ici. Avec lui, je ne risquais rien, glissa-t-elle dans le dessein de l'apaiser.

Il souffla avec mépris.

— Corwin ! Ce garçon aura à me répondre de sa désobéissance. Imaginez ma surprise, quand j'ai trouvé mon écuyer accroupi sur le seuil d'une chaumine de curé !

— Vous a-t-il expliqué le motif de notre présence ici ?

— Je ne lui ai point adressé la parole. J'avais une affaire plus pressante à régler. C'est l'abbesse, qui m'a appris que vous vous trouviez aussi entre ces murs.

— Quelle affaire ? s'enquit Ardith, stupéfaite qu'il ne fût point là pour elle.

La reine, alors, vint les interrompre dans un bruissement de soie.

— Baron Gerard, déclara-t-elle sévèrement, vous feriez bien d'entendre ce qu'Ardith a à vous dire, avant de l'étrangler.

Il tourna les yeux vers elle, déconcerté. Ardith nota soudain l'épais silence qui planait sur la salle. Jetant un coup d'œil derrière elle, elle s'avisa que les nonnes les fixaient d'un air épouvanté, s'attendant manifestement au pire. Une vive envie de rire s'empara d'elle. Elle la réprima de son mieux, et pressa une main sur celle de son promis qui reposait toujours à la base de son cou.

— Ces saintes femmes vous croient sur le point de m'occire, Gerard.

— Qui vous dit qu'elles se trompent ?

Ardith lui répondit d'un regard amusé, avant de recouvrer plus de gravité.

— Si ce n'est moi, qu'est-ce qui vous a amené à Romsey ?

Gerard la lâcha enfin, mais il la reprit aussitôt par la taille, pour l'attirer à son côté.

— Ma mère. Elle m'accompagne.

— Lady Ursula souhaite probablement une audience, intervint la reine. Cela explique que l'abbesse nous ait convoquée chez elle.

— Non, Maud. Elle n'est pas ici en simple visite, mais pour rester dans ce couvent. Il est grand temps qu'elle apprenne la différence entre une dévotion sincère et un fanatisme outrancier. Et qui mieux que vous, Majesté, est à même de la lui enseigner, avec l'aide de mère Christina ?

L'ombre d'un sourire passa sur les lèvres du baron.

— En outre, si vous vous en sentez la force, j'aimerais solliciter une autre faveur : que vous lui inculquiez un peu de votre indulgence envers les bâtards.

Matilda croisa les bras, altière sous son voile de mollequin blanc que retenait un simple cercle d'or.

— Vous demandez beaucoup, Gerard de Wilmont. Ursula garde-t-elle toujours rancœur à Richard des errements d'Everart ?

— Pis que cela, Majesté. Elle abhorre mon frère et mon fils, au point qu'elle s'est mis en tête de purger le domaine de tout autre rejeton de leur espèce.

La reine secoua la tête avec tristesse.

— Quelle sottise… Nous rappellerons votre mère à la charité chrétienne, baron. Dans la mesure de nos moyens.

Puis elle sourit de nouveau, gratifiant Ardith de sa chaude bonté.

— Prenez bon soin de cette jeune dame, Gerard. Nous l'apprécions.

Le baron poussa un soupir excessif.

— Encore faudrait-il qu'Ardith me le permette, Majesté. Elle ne cesse de courir des risques inconsidérés.

Le sourire de Matilda s'élargit.

— Nous jugeons fort méritoires ses efforts pour vous complaire. Leurs fruits devraient vous contenter, ne lui en tenez pas rigueur. Quant à vous, Ardith, revenez me voir bientôt.

Comme elle se détournait, Ardith se permit de la rappeler.

— Majesté ! Je ne vous ai point remerciée de votre aide. Sans vous…

La souveraine se pencha vers elle et chuchota :

— Vous me remercierez en faisant de moi une marraine.

Abasourdie par un si grand honneur, Ardith la suivit des yeux, immobile.

— Une marraine ? Ardith !

La jeune femme s'arracha à sa prostration et contempla Gerard, dont le visage irradiait d'un espoir qui lui parut insoutenable. Sans un mot, elle le prit par la main et le guida jusqu'au parloir, où elle lui fit le récit complet de son aventure. Elle se garda, toutefois, de lui livrer sur-le-champ le verdict de sœur Bernadette.

Carré dans un fauteuil de cuir, il l'écouta nerveusement, jusqu'au bout. Pour finir, Ardith se baissa, prit le ballot qu'elle avait rangé dans un coin et le déroula.

— Voyez-vous ces habits d'homme ? Ils sont à Thomas. Corwin m'a contrainte à les revêtir, par prudence.

Gerard inspira avec force.

— N'auriez-vous pu attendre mon retour, pour venir à Romsey ? Je vous aurais accompagnée de bon gré.

Ardith s'agenouilla à ses pieds et lui prit les mains.

— J'ai agi sur une impulsion, Gerard, et je le regrette. Mais mon besoin de savoir était devenu trop fort. Me pardonnez-vous ?

— Du moment que nul mal n'en est sorti pour vous…

— Vous vous tourmentez trop à mon sujet, mon aimé.

Il lui pressa les doigts, mettant dans ce geste toute la passion qu'il éprouvait pour elle.

— J'en suis seul juge, Ardith. Mais dites-moi : qu'est-il résulté de cet examen ? A entendre la reine, j'ai cru comprendre… Seriez-vous grosse ?

— Pas encore, Gerard. Toutefois, sœur Bernadette estime… qu'Elva a pu se tromper, il y a cinq ans de cela. Et que je suis en état d'engendrer.

A ces mots, le baron la souleva de terre et la cala rudement sur ses genoux, l'étreignant au mépris de sa cotte de mailles qui lui entrait dans les chairs.

— Bonté divine, Ardith ! Nous eussions pu nous marier depuis belle lurette, sans la sottise de votre tante ! Maudite soit cette femme, de m'avoir privé de vous si longtemps et de nous avoir infligé ces tourments. Je vais y remédier sur l'heure.

Ardith se redressa, alarmée.

— Gerard, calmez votre hâte !

— Pourquoi ? Nous allons faire proclamer les bans dès demain. S'il le faut, je ferai quérir le père Dominic, à Wilmont, et nous serons mariés d'ici la fin du mois.

— Oubliez-vous le décret du roi ? L'ignorer pourrait nous causer de graves ennuis.

— Ce décret n'est plus valide !

— La permission d'Henry vous est néanmoins nécessaire, rappela Ardith avec fermeté. Vous vous devez de l'informer de ma visite ici, et d'attendre sa décision.

Le regard de son promis vira au noir.

— Devrai-je patienter sans rien faire, suspendu au bon désir d'un souverain qui a déjà failli à ses devoirs envers moi ?

Ardith posa une main sur sa bouche, malicieuse.

— Qui vous empêche d'agir, d'ici là ?

— Comment ?

— En redoublant d'efforts pour satisfaire aux conditions du décret, par exemple... Ainsi, quel que soit l'avis du roi, nul temps ne serait perdu.

La réaction du baron fut si rapide qu'elle en eut le souffle coupé.

— Gerard ! se récria-t-elle, outrée. A quoi songez-vous ? Pas tout de suite, grands dieux ! Nous sommes dans un couvent !

20.

Assise sur une pierre au flanc de la colline, Ardith tenait à la main une missive de Matilda. La reine lui écrivait souvent, narrant les dernières nouvelles d'Ursula, de Judith, de la cour, et terminant chaque lettre par la même question.

Cette fois, elle pourrait lui répondre : deux semaines de retard.

Gerard savait. Les regards qu'il lui jetait à la dérobée, sa douceur, ses allusions subtiles… Tout dénotait qu'il avait deviné, mais il ne disait rien encore. Pourtant, il était clair que sa patience s'usait.

Elva aussi, savait. Il était impossible d'ignorer la colère et l'amertume qui couvaient en permanence dans ses yeux. Ardith était certaine, à présent, que sa tante lui avait menti. Dès son retour de l'abbaye, sans faire part de ses soupçons à la vieille femme, elle avait refusé tout aliment et tout breuvage servi par elle. La stupeur et l'affolement d'Elva, à son vif chagrin, lui avaient confirmé la longue trahison qu'elle pressentait : sa parente, par ses herbes et ses potions, avait cherché sans relâche à l'empêcher de concevoir. Cette découverte était douloureuse.

Si d'autres qu'eux subodoraient sa grossesse, nul n'osait encore en souffler mot. Il lui était déjà arrivé de saigner tardivement. Jamais aussi tardivement, toutefois.

Elle tourna les yeux vers Daymon, qui jouait avec les agneaux nés à l'arrivée du printemps. La nature entière, par ses fleurs et ses bourgeons, semblait fêter le renouveau de la vie. Mais seul le petit garçon ignorait la tension qui grandissait jour après jour au manoir.

Le roi n'avait pas répondu à la requête de Gerard concernant l'ajournement du décret, ni fourni d'informations au sujet de Basil. Stephen s'impatientait, pressé de rejoindre ses nouvelles possessions. Corwin montait double garde, en punition de son escapade à Romsey. Richard épuisait les soldats, à se battre constamment avec eux pour refaire ses forces. Quant à Elva, son humeur revêche avait fini par excéder Gerard au point qu'il l'avait exilée dans une cahute.

Pip s'approcha de la jeune femme, Daymon dans les bras. Sans manières, il laissa choir le garçonnet dans son giron.

— Je crois qu'il a sommeil, ma dame.

Ardith glissa la missive de la reine dans sa botte et sourit, enlaçant tendrement le blondinet qui se blottissait contre elle, un pouce dans la bouche.

— Oui, il dort déjà à moitié. Retournez à vos affaires, Pip, je me charge de le ramener au manoir. Le baron vous en voudrait de négliger ses précieux moutons.

— D'autant que j'ai perdu un agneau, répondit le métayer, riant de sa plaisanterie. J'ai hâte de le retrouver.

Amusée en songeant au dégoût de Gerard, qui ne supportait pas l'odeur de suint dont son fils était imprégné lorsqu'il rentrait des champs, Ardith se leva, l'enfant endormi appuyé sur son épaule. Alors qu'elle atteignait le bas de la colline, elle perçut un bruit étrange qui venait du bois et s'arrêta, l'oreille aux aguets. Le cri plaintif recommença. C'était l'agneau égaré qui appelait au secours !

La jeune femme chercha Pip du regard, mais le maître berger avait disparu. Elle hésita un instant, puis décida de s'enfoncer dans les fourrés. Le petit animal ne devait pas être loin, et son affolement semblait s'intensifier.

Au bout d'un moment, elle sursauta en reconnaissant la voix de sa tante.

— Tais-toi donc ! ordonnait Elva. Il n'y en a plus pour longtemps.

Intriguée, Ardith déposa Daymon dans l'herbe et s'approcha de la clairière d'où montaient les glapissements frénétiques de l'agneau. Ce qu'elle vit la glaça d'horreur : la petite bête gigotait, entravée par des cordes, sur un rocher plat. Et au pied du rocher qu'entouraient des chandelles allumées, Elva était agenouillée, les bras levés, lançant vers le ciel des incantations gutturales. Un couteau était posé devant elle.

Un rituel païen ! pensa la jeune femme saisie d'épouvante. Sa tante avait perdu l'esprit ! Et il était aisé de deviner l'objet de ce cérémonial… Une main crispée sur son ventre, elle cria :

— Elva ! Cessez ce jeu macabre !

Sa tante sursauta, mais elle poursuivit sa mélopée sans se retourner. D'une main, elle empoigna le couteau et le brandit au-dessus de sa tête.

— Elva ! hurla Ardith en s'avançant vers elle. Si vous persistez dans cette folie, je ne vous le pardonnerai pas. Je ne vous parlerai plus jamais, de ma vie !

Elva chantait toujours, ses paroles insensées montant dans la clairière. Hors d'elle, Ardith la bouscula, lui arracha le couteau et piétina les chandelles.

— J'ai détruit votre cercle magique ! Vos dieux ne peuvent plus vous entendre ! Reprenez donc vos sens !

Affalée dans l'herbe, sa tante la fixa d'un air égaré. De grosses larmes roulaient sur ses joues ridées.

— Wilmont veut te voler à moi une seconde fois ! Je ne puis l'accepter !

— Personne ne m'a volée à vous, ma tante. Je suis là.

— Si, il t'a prise à moi ! Ce monstre, ce suppôt de Satan ! Il t'a arrachée de mon ventre à l'instant où tu es née et t'a déclarée morte. Mais ce n'était que mensonge ! Par miracle, je t'ai retrouvée, ma petite fille adorée. Je ne laisserai pas le baron me reprendre la chair de ma chair ! Plutôt le tuer !

Elle s'effondra en sanglotant. Un bref instant, Ardith horrifiée imagina le pire. Elva était-elle sa véritable mère ? Etait-elle la fille d'un Wilmont, le grand-père de Gerard, le premier baron qui avait retenu Elva en otage durant de longs mois, ainsi qu'elle s'était décidée à l'avouer à Westminster ? Tout se mit à tourner autour d'elle. Puis elle se ressaisit, s'efforçant de dominer son effroi. Non, c'était impossible. Cela remontait à trop longtemps. Et elle avait trop souvent entendu le récit de sa naissance, jointe à celle de Corwin, son jumeau, pour pouvoir douter de ses origines.

Passant une main tremblante sur son front, elle contempla la pitoyable créature qui *avait dû* mettre au monde une petite fille, autrefois. Dans de terribles circonstances, à même de justifier la haine passionnée qu'elle vouait aux Wilmont. Et que son enfant fût morte, ou lui ait été enlevée, Elva s'était ensuite raccrochée à elle, Ardith, reportant sur sa dernière nièce toutes les frustrations de sa maternité manquée... au point de la confondre avec le bébé tragiquement disparu.

Une vague de compassion la submergea. Elle ne pouvait effacer le passé, ni guérir l'esprit malade de sa tante. Mais elle pouvait tenter de lui apporter un peu d'apaisement — pour le bien de tous.

Bouleversée, elle commença par trancher les liens de l'agnelet, qui bondit à bas du rocher et détala sans demander son reste. Puis elle s'agenouilla près d'Elva, prostrée dans sa douleur, et posa un bras sur ses épaules.

— Elva… Les présages vous ont-ils annoncé la naissance d'un nouvel enfant né de Lenvil et de Wilmont ?

Sa tante releva la tête, les yeux agrandis par la répulsion.

— Oui ! siffla-t-elle. Cette monstruosité doit se reproduire à travers toi !

Ardith l'apaisa d'une tendre pression de la main.

— Il n'y a là rien de monstrueux, ma tante, au contraire. Si les dieux le veulent, n'est-ce point pour réparer les torts qui vous ont été causés ? Qui sommes-nous, simples mortels, pour nous opposer à leurs plans ?

Le regard d'Elva se troubla.

— Veux-tu dire que cet enfant…

— Il scellera les cruelles blessures du passé, Elva. Il signera une nouvelle alliance entre Normands et Saxons, entre Wilmont et Lenvil. Refusez-vous de lui laisser cette chance ? Renoncez-vous à la consolation qu'il pourra vous apporter ? Si votre petite fille avait pu vivre auprès de vous, l'eussiez-vous rejetée ?

La vieille femme fut secouée d'un long frisson.

— Non…, répondit-elle d'une voix étranglée. Non…

— Alors je vous demande une promesse, poursuivit Ardith. Si vous désirez rester auprès de moi, acceptez que je devienne mère à mon tour, afin de permettre au destin de s'accomplir.

Elva hocha la tête, vaincue. Et Ardith, ivre de soulagement, décida de se satisfaire de ce vague serment.

— Au feu ! L'armurerie est en feu !

Réveillée en sursaut, Ardith rejeta vivement sa courtepointe, quitta sa couche et passa en toute hâte une cotte de toile. Puis, avec un soupir, elle chaussa ses bottes qui commençaient à être trop chaudes pour la saison ; néanmoins, elle ne se serait jamais permis de les dédaigner. Avant son départ, Gerard lui avait maintes fois réitéré ses recommandations de prudence — et ne point se séparer de sa dague en faisait partie.

Ayant vérifié que Daymon dormait paisiblement au pied du lit, la jeune femme écarta le rideau qui séparait la « chambre de maître » du reste du manoir. Stephen s'était levé et vêtu, lui aussi. En bâillant, il passa une main dans ses cheveux noirs.

— Retournez vous coucher, Ardith. Un galapiat pris de boisson a dû laisser choir une torche allumée...

— J'aimerais me rendre utile.

— Et moi, j'aurai l'esprit plus tranquille si vous restez ici, à veiller sur Daymon. Gerard me tuerait, si son rejeton venait se joindre au désordre et recevait ne fût-ce qu'un seau d'eau sur la tête.

Ardith, qui se sentait assez mal en point après ce lever trop rapide, opina du menton. Stephen laissa éclater un large sourire.

— Vous êtes verte, ma dame !

— Taisez-vous donc, grossier personnage ! rétorqua la future mère. Je me plaindrai à votre frère aîné du traitement que vous me faites subir en son absence.

Le jeune homme sortit en riant.

Une fois seule, Ardith décida de rester debout. Le soleil ne se lèverait pas avant une heure, mais elle n'avait plus sommeil. En outre, que l'incendie fût grave ou non, des hommes risquaient d'être brûlés et auraient besoin de ses baumes. Elle vaqua sans hâte à quelques préparatifs, songeant avec nostalgie à Gerard dont la présence lui manquait si fort.

Moins d'une semaine auparavant, un messager du roi était venu l'avertir que Basil se trouvait à Manchester, où il tentait sans grand succès de lever une armée. Henry octroyait à son vassal favori, à titre de consolation, le privilège d'aller capturer le félon et de le ramener à Londres *vivant*. Cette exigence avait fait blêmir le baron, mais il s'était incliné — se réservant d'infliger à Northbyre une humiliation à la hauteur de son courroux. Malgré son désir si longtemps retardé d'en découdre avec son ennemi, cependant, il avait montré peu de hâte à s'en aller : il lui coûtait de laisser Ardith derrière lui, alors qu'elle venait enfin de lui annoncer — en s'entourant de mille précautions — ce qu'il espérait plus que tout.

— Si ma mère n'était pas à Romsey, avait-il déclaré sombrement avant de prendre congé d'elle, je vous aurais conduite auprès de la reine.

— Je serai fort bien ici pour vous attendre, Gerard, avait assuré la jeune femme en l'embrassant tendrement. Courez capturer Basil, livrez-le au roi et revenez-moi vite. J'ai foi en vous.

Ils s'étaient séparés à regret, Gerard emmenant Richard, Thomas, une vingtaine de soldats — et Corwin, qu'il jugeait trop indulgent aux caprices de sa jumelle. Il avait laissé Ardith et Daymon sous la garde de Stephen et d'une demi-douzaine de sentinelles. Le jeune homme, en dépit de sa contrariété, s'acquittait de sa mission avec un zèle qui agaçait les dents de sa future belle-sœur, parfois, mais elle appréciait sa compagnie enjouée. Et Gerard ne tarderait certainement pas à revenir, se répétait-elle avec espoir.

Ayant achevé ses préparatifs, Ardith entrouvrit la lourde porte du manoir pour voir si l'incendie était éteint, ou sur le point de l'être. Cela en était loin ! constata-t-elle, saisie. L'extrémité la plus éloignée de l'armurerie était la proie de flammes crépitantes, qui s'élevaient haut dans le ciel encore sombre. Les planches en pin qui constituaient le baraquement étaient un bon aliment pour le brasier, et elle entendait les vociférations des hommes qui se passaient des seaux d'eau de main en main depuis le puits. Non loin de là, les chevaux affolés hennissaient dans l'écurie, heureusement intacte, et les moutons bêlaient dans l'enclos. Les granges récemment édifiées par les soldats de Gerard pour tondre le troupeau et entreposer la laine n'avaient pas été touchées non plus. Pour l'instant. Mais la brise, chargée d'une fumée âcre, pouvait fort bien y transporter des étincelles. Le cœur serré devant ce coup du sort qui menaçait le fruit de mois de labeur, la gorge et le nez irrités, la jeune femme repoussa le vantail et alla vérifier si Daymon ne s'était pas réveillé.

Elle venait de disparaître derrière la tenture et se penchait sur l'enfant endormi, quand elle entendit la porte se rouvrir et se refermer. Elle se redressa.

— Stephen ? appela-t-elle en écartant le rideau.

En un éclair, avec un choc qui la paralysa d'horreur, elle reconnut… Edward Siefeld. Le mercenaire fondit sur elle, brandissant une fourrure qu'il lui jeta sur la tête et dans laquelle il l'enveloppa promptement. Epouvantée, Ardith tenta en vain de se débattre et de crier, mais Siefeld la maintenait solidement. Elle craignait d'étouffer.

— Tenez-vous tranquille, sans quoi nous tuerons le petit ! menaça son agresseur d'un ton féroce.

Le sang d'Ardith se glaça dans ses veines. « Non, pas Daymon ! » hurla-t-elle en elle-même. Son corps se ramollit d'effroi.

— Emportons-nous aussi le garçonnet ? s'enquit une autre voix d'homme.

— Certes ! acquiesça Siefeld. La ribaude *et* le bâtard de Wilmont. Un fort beau lot, pour commencer la journée.

Il poussa Ardith dans la pièce. Folle d'angoisse, elle se remit à lutter et parvint à écarter la fourrure de son visage.

— Stephen ! glapit-elle de toutes ses forces. Au secours !

Un rire démoniaque lui répondit.

— Votre garde du corps ne peut plus rien pour vous, la belle. Regardez-le ! Il gît à vos pieds.

Le cœur d'Ardith cessa de battre. Livide, elle baissa les yeux, s'attendant au pire et n'osant imaginer la réaction de Gerard, lorsqu'il apprendrait cette suite de désastres. Mais Stephen, à son vif soulagement, était encore vivant — bien qu'en fâcheuse posture. Allongé sur le sol, pieds et mains ligotés, deux glaives pointés sur lui par des hommes de Siefeld. La jeune femme gémit. Tout espoir de se défendre lui était ôté, avec Stephen et Daymon prisonniers de ces scélérats.

— Le piège a fonctionné à merveille, capitaine, déclara l'un des mercenaires. Nous avons attrapé ce puceau par surprise et nul ne nous a suivis. Soldats et manants sont trop occupés à éteindre le feu que nous avons allumé.

— Parfait, approuva Siefeld.

Le jeune homme riva sur lui un regard étincelant de rage.

— Préparez-vous à la vengeance de Gerard, coquin ! lâcha-t-il d'une voix rauque. Votre mort sera lente et douloureuse, c'est moi qui vous le dis. Vous verrez vos tripes répandues à terre avant d'apercevoir les portes de l'enfer.

Le mercenaire ricana. Sans lâcher Ardith, il se pencha et lui enfonça un chiffon dans la bouche.

— Gardez votre salive pour plus tard, jeunet. Je vous laisse la vie sauve à seule fin de m'épargner la peine d'envoyer un messager. Dites à votre frère, quand il rentrera bredouille, que Basil veut un navire prêt à cingler pour la Normandie. A Portsmouth, dans quinze jours. Si le baron obtempère, sa ribaude et son bâtard lui seront rendus entiers. Sinon…

Stephen pâlit, tandis que le cœur d'Ardith se changeait en un bloc de glace. A cet instant, des cris perçants retentirent à l'extérieur du manoir.

— Ardith ! Ardith ! J'arrive, ma petite fille chérie ! Je viens te sauver !

La porte s'ouvrit et Elva entra en trombe, brandissant un grand couteau.

— Elva ! Non ! Reculez ! hurla Ardith.

Mais il était déjà trop tard. Ivre de fureur, la vieille femme se rua sur Siefeld, qui avait dégainé son épée.

— Non ! cria encore Ardith, éperdue, en voyant sa tante venir s'embrocher sur le fer.

Elle crispa les paupières et détourna la tête, incapable de supporter ce spectacle. Elle entendit le coup, le bruit épouvantable de la lame qui pénétrait dans des chairs, un gargouillement, et sentit une masse s'écrouler à ses pieds.

— Filons ! commanda Siefeld.

Il poussa sa prisonnière devant lui. Ardith s'obligea à rouvrir les yeux. A travers ses larmes, elle distingua brièvement le pauvre corps d'Elva recroquevillé sur le sol. Puis son regard rencontra celui de Stephen. Dans ses prunelles vert sombre, qui brûlaient d'un éclat sourd, elle lut la seule chose qui pouvait lui rendre courage : la promesse, farouche, d'une délivrance et d'une vengeance.

21.

— Je pensais bien te trouver ici, dit Richard, gentiment railleur. Tu sembles apprécier le spectacle du soleil levant, ces temps-ci.

Gerard, debout à quelques toises de leur tente, lui décocha un sourire crispé.

— Basil me fait perdre le sommeil, tu le sais. Voilà une semaine que nous le traquons sans succès. Il nous précède toujours d'un jour ou deux, nous entraînant toujours plus vers le sud. Quand cela finira-t-il ?

Il garda pour lui l'autre raison de ses insomnies : le manque d'Ardith, qui lui pesait plus durement nuit après nuit.

Richard haussa ses larges épaules.

— Basil est un lièvre apeuré, qui sait les chasseurs à ses trousses. Tôt ou tard, l'affolement le poussera à une imprudence et nous n'aurons plus qu'à le cueillir.

— Je l'espère. Ce matin, nous entrerons dans Oxford. Ce couard s'y cache peut-être.

— C'est possible.

Ils s'interrompirent, alertés par un bruit de branches cassées. Corwin émergea soudain des buissons, livide, les yeux exorbités, le visage en sueur.

— Morbleu, Corwin ! s'exclama le baron. Qu'avez-vous ?

Son écuyer le rejoignit en courant et s'agrippa à sa manche, les mains tremblantes.

— Oh, messire... J'ai cru être victime d'un horrible cauchemar, mais ce n'est point le cas. La terreur qui m'habite refuse de me quitter. Il est arrivé un malheur, je le sais !

Les tripes de Gerard se nouèrent. Il secoua Corwin comme un prunier.

— Ardith ?

Le jeune homme hocha la tête. Ses dents claquaient.

— Je sens son épouvante aussi clairement que si elle était près de moi.

— Est-elle blessée ?

— Non. Ce n'est pas son corps qui souffre, mais son esprit. Elle est en proie à un immense désarroi. Je vous en supplie, messire ! Laissez-moi la rejoindre !

Gerard le considéra un instant, les sourcils froncés. Cette crise de panique n'était pas feinte, et il avait eu maintes preuves de ce qui liait mystérieusement les jumeaux. Son sang se glaça dans ses veines. Si Ardith était terrifiée à ce point, elle devait craindre pour l'enfant qu'elle portait. Au diable Basil ! décida-t-il sur-le-champ. Ce félon l'attendrait bien un jour de plus.

Il imprima ses doigts dans les bras de Corwin.

— Reprenez-vous, garçon, et sellez nos chevaux. En galopant à vive allure, nous pouvons être auprès d'elle à la mi-journée.

L'écuyer s'éloigna à toutes jambes.

— Gerard ? questionna Richard d'un ton incrédule.

— Tu m'as entendu, mon frère. Trouve Basil pour moi, et retiens-le jusqu'à mon retour.

*
* *

Quelques heures plus tard, fou de rage et de douleur, Gerard était assis face à Stephen, qui venait de lui relater les incidents de la nuit. A son arrivée, la vue de trois tombes fraîches avait failli lui ôter la raison ; il savait maintenant que c'étaient celles d'Elva et de deux gardes. Et il en voulait moins à son frère qu'à lui-même. Le piège dans lequel Stephen était tombé était imparable. Il ne pouvait lui reprocher d'avoir voulu éteindre un incendie qui aurait pu s'étendre jusqu'au manoir. Le principal responsable de ce drame, c'était lui, qui n'avait pas su protéger les deux êtres qu'il aimait le plus au monde. Il frémit à la pensée d'Ardith et de Daymon entre les mains de mercenaires sans foi ni loi.

— Nous partons pour Northbyre, déclara-t-il soudain. Je suis prêt à parier que Basil a cherché refuge dans son ancienne forteresse, en attendant de pouvoir embarquer à Portsmouth. C'est le seul abri qui lui reste, tant que je n'en ai pas encore pris possession. Il a besoin de préparer sa fuite, de rassembler des hommes et des fonds. Et je gage aussi qu'il a commandé à Siefeld de l'y rejoindre, une fois son forfait commis.

— Descendez ! Nous sommes arrivés.

Après deux jours d'un voyage harassant à bord d'un chariot de foin, Ardith obéit volontiers au commandement de Siefeld. Elle sauta à terre et prit Daymon dans ses bras. Le garçonnet pleurnichait, recru de fatigue et d'ennui.

Dans la pénombre du crépuscule, elle distingua une cour jonchée de détritus et une forteresse en piteux état. Des paysans et des serfs amaigris, vêtus de haillons, s'acquittaient de leurs corvées la tête basse et les épaules tombantes.

— Sommes-nous à Northbyre ? s'enquit-elle en remarquant les archers prêts à tirer sur les buttes de protection.

Le mercenaire s'inclina railleusement devant elle.

— Oui, ma dame. Et votre hôte vous attend.

Il désigna l'escalier de pierre qui menait au donjon. Ardith lui décocha une œillade haineuse.

— Qu'il s'attende aussi à la visite de Gerard. Elle ne saurait tarder.

Siefeld lui saisit le menton et le serra durement. Ardith ne broncha pas.

— Priez le ciel qu'il soit plutôt parti pour Portsmouth, ma belle, et surveillez votre langue. Basil est moins accommodant que moi.

La jeune femme se détourna, hautaine, et gravit les marches de pierre. Pour Daymon et pour l'enfant qu'elle portait, se jura-t-elle, elle serait forte et ne se laisserait point abaisser.

Lorsqu'elle pénétra dans la grand-salle, l'odeur nauséabonde qui montait des jonchées usagées lui donna la nausée. Des chiens décharnés accoururent à leur rencontre. Comme Daymon se penchait pour tendre la main vers eux, gloussant de plaisir, Ardith s'empressa de le relever. Un rire sonore résonna alors sous les chevrons.

Juché sur une estrade, Basil de Northbyre trônait dans un fauteuil massif, encadré par deux hommes d'armes. Ses yeux noirs, aussi brillants que de l'obsidienne, étaient rivés sur Ardith. Plissant les paupières, il porta un gobelet en or à sa bouche luisante, sans se soucier de répandre du vin sur son riche surcot de soie bleu nuit.

— Bien joué, Siefeld ! lança-t-il d'une voix satisfaite. Faites avancer mes otages.

Ardith esquiva la main du mercenaire et s'approcha d'elle-même, suscitant la contrariété du seigneur qui fronça ses épais sourcils noirs. Intérieurement, elle tremblait d'effroi devant cet être maléfique et pervers ; mais pour rien au monde elle ne voulait fléchir devant lui, certaine qu'il profiterait au centuple de la moindre faiblesse.

— Qui est l'enfant ? s'enquit Basil.

— Le bâtard de Gerard, messire. Si le baron ne prise point assez sa ribaude pour répondre à vos vœux, j'ai pensé que son fils…

— Vous avez *pensé ?* coupa froidement son maître. Je ne vous paie point pour penser, Siefeld, mais pour obéir.

Le mercenaire se crispa. Un éclair de colère passa dans ses yeux bleus.

Basil extirpa alors son corps pesant de son siège et descendit les marches pour venir se planter devant Ardith, qu'il salua avec insolence.

— Soyez la bienvenue chez moi, ribaude de Wilmont. Je vous offre de grand cœur l'hospitalité de ma salle.

— Une stalle de vos écuries me suffirait amplement, messire. La paille y sera peut-être plus propre que ces jonchées.

Les yeux de Basil s'élargirent. Il tendit la main pour la souffleter, mais elle esquiva le coup, et il manqua perdre l'équilibre.

— Tenez votre langue, vile impertinente, sans quoi ce sera le premier morceau de vous que je renverrai au baron ! tonna-t-il, furieux. Et puisque vous voulez coucher avec des bêtes, à votre guise !

Il fit un signe à Siefeld.

— Enchaînez-la à ce mur. L'enfant et elle dormiront avec les chiens !

Ardith ne réagit pas. Autant dormir là qu'ailleurs, se dit-elle. Elle serait plus près de la porte, quand Gerard arriverait. Car elle savait qu'il ne se rendrait jamais à Portsmouth, afin de faciliter la fuite de son pire ennemi.

Siefeld la poussa contre la paroi. Quand il se pencha sur elle pour refermer un collier de fer autour de son cou, il lui murmura :

— Je vous ai prévenue : n'irritez pas Basil. Il n'hésitera point à user du fouet sur vous et sur l'enfant.

— Pourquoi servez-vous un tel maître ? rétorqua Ardith, enhardie par son attitude. Il se plaît à vous humilier.

— Je n'ai pas le choix. Depuis notre évasion, mon sort est lié au sien. Je subirai ce qu'il faudra pour survivre.

« Moi aussi », se promit Ardith.

Elle ramena sur elle la fourrure dans laquelle Siefeld l'avait emmenée, attira Daymon contre son flanc et chercha à tâtons le fermoir du collier. Il s'ouvrirait aisément, constata-t-elle. Plus tard. Et sa dague était à portée de sa main. Elle avait fort peu de chances de s'évader, mais cette pensée la réconforta néanmoins.

A l'autre bout de la salle, les réjouissances allaient bon train. Basil et Siefeld fêtaient bruyamment leur victoire en compagnie de cinq soldats, à grand renfort de cervoise. Une jeune servante, le visage impassible, esquivait de son mieux les mains qui cherchaient sa jupe ou son corsage. Soudain, elle souleva un seau et se dirigea vers Ardith.

— Où vas-tu, Nora ? s'écria Siefeld.

La fille s'arrêta, ferma brièvement les yeux et inspira avant de se retourner vers lui.

— Enchaîner les chiens et leur donner à boire, comme chaque soir.

— Fais vite !

Nora obéit. Tout en s'activant à proximité d'Ardith, elle chuchota :

— Ma dame ?

— Oui, Nora ? répondit la jeune femme, surprise et réconfortée par cette marque de respect.

— Etes-vous bien la dame du baron de Wilmont, comme ils disent ?

— Oui.

Une lueur d'espoir s'alluma dans les yeux bruns de la servante.

— Le jeune Stephen est venu nous annoncer que nous étions sujets de Wilmont, désormais, et pourtant Basil s'est réinstallé chez lui. Le baron viendra-t-il le déloger ?

— Oui, j'en suis certaine, répondit Ardith, incapable de la décevoir.

— Nora ! tonna Basil.

La jeune fille pivota sur ses pieds nus, aux talons cornés, et courut rejoindre le maître qu'elle semblait haïr. Elle avait laissé le seau d'eau près d'Ardith.

Durant un long moment encore, la jeune femme lutta contre le sommeil ; malgré sa fatigue et l'angoisse qui la rongeait, elle tenait à demeurer maîtresse de son sort. Basil finit enfin par s'endormir, et deux soldats l'emportèrent dans sa chambre. Les autres ne tardèrent pas à s'affaler sur la table en ronflant. Bientôt, il n'y eut plus que Siefeld et deux mercenaires à rester éveillés.

« Oh, Gerard, hâtez-vous ! » pria Ardith, terrifiée à l'idée de passer la nuit à leur merci, avec un enfant sans défense à son côté.

22.

Gerard avait espéré rattraper Siefeld sur la route. Mais lorsqu'il atteignit Milhurst au coucher du soleil, il comprit qu'Ardith et Daymon devaient se trouver maintenant dans la forteresse de Northbyre — si ses intuitions ne l'avaient pas trompé.

Un homme voûté, aux cheveux gris, fendit la foule des villageois qui se pressaient au-devant de leur nouveau seigneur. Il s'agissait de sir William, le régisseur de la bourgade.

— Gerard, mon garçon ! s'exclama-t-il avec un sourire plein de chaleur, en serrant la main que Gerard lui tendait. Je ne vous attendais pas si vite.

Il se rembrunit.

— Mais vous n'êtes plus simplement le fils de mon vieil ami Everart. Bienvenu dans votre fief, messire baron.

— Merci, William. Vous escomptiez donc ma visite ?

— Certes ! J'ai dépêché un messager à Wilmont avant-hier, le jour même où Basil a repris Northbyre avec ses mercenaires. Il a lâchement profité d'un moment où vos hommes d'armes s'entraînaient ici, sous ma surveillance, ajouta le vieil homme lugubre. Les gardes restés au château n'ont pu résister à l'assaut, et je ne pouvais riposter sans vous avertir — ni compter sur le secours du shérif de Northbyre. Il est à la solde de Basil.

La situation était sombre. En quelques mots, Gerard exposa le motif de sa venue. Un lourd silence s'établit.

— Votre promise et votre fils sont probablement retenus à Northbyre, confirma William. Ce qui exclut toute possibilité de siège ou d'attaque directe. Il va falloir recourir à la ruse.

Le baron acquiesça, les sourcils froncés.

— J'eusse préféré une franche bataille, afin de libérer au plus vite Ardith et Daymon, mais les conditions n'en sont point réunies — et notre adversaire n'a rien d'honorable. Convoquez les soldats. Je veux savoir combien de mercenaires défendent le château, et quelles sont leurs habitudes.

William s'éloigna.

— A cette heure, Richard a été prévenu, intervint Stephen. Nul doute qu'il galope vers Northbyre à la tête de ses hommes, impatient d'en découdre avec Siefeld, observa Stephen. Ne serait-il point bon de l'attendre ?

— Toute action intempestive est à proscrire, répondit Gerard d'un ton las. Notre premier devoir est d'élaborer un plan solide, exempt de tout danger pour les prisonniers.

Il posa une main sur l'épaule de Corwin, qui arborait une mine aussi soucieuse que la sienne.

— Ressentez-vous quelque chose de neuf, de la part de votre sœur ?

— Sa terreur semble apaisée, messire. Et elle ne souffre point.

— Fort bien. A la première alerte, prévenez-moi.

— Oui, messire.

Ardith observait deux mercenaires qui descendaient une autre malle de l'étage, pour la porter dehors comme les précédentes. Toute la journée, aidés des rares serfs qui n'avaient pas fui la forteresse, les hommes de Siefeld avaient empli les chariots alignés dans la cour.

La jeune femme avait beaucoup appris, en écoutant leurs grommellements dépités de soldats ravalés au rang de simples serviteurs. Basil prévoyait de partir le lendemain matin, et de se réfugier chez un allié jusqu'à la date de l'embarquement escompté. Chaque heure qui passait, chaque nouveau coffre transporté diminuaient son espoir d'être libérée avant leur départ de Northbyre. La tâche de Gerard en serait rendue plus ardue encore. Où et quand parviendrait-il à les retrouver ? Néanmoins, elle gardait chevillée au corps la conviction que son promis remuerait ciel et terre pour les sauver, et qu'il y parviendrait. D'ici là, elle devait rester forte, afin de veiller sur Daymon et sur elle-même.

Le soir venu, alors que les mercenaires mangeaient et buvaient grassement, elle nota que Nora avait été remplacée par une vieille servante. Pas plus que Basil cantonné dans sa chambre, la jeune fille n'avait paru de la journée. S'était-elle enfuie, elle aussi, ou l'avait-on chassée ?

Attristée à cette idée, Ardith glissa les doigts dans les cheveux de Daymon, endormi sur ses genoux. Le petit garçon s'était épuisé à courir en tout sens à travers la salle, sous l'œil vigilant des serfs qui le renvoyaient prestement dans son coin dès que des mercenaires agacés menaçaient de le rudoyer. La jeune femme leur avait su grand gré de cette gentillesse.

Soudain, une ombre tomba sur elle. Elle leva les yeux et aperçut Siefeld qui la dominait de toute sa hauteur, les traits crispés.

— Basil veut vous parler. Montez le rejoindre — sans l'enfant.

L'estomac noué par cette convocation qui semblait présager le pire, Ardith se laissa ôter son collier de fer, écarta doucement le garçonnet et se leva. Toute tentative de désobéissance, elle le savait, mettrait Daymon en danger. Elle devait faire preuve de la plus grande prudence, même si elle brûlait de s'emparer de son petit compagnon et de s'enfuir avec lui à toutes jambes.

Se drapant dans toute la dignité qu'elle put rassembler, elle précéda le mercenaire dans l'escalier. A l'étage, il la poussa vers une porte ouverte sur le corridor.

— Par là.

Lorsqu'elle pénétra dans la chambre seigneuriale, la jeune femme fut étonnée de la trouver encore complètement meublée. Des tapisseries pendaient toujours aux murs, les tapis n'avaient pas été roulés, des coffres jouxtaient une lourde table de chêne et deux chaises. Deux grands candélabres en fer portaient des bougies qui éclairaient brillamment la pièce.

Basil se dressait devant le lit garni d'une courtepointe, une timbale à la main. En la voyant entrer, il sourit d'un air satisfait et congédia Siefeld d'un signe bref. La porte se referma sur le capitaine. Ardith était à la merci de la crapule qui lui faisait face.

— Prenez un siège, ma chère.

— Je préfère demeurer droite pour entendre ce que vous avez à me dire, rétorqua-t-elle, le pouls en déroute.

Northbyre ricana.

— Près de la porte, pour mieux vous enfuir ? Allons, allons ! Vous n'iriez pas loin. Siefeld aurait tôt fait de vous ramener à moi.

Ardith réfléchit promptement — et choisit de s'asseoir sur la chaise la plus éloignée de Basil, séparée de lui par la table. De la main, elle vérifia en douce que sa dague était à sa portée.

Le baron vint poser sa timbale, appuya ses paumes sur le plateau de chêne et se pencha vers la jeune femme, la vrillant de ses prunelles luisantes.

— Ce que j'ai à vous dire, le voici : j'ai décidé qu'une ribaude de votre espèce me serait plus utile dans mon lit qu'enchaînée avec mes chiens.

Un frisson glacé parcourut l'échine d'Ardith. Ce qu'elle avait redouté se confirmait.

— Vous me trouverez fort peu conciliante, déclara-t-elle, surprise par la fermeté de sa voix.

— Ah oui ? Même si je vous précise que la vie du petit bâtard dépendra de la qualité de vos services ?

Sans bouger les épaules, Ardith releva le rabat de sa botte et posa ses doigts tremblants sur la poignée de la dague. Puis elle haussa le menton, un éclat de défi dans les yeux.

— Comment obtiendrez-vous votre navire, si vous ne nous rendez pas indemnes à Gerard ?

Basil s'esclaffa bruyamment.

— Ha, ha, ha ! Avez-vous cru à cette fable, ribaude ? Elle n'avait pour objet que d'envoyer Wilmont écumer les environs de Manchester, à votre recherche. Un bateau m'attend à Douvres. Quand votre fier promis s'avisera de ma ruse, il sera trop tard : je cinglerai vers la Normandie, lui laissant deux cadavres en souvenir. Imaginez-vous sa rage ?

Ardith referma les doigts sur le métal, qui brûlait déjà de sa propre fureur.

Debout près de Richard, arrivé à Milhurst une heure auparavant, Gerard inspectait les remblais de terre qui protégeaient Northbyre.

Enchaînée avec les chiens. Les paroles de Nora, qui avait franchi en courant les quelques lieues séparant Northbyre du village afin de prévenir William, résonnaient dans sa tête au rythme forcené de ses battements de cœur. Il ne pouvait chasser de son esprit les images déchirantes qu'elles évoquaient.

— Les hommes sont prêts, chuchota Richard. Nous n'attendons plus que ton ordre.

— J'avancerai dès que la prochaine garde sera passée, répondit le baron sur le même ton. Vous me suivrez à mon signal, sans bruit et courbés en deux.

William, qui les avait rejoints, posa une main sur son bras.

— Bien que cela me chagrine, Gerard, il est de mon devoir de vous rappeler qu'Henry veut Basil vivant. N'oubliez point qu'il veut lui faire payer chèrement la mort de sa pupille.

Les mâchoires du baron se contractèrent. Et le sort infâme réservé à Ardith ? A son fils ? Ne devait-il point être vengé ? En lui-même, il se jura de saisir le plus mince prétexte qui lui serait donné pour expédier son ennemi dans l'outre-monde. Les justifications viendraient après.

Deux sentinelles apparurent sur le chemin de ronde, scrutèrent les proches abords à la lueur de leur torche et se remirent en marche, disparaissant bientôt dans la nuit.

Gerard se tourna vers Stephen et Corwin qui attendaient, tapis près des anciens soldats de Northbyre passés sous son contrôle. Un atout appréciable, car ils connaissaient les lieux. Soudain, son écuyer porta une main à son front, les traits crispés.

— Je crois qu'il faut faire vite, messire, déclara-t-il d'une voix altérée.

Le courroux incandescent qui s'était emparé d'Ardith l'aida à surmonter son dégoût — et lui donna le courage de risquer le tout pour le tout. Basil n'était pas armé. Dans quelques secondes, c'est *lui* qui serait son otage ! se promit-elle.

D'un geste vif, elle tira sa dague et la lui pointa sur le cœur.

— Désormais, messire, *mes conditions* prévalent sur les vôtres !

Les yeux de Basil s'élargirent de stupeur, puis il recula d'un pas et renversa la tête en arrière, riant aux éclats.

— La chatte sort donc ses griffes pour m'égratigner ?

— Je ne me contenterai point de vous griffer la peau, Basil, répondit la jeune femme qui s'était levée et contournait lentement la table. Tant que vous ne vous plierez pas à mes ordres, je trancherai une à une toutes les parties qui dépassent de votre personne !

— Votre tempérament me plaît, petite, rétorqua le baron en surveillant son avance. Peut-être vous laisserai-je la vie pour vous rendre à Gerard, finalement, quand je me serai servi de vous. Il sera plus plaisant encore d'imaginer sa répulsion, lorsqu'il devra emprunter pour vous labourer des sillons où je serai passé avant lui…

Ardith ne l'écoutait qu'à moitié. Concentrée sur son plan, elle étudiait sa posture et se remémorait les leçons de Gerard. Soudain, elle vit ses bras se détendre. La table bascula à grand fracas, renversant les chaises, envoyant promener timbales et pichet. La jeune femme s'écarta juste à temps pour éviter l'obstacle et plongea en avant, sa lame relevée. Le fer déchira la manche de Basil, lui entailla profondément le bras. Le sang jaillit, vue et odeur qui la mirent au bord de la nausée, mais elle raffermit aussitôt sa volonté.

— Scélérate ! gronda sourdement le baron, en contemplant sa blessure d'un air incrédule. Je vais vous envoyer en enfer !

« Que faire, à présent ? » se demanda Ardith. Elle pouvait le tuer, s'en savait capable, mais ne le voulait pas. C'était un prisonnier, qu'elle désirait remettre à Gerard. Et elle devait faire vite — même si elle soupçonnait que Siefeld ne mettrait nulle hâte à venir secourir ce tyran.

De sa main libre, gardant toujours Basil sous la menace de sa dague, elle redressa une chaise.

— Otez votre ceinture et asseyez-vous ! ordonna-t-elle.

— Mon bras est impotent.

— Servez-vous de l'autre, avant que je le tranche !

— Vous regretterez ces menaces, ribaude !

Lui jetant un regard noir, le baron défit la tresse de soie, la laissa choir à ses pieds et s'affala lourdement sur le siège. Sans le quitter des yeux, Ardith se pencha pour ramasser le lien dont elle comptait le ligoter du mieux qu'elle pourrait. C'est alors que Basil se redressa tel un ressort… et qu'elle perdit l'équilibre. Sa chute lui coupa le souffle, mais elle était si résolue à ne point laisser la victoire à ce félon qu'elle se releva aussitôt, le poing serré sur la dague qu'elle avait eu la présence d'esprit de ne pas lâcher. Son adversaire la toisait de toute sa taille. Elle esquiva de justesse le coup de pied qu'il lui décocha pour la déséquilibrer derechef.

— Lâchez cette arme, diablesse ! tonna-t-il, tendant la main dans l'intention de l'agripper par sa natte.

— Jamais ! répondit Ardith en reculant pour se mettre hors de sa portée.

— Siefeld ! brailla Basil qui se tourna en direction de la porte. Amenez le bâtard !

Le sang de la jeune femme ne fit qu'un tour. Elle devait le retenir à tout prix.

— Restez ici ou je vous prends pour cible ! cria-t-elle. Auriez-vous peur d'une simple femme ? Etes-vous trop couard pour venir me désarmer ? N'êtes-vous qu'une mauviette, quand votre laquais n'est point là pour vous protéger ? A-t-il fallu que Siefeld tue lady Diane pour vous, parce que vous en étiez incapable ?

Basil virevolta, cramoisi, et serra les poings, prêt à frapper. En un clin d'œil, Ardith mesura l'élan qu'il prenait. Malgré sa terreur intérieure, elle conserva fermement sa posture, retrouvant les réflexes acquis durant des heures et des heures d'exercice. Lorsqu'il se jeta sur elle, la lame ne vacilla pas et s'enfonça jusqu'à la garde sous ses côtes. Il inspira brusquement, chancela et se rattrapa à la jeune femme qu'il entraîna dans sa chute — renversant un candélabre posé à côté.

Balayant la grand-salle d'un bref coup d'œil, Gerard jaugea la situation. Des mercenaires avinés, avachis autour de la table. Siefeld qui s'apprêtait à gravir l'escalier du fond et qui se retournait sur la troisième marche, glaive au poing. La tête blonde de son fils qui émergeait derrière un chien. D'Ardith et de Basil, nulle trace.

— Où est-elle ? rugit-il tandis que Richard et Stephen se ruaient déjà en avant, suivis de leurs hommes, et que Corwin s'élançait vers Daymon.

Siefeld ricana.

— Vous arrivez trop tard, baron ! Votre ribaude est en train de réjouir messire Basil !

Fou de rage, Gerard fondit sur lui, prêt à l'évincer pour se précipiter à l'étage, mais le bras de Richard l'arrêta.

— Laisse-le-moi, Gerard. Il est à moi.

Et son frère engagea le mercenaire dans un duel furieux, le repoussant de marche en marche jusqu'au palier, puis dans le corridor, tandis que le reste des soldats se battait en bas dans la grand-salle. Gerard, monté derrière eux, bouillait d'impatience et de terreur. Il ouvrit la première porte qu'il trouva… et découvrit une chambre dans un désordre invraisemblable. Basil gisait au milieu, à plat ventre dans une flaque écarlate. Ardith était prostrée près de lui, la cotte et les mains ensanglantées, non loin d'un candélabre renversé dont les bougies commençaient à enflammer un tapis.

— Ardith ? appela-t-il à mi-voix.

Elle tourna la tête vers lui, tremblant comme une feuille, et de grosses larmes roulèrent sur ses pommettes meurtries.

— Oh, Gerard…, murmura-t-elle.

Ses yeux blanchirent et elle s'affala en arrière, évanouie.

Gerard lâcha son épée, courut jusqu'à elle et se retint de l'étreindre un long moment, jusqu'à ce que son cœur reprenne un rythme normal. Le temps pressait, de la fumée envahissait la pièce. Il lui arracha sa cotte souillée et retroussa vivement sa chemise pour vérifier si elle était blessée, mais il ne découvrit que des meurtrissures bleues et jaunes qui moiraient sa peau blanche. Le sang ne venait que de Basil. Alors, sans s'accorder le loisir de s'apitoyer sur elle, il la souleva délicatement dans ses bras, la porta sur le lit et la drapa dans une courtepointe. Puis il reprit son glaive et en pressa la pointe sur le cou de son ennemi, qui grogna et tourna péniblement la tête vers lui.

— Pitié…, implora Basil d'une voix enrouée.

Gerard soutint un instant son regard vitreux, songeant à tout le malheur que ce scélérat avait causé au cours de sa vile existence. A Ardith et Daymon, traités comme des chiens. Il se releva, les mâchoires crispées, et renversa d'un revers de main le second candélabre.

23.

Ardith reprit conscience deux jours plus tard, dans un lit inconnu. Elle poussa un hurlement, car elle émergeait d'un cauchemar où elle nageait dans une mer de sang. Des bras tendres se refermèrent sur elle.

— Tout doux, mon aimée. C'est fini. Vous êtes en sûreté.

Le bonheur de retrouver Gerard la submergea d'une telle émotion qu'elle fondit en sanglots, les doigts noués sur son surcot. Il la laissa pleurer, la berçant contre lui, caressant ses cheveux, maudissant la bosse qui déformait l'arrière de son crâne et qui lui avait causé de tels tourments, ces dernières heures. Elle était vivante.

Lorsqu'elle se ressaisit enfin, Ardith se redressa et regarda autour d'elle.

— Où sommes-nous ?

— A Milhurst, chez un fidèle ami nommé William.

— Et Daymon ? Où est-il ?

— Il dort dans la salle commune, entre Stephen et Richard.

— Oh, mon Dieu… J'ai eu si peur pour lui, quand…

Elle se mit à trembler. Son corps se raidit. Sachant quels souvenirs lui revenaient, Gerard l'étreignit.

— Ne songez plus à tout cela, ma douce. Grâce à Corwin, nous sommes arrivés à temps pour vous sauver. C'est tout ce qui importe.

— Corwin ?

— Je suis là, sœurette ! lança d'un ton enjoué son frère qui venait d'entrer dans la chambre. Enfin réveillée, paresseuse ?

Le sourire éclatant que lui dédia Ardith et son rire argentin froissèrent indûment Gerard, qui se leva d'un geste brusque. Il ne se sentait pas d'humeur à rivaliser avec un jumeau paré de toutes les grâces, alors qu'il avait lui-même tant de fautes à se reprocher. La crainte qu'Ardith ait été violée par Basil le taraudait, mais il savait qu'il n'oserait jamais lui poser la question, ni évoquer devant elle cette scène atroce où elle avait tenté de tuer un homme — et quasiment réussi.

Nul ne le savait, hormis elle et lui. Quoi qu'il se fût passé, Basil méritait amplement son châtiment. Mais sur le moment, dans son anxiété d'arracher Ardith à cette horreur, il n'avait pas songé à retirer l'arme qui avait saigné ce monstre. Un « détail » qui ne lui était revenu que plus tard, trop tard, lorsqu'il avait découvert que la dague ne se trouvait plus dans sa botte. Les flammes avaient déjà dévoré la chambre de Basil — et son cadavre avec, probablement. La Dent de Lion devait être réduite à un amas de métal fondu, perdu dans un tas de cendres. Tous avaient admis sa version du drame — Basil avait péri dans l'incendie — et nul n'avait de raison d'en douter. N'était-ce point la vérité, en fin de compte ? Pourtant, même si ce qui avait précédé ne serait jamais dévoilé, il en demeurait tourmenté.

— Je vais vous quérir à manger, déclara-t-il d'un ton bref. Vous devez avoir faim.

Ardith le regarda sortir, les sourcils froncés.

— Qu'a-t-il donc ?

— Je gage qu'il est épuisé. Il n'a pas fermé l'œil depuis quatre jours.

— Quatre jours ?

— Depuis l'instant où je t'ai sentie en grand danger, près d'Oxford.

— Oxford ?

Rapidement, Corwin lui narra la folle expédition qui les avait conduits de Romsey à Northbyre, jusqu'au moment où Gerard l'avait sortie de la chambre enflammée de Basil.

— Il a péri dans l'incendie causé par un candélabre renversé, conclut-il. Et Siefeld est mort aussi, sous l'épée de Richard.

Ardith pâlit et ferma les paupières.

— Un incendie ? Je ne m'en souviens pas…

Elle ne revoyait que la mine ahurie de Basil culbutant sur elle et du sang, un flot de sang causé par sa dague. C'était *elle,* qui avait tué Basil ! Elle frémit. Corwin lui tapota la main.

— Pardonne-moi, sœurette. Je n'aurais pas dû raviver ces souvenirs. Il n'en reste pas moins que Gerard a d'autres tracas à affronter, maintenant : il a dû prévenir le roi de la mort de Basil, et doit faire restaurer Northbyre. Montre-toi patiente avec lui.

Ardith s'y efforça de son mieux durant les jours qui suivirent, se distrayant par la découverte du manoir de Milhurst et des bonnes gens qui y vivaient. Sa plus belle surprise avait été de retrouver Nora, sa jeune bienfaitrice, que Gerard avait engagée à son service pour la récompenser. Mais son promis, bien qu'il se montrât tendre et attentionné avec elle — surtout depuis qu'elle lui avait confirmé sa grossesse et qu'une sage-femme en avait établi la saine poursuite —, demeurait soucieux et ignorait ses avances, ne lui accordant que de chastes baisers.

Elle s'y résigna pour un temps, même si elle brûlait de retrouver les étreintes passionnées que Gerard semblait fuir avec une constance déconcertante. Peut-être craignait-il qu'elle ne soit encore trop ébranlée par ce qu'elle avait vécu, physiquement et moralement, et ne cherchait-il qu'à la ménager... Peut-être attendait-il qu'elle ait rassemblé le courage de lui parler de cette horrible nuit, qu'ils continuaient à tenir sous silence... Et il n'avait certes pas tort. Sa gorge se serrait d'horreur dès qu'elle songeait à Basil.

En outre, Corwin avait raison, en alléguant les sévères tracas du baron. Il était sans cesse requis par de nouveaux problèmes, tous plus épineux les uns que les autres. Un jour, le shérif de Northbyre sollicita d'être reçu, avec une telle insistance que Gerard finit par s'y résoudre dans le seul dessein d'envoyer paître ce suppôt de Basil. La doléance présentée le mit dans une telle fureur que ses éclats de voix ébranlèrent le manoir tout entier : le bailli avait l'impudence de lui réclamer le remboursement des sommes qu'il avait avancées à Northbyre... pour l'organisation de sa fuite et la mise à disposition d'un navire dans le port de Douvres.

— Allez requérir ce paiement de ce qui reste de votre comparse ! tonna Gerard, hors de lui.

Une phrase qui fit frémir Ardith, et qu'il devait amèrement regretter quelque temps plus tard.

La jeune femme, de surcroît, avait fait récemment une découverte qui la plongeait dans des abîmes d'inquiétude et de perplexité. Nora, après maintes prières, avait fini par lui rendre ses bottes « nettoyées et séchées » — une corvée sur laquelle Ardith préférait ne point s'appesantir. Or, dans le fourreau secret, elle avait eu la stupeur de découvrir une dague *qui n'était pas la sienne*. Dès qu'elle avait refermé ses doigts tremblants sur la poignée, persuadée que Gerard avait retiré la lame du corps de Basil, elle avait senti la différence.

Celle-ci était plus lourde, plus massive. Et son sang n'avait fait qu'un tour, tandis qu'elle comprenait brusquement ce que cet échange signifiait : si Gerard ne lui avait pas rendu sa propre dague, c'était qu'il n'avait pas pris le temps de la retirer, dans sa hâte de couvrir le meurtre dont elle s'était rendue coupable pour se défendre ! Un meurtre légitime, certes, mais qui enfreignait directement les ordres du roi d'Angleterre — et plaçait le baron de Wilmont dans une situation fort délicate par rapport à son suzerain, l'obligeant à justifier une mort qu'il n'avait pas causée.

Une sueur froide avait recouvert Ardith, tandis qu'elle mesurait soudain la lourdeur du secret qui la liait tacitement à son promis. Elle n'avait jamais réussi à se rappeler le feu qui avait prétendument tué Basil. Gerard avait-il provoqué cet incendie de lui-même, afin de la protéger ?

En dépit du malaise qu'elle en éprouvait, elle avait décidé de se taire. Puisque Gerard se refusait à évoquer le drame avec elle, cherchant de toute évidence à l'épargner, puisqu'ils étaient seuls au monde à connaître une vérité qu'Henry lui-même devait continuer à ignorer, elle n'en soufflerait mot à âme qui vive et feindrait de croire à la théorie que son bien-aimé avait échafaudée *par amour pour elle,* allant jusqu'à se priver dans son seul intérêt de la Dent de Lion qui ne l'avait jamais quitté. Un jour, peut-être parviendraient-ils à aborder ce sujet. Et, ce jour-là, elle dirait à Gerard ce qu'elle savait lui devoir. Mais, d'ici là, la meilleure façon de lui témoigner sa gratitude n'était-elle point de respecter son silence et sa volonté de retrait ?

24.

Ses tâches accomplies, Gerard décida de rentrer à Wilmont — en passant par Romsey où il ne comptait s'arrêter qu'un jour et une nuit, le temps d'établir Pip dans ses fonctions officielles d'intendant. Au cours des deux semaines qui avaient suivi l'enlèvement d'Ardith et de Daymon, l'armurerie avait été reconstruite, les dommages causés par le feu effacés. Les seules traces visibles du drame étaient les trois nouvelles tombes, dont celle d'Elva. Ardith s'était longuement recueillie sur les restes de la femme qui avait donné sa vie pour elle, et avait expliqué à Gerard la funeste histoire qui avait perturbé sa raison, la poussant aux extrémités dont ils avaient fait les frais. Le baron lui avait pardonné, par compassion pour ce qu'elle avait enduré sous le joug de son ancêtre — même si, au fond de lui, il ne pouvait oublier les graves torts qu'elle avait causés à sa nièce et ces années de bonheur qui leur avaient été volées. Mais il était résolu à rattraper au plus vite le temps perdu — en regagnant Wilmont pour y épouser Ardith et goûter pleinement la félicité de la voir grossir jour après jour, le ventre gonflé de leur enfant. Il avait décidé de se passer de l'autorisation d'Henry, qui ne pourrait lui reprocher d'avoir légitimé son futur héritier.

La poitrine épanouie de sa promise et ses hanches arrondies — entre autres détails — exacerbaient de plus en plus vivement le désir qu'il s'était contraint à réprimer avec tant de mal ces dernières semaines, afin de ne pas réveiller le souvenir de ce qu'elle avait peut-être subi aux mains de Basil. Mais les avances réitérées d'Ardith, sa soif évidente de se joindre à lui comme avant avaient fini par le convaincre que Northbyre n'était pas parvenu à ses fins. Et il brûlait de témoigner sa gratitude à celle qu'il aimait, pour avoir défendu avec tant d'ardeur ce qui n'appartenait qu'à lui et protéger leur enfant d'une telle souillure. Cette pensée le bouleversait, connaissant la révulsion d'Ardith à verser le sang. Quelle plus grande preuve d'amour aurait-elle pu lui donner ? Elle avait été prête à tuer pour lui. Il se promettait, un jour, de lui révéler toute la vérité, et d'alléger sa conscience en lui apprenant que Basil n'avait pas rendu son dernier souffle de son seul fait. Mais il attendait pour cela la réponse d'Henry au rapport qu'il lui avait envoyé, et le classement définitif de la sordide affaire qui les avait un temps séparés.

Les choses devaient prendre un autre tour, et plus rapidement qu'il ne l'escomptait. Alors qu'il s'apprêtait à quitter le manoir de Romsey pour Wilmont, un messager royal arriva à bride abattue — lui apportant une sommation d'Henry à comparaître à la cour dans les plus brefs délais. Cette nouvelle le contraria fortement, mais ne l'inquiéta pas outre mesure : sa défense était solide, bien qu'il redoutât quelque peu la défiance maniaque du souverain et sa dangereuse susceptibilité, lorsque ses ordres étaient enfreints. Il se tirerait aisément de ce mauvais pas en s'en tenant sans faiblir à sa version, la seule à même de protéger Wilmont, ses frères, Daymon… et Ardith du vicieux courroux du monarque, qu'il avait appris à craindre.

Avant son départ pour Westminster, il eut fort à faire pour apaiser les tourments de sa promise, qui insistait pour l'accompagner. Il lisait dans son regard anxieux ce qu'elle brûlait de lui dire, la part qu'elle voulait prendre dans cette épreuve dont elle s'estimait la cause, mais il se montra intraitable : elle irait l'attendre à l'abbaye de Romsey, auprès de la reine, malgré la présence d'Ursula.

— Je suis le seul qu'Henry souhaite entendre, Ardith, conclut-il fermement. Vous n'avez nulle raison de me suivre. Basil est mort dans l'incendie de sa chambre, et le roi sera bien forcé de l'admettre.

La jeune femme acquiesça, muette, la tête basse. Elle savait qu'il agissait ainsi en son âme et conscience, au mieux des intérêts de Wilmont. L'entraver à seule fin d'alléger sa propre culpabilité serait folie. Devant son désarroi, Gerard eut pitié d'elle. Relevant son menton d'un doigt, il plongea ses yeux verts dans les siens et lui sourit.

— A mon retour, ma douce, nous nous marierons. Et je vais vous prouver sur-le-champ que ma passion pour vous ne s'est nullement affadie, bien que je l'aie contenue si longtemps pour ménager votre santé — et celle de notre enfant. Je veux emporter avec moi des souvenirs qui m'aideront à supporter votre absence.

La lumière qui resplendit dans le regard bleu d'Ardith fut le plus beau viatique dont il pouvait rêver avant de se mettre en chemin, et d'aller se battre pour leur avenir.

Quelques jours plus tard, Gerard découvrit à son vif dépit que le combat serait beaucoup plus rude qu'il ne l'avait envisagé. Debout devant le roi, les bras croisés, il détaillait pour la dixième fois au moins la mort de Basil, répondant avec fermeté aux questions perverses et détournées d'Henry — dont les doigts tapotaient dangereusement les accoudoirs de son trône.

— Je sais, Sire, combien il vous coûte d'avoir été privé du châtiment que vous vous réserviez d'appliquer à Basil. Mais entre la vie d'Ardith et la sienne, j'ai préféré sauver celle d'Ardith — et je recommencerais, si c'était à refaire. Devais-je sacrifier une victime innocente au ravisseur qui l'avait si vilement traitée ? A un criminel sans scrupules ?

Henry poussa un long soupir — un signe qui accrut l'inquiétude de Gerard.

— Nous vous pensions le plus loyal de nos barons, Gerard de Wilmont. Et nous déplorons fortement que vous persistiez à nous dissimuler la vérité. Nous eussions tenu compte de votre franchise, mais nous ne pouvons vous pardonner vos mensonges.

D'un geste de la main, il ordonna aux gardes de faire entrer son témoin à charge. Quand Gerard vit entrer le bailli de Northbyre, portant sur un coussin de velours noir les restes calcinés de la dague d'Ardith, il sut que son enfer ne faisait que commencer.

Le shérif qu'il avait brutalement évincé l'avait pris au mot, en allant se rembourser de sa dette auprès du cadavre de Basil. Mais il se jura sur l'instant que nulle parole susceptible de condamner Ardith ne franchirait ses lèvres, fût-ce sous la torture. Il préférait mourir plutôt que de soumettre à la justice dévoyée d'Henry Beauclerc celle qui avait si vaillamment défendu son honneur, l'enfant qu'elle portait et, sans nul doute aussi, la vie du petit Daymon, qu'elle considérait comme sien.

Depuis trois longues semaines, Ardith se morfondait à l'abbaye de Romsey, malgré la gentillesse de la reine — et les surprenants changements que celle-ci, à force d'habileté et de constance, avait réussi à susciter chez lady Ursula. Non seulement la mère de Gerard avait fini par accepter Daymon, qui jouait à ses pieds tandis qu'elle tissait un voile, mais elle montrait une sereine indulgence envers la jeune femme — dont le ventre s'enflait pourtant visiblement d'un nouvel enfant illégitime né des œuvres de son fils aîné.

— Je crains que ce long silence ne soit le signe de mauvaises nouvelles, Majesté, dit-elle en soupirant, le visage tourné vers la croisée de la chambre royale.

La reine sourit.

— Allons, allons, mon enfant ! Nous connaissons Henry. Il ne fait que prolonger votre séparation par dépit. Et s'il ne m'écrit point, ces derniers temps, c'est pour me punir aussi d'avoir soutenu l'évêque Anselme contre lui.

— Je voudrais vous croire, Majesté.

Rongée par les tourments, Ardith garda les yeux rivés sur la route déserte, désespérant d'y voir repaître un jour celui qu'elle aimait. Et soudain, comme si le ciel avait à cet instant décidé de mettre un terme à son supplice, elle distingua un groupe de cavaliers qui approchait au grand galop. A leur tête, un chevalier de haute taille revêtu d'un heaume et d'une armure, monté sur un gigantesque destrier noir. Son cœur bondit dans sa poitrine.

— Gerard, enfin ! s'écria-t-elle en s'élançant vers la porte. Avec votre permission, Majesté…

Matilda rit de son impatience.

— Allez, petite. Mais, de grâce, ménagez mon filleul !

— Promis, Majesté.

Et, de fait, Ardith réfréna légèrement sa hâte, tandis qu'elle dévalait les marches et courait vers l'entrée de l'abbaye. Sa déception, lorsqu'elle reconnut Richard, fut à la mesure de la joie qui l'avait soulevée quelques minutes plus tôt. La mine sombre du jeune homme acheva de dissiper son sourire, et la présence à son côté de Thomas, qui ne quittait jamais son maître, lui figea le sang dans les veines.

— Est-il arrivé... un malheur ? s'enquit-elle dans un souffle, prête à défaillir.

— Grâce à Dieu, pas celui que vous croyez, répondit Richard. Gerard est en vie... mais il est retenu dans une chambre de la Tour. L'audience avec Henry a mal tourné, un procès doit avoir lieu dans deux jours. Mon frère exige que je vous ramène à Wilmont, avec Daymon, pour que vous soyez sous notre protection.

Il jeta une œillade acérée à la jeune femme.

— Vous souvenez-vous du bailli de Northbyre, que Gerard avait si vertement repoussé ? Il est venu présenter au roi les restes fondus d'une dague qui était sans doute aucun l'une des Dents de Lion, et qui se trouvait dans le corps de Basil. Gerard s'est refusé à expliquer sa présence, et n'a pu produire sa propre dague pour se disculper.

Le cœur d'Ardith avait chuté dans sa poitrine. Elle posa une main tremblante sur le bras de Richard.

— Conduisez-moi sur-le-champ à Westminster, Richard. Ce n'est pas Gerard qui a tué Basil.

Richard lui sourit tristement, sans rancœur.

— Je le supposais, Ardith. Si Gerard avait lui-même occis Basil, il l'aurait reconnu et décrit la scène avec force détails, sûr qu'il aurait pu être de son droit. La farouche vigueur avec laquelle il s'en tient à sa première version des faits signifie assez qu'il cherche à protéger quelqu'un qui lui est cher... et qui avait toute raison de se défendre, j'en suis certain. Mais il ne peut revenir sur ses déclarations initiales sans prouver par là même qu'il avait quelque chose à cacher.

Son indulgence renforça encore la résolution d'Ardith. Si

Richard comprenait son geste, pourquoi le roi ne le comprendrait-il pas aussi ?

— Partons ! commanda-t-elle. Si vous refusez de me conduire à Londres, je m'y rendrai par mes propres moyens.

25.

Lorsqu'elle pénétra dans la salle d'audience bondée, derrière Richard qui leur frayait un chemin en jouant des coudes, Ardith aperçut tout de suite Gerard debout face au roi, au pied de l'estrade. Il était superbe, revêtu de ses plus riches atours de baron — et ses pairs qui l'entouraient, la mine sinistre, semblaient tout prêts à prendre son parti contre le roi. Henry, les traits tendus et le regard aux aguets, paraissait fort conscient de cette situation.

Parvenue au premier rang de l'assemblée, la jeune femme écouta avec attention les vifs propos qui s'échangeaient. Elle n'était point là pour admirer Gerard et se repaître de sa vue, se rappela-t-elle sévèrement, mais pour défendre l'homme qu'elle aimait et qui se trouvait en danger à sa place.

— Il suffit ! tonna soudain Gerard. J'ai enduré trop longtemps sans rien dire les calomnies d'un bailli corrompu, qui cherchait à s'enrichir sur moi après avoir quêté sans scrupules les faveurs de Basil. Ce scélérat n'est pas ici par loyauté, Sire, mais par dépit. Il réclamait de moi les frais qu'il avait engagés pour organiser la fuite de Northbyre. Et c'est à lui que vous accordez foi ?

De sa main baguée, il désigna les barons groupés autour de lui.

— Vingt chevaliers de mon rang viennent d'attester devant vous de ma loyauté, Sire. William de Milhurst a renforcé leurs dires et les miens. N'est-ce point assez, à vos yeux, pour me blanchir de tout soupçon ?

Henry plissa les paupières.

— Et la dague trouvée dans le corps de Basil, Gerard ? La Dent de Lion qui fait partie de votre héritage ?

Ardith retint son souffle.

— Si elle a bien troué les chairs de ce porc, Sire, poussée par une main *que je n'ai point vue,* elle n'a pas causé sa mort. J'ignore ce qui s'est passé avant mon arrivée, mais je vous fais le serment solennel, devant Dieu et devant mes pairs, que Basil respirait encore quand j'ai quitté sa chambre en flammes pour sauver Ardith évanouie. Qui peut affirmer qu'il ne s'est pas embroché lui-même, alors que ma promise repoussait ses assauts pour défendre son honneur — et l'héritier qu'elle porte ? Des candélabres avaient chu sur le sol. Et si Basil n'a pu se traîner jusqu'à la porte pour sauver sa vile peau, pendant que j'étais occupé ailleurs, je n'en suis nullement responsable.

En entendant ces mots, Ardith oublia où elle se trouvait et courut jusqu'à Gerard, qui la cueillit dans ses bras avec un grognement courroucé. Son soulagement était intense. Le trépas de Basil était *vraiment* accidentel. Elle ne l'avait que blessé. Il n'avait péri ni de sa main, ni de celle de Gerard. Elle était exempte de tout péché mortel. Il ne pouvait être condamné. Sa joie lui donnait le vertige.

— Que faites-vous ici ? chuchota-t-il d'un ton furieux, tandis qu'elle absorbait avec bonheur la chaleur de son corps retrouvé. J'avais ordonné à Richard...

— Richard ne vous a pas désobéi, Gerard. Je l'ai contraint à me conduire ici... parce que j'étais convaincue d'avoir tué Basil, et que je ne pouvais vous laisser accuser à ma place, avoua Ardith, levant vers lui des yeux implorants. Il y avait tant de sang... Quant à ce feu dont je ne gardais nul souvenir, je pensais que vous l'aviez déclenché vous-même, afin de dissimuler mon forfait.

Le regard qu'il abaissa sur elle mêlait un amour sans bornes à une fureur amusée.

— Vous savez à présent que vous n'aviez point lieu de trembler pour moi, friponne. Ce que j'ai dit est la vérité. Le seul détail que je ne pouvais expliquer sans vous compromettre inutilement, c'était la disparition de *ma* dague. Pourquoi l'aurais-je remise à une faible femme incapable de s'en servir correctement ? Ne vous avisez point de me la rendre maintenant. Et si je vous reprends à enfreindre mes ordres...

Un raclement de gorge irrité interrompit leur conciliabule. Avec un sursaut, Ardith se tourna vers le roi, qui les considérait d'un œil sévère.

— Ai-je bien entendu, Gerard de Wilmont ? Votre promise est grosse de vos œuvres et vous n'avez point jugé bon de m'en avertir ? Quand comptez-vous donc légitimer cet enfant ?

— Dès que vous m'accorderez la liberté de le faire, Sire, répondit avec empressement le baron, qui n'avait révélé publiquement ce fait qu'afin de détourner le roi d'une enquête plus fouillée sur les agissements d'Ardith. Je suis prêt à l'épouser sur-le-champ, avec votre consentement.

Henry lança une œillade lourde de sous-entendus à l'amalgame d'or, de bronze et de gemmes noircies qui avait été, autrefois, l'un des deux symboles de la puissance de Wilmont. Le cœur d'Ardith s'arrêta, et elle sentit que Gerard retenait son souffle. Le souverain, clairement, voulait leur démontrer qu'il n'était pas dupe.

— Il ne serait point conforme à notre justice, baron, de vous laisser regagner vos foyers sans vous châtier des troubles que vous nous avez causés, en ne ramenant pas vivant le prisonnier que nous vous avions chargé de capturer pour notre compte.

Un frémissement parcourut les rangs des barons, tandis qu'Ardith atterrée se demandait si tout ce qui avait précédé n'avait servi qu'à repousser une sentence décidée d'avance. Henry était-il donc sans pitié ?

Un fin sourire, alors, se dessina sur les lèvres du roi.

— Nous croyons nous souvenir, Gerard, que Wilmont n'a pas octroyé à la couronne la période de vasselage qui lui est due, au cours de cette année. En conséquence, nous vous condamnons à pourchasser durant quarante jours les braconniers qui nous ont été signalés par le bailli de New Forest.

Gerard s'inclina, sachant pertinemment qu'il était fortuné de s'en tirer à si bon compte.

— Je ne puis décliner une obligation qui est la mienne de par la loi, Sire.

— Nous n'en attendions pas moins de vous, baron. Vous partirez dans l'heure, une fois vos adieux faits à votre promise.

— Bien, Sire.

Gerard fulminait, car cette punition soigneusement pesée visait de toute évidence à châtier Ardith autant que lui-même. Quarante jours et quarante nuits loin des bras de sa bien-aimée, alors qu'il était déjà privé d'elle depuis si longtemps ! Et le perfide Henry ne leur accordait même pas le répit d'une soirée de retrouvailles. Mais il n'allait sûrement pas, en rechignant, lui accorder le plaisir de prolonger sa peine !

Ils prirent donc congé du roi et sortirent, suivis par Richard qui avait du mal à réprimer son amusement. Une fois dans la cour du palais, Gerard se contenta d'effleurer les lèvres d'Ardith d'un bref baiser — pour ne pas risquer d'allumer un incendie qui les mettrait en fort mauvaise posture, vu les circonstances. Puis il se tourna vers son frère.

— Cette fois, Richard, je te commande de conduire Ardith à Wilmont sans dévier de ta route sous le moindre prétexte. Est-ce clair ?

Ardith releva la tête, choquée par cet ordre sans appel.

— Il nous faut d'abord retourner quérir Daymon, que j'ai laissé à l'abbaye avec la reine et votre mère ! protesta-t-elle.

Gerard secoua sa crinière blonde, les prunelles pétillantes.

— Il n'en est pas question, ma dame. Corwin s'en chargera pour vous.

Après quoi il se tourna vers Richard, la mine inflexible.

— Arrange-toi pour qu'elle soit à Wilmont et nulle part ailleurs le jour où je parviendrai à m'échapper de cette maudite forêt, m'entends-tu ? Sinon, il t'en coûtera cher.

Quarante jours à piétiner dans les broussailles ou dans la boue, à la poursuite de braconniers aussitôt remplacés par d'autres, dès qu'il les arrêtait. A se nourrir de viande séchée, de pain dur et d'eau claire, nullement assisté dans sa corvée par un bailli qui avait clairement reçu l'ordre de lui mener la vie dure. Quarante nuits interminables, dans les conditions les plus rudes, à se languir des bras d'Ardith et à se tourmenter des méfaits que sa jolie friponne aurait encore inventés.

Et, puis, enfin, l'instant béni où Gerard put apercevoir les tours de Wilmont se profilant sur le ciel clair. Il était accompagné de Corwin, qui était venu le quérir à la fin de sa peine et lui avait fait part des dernières nouvelles : Ardith, qui s'était considérablement arrondie, n'avait quitté Wilmont qu'une seule fois pour aller rendre visite à son père souffrant. Richard l'y avait conduite sous bonne escorte — la moitié de la garde du château, pas moins. Enfin, Daymon était revenu accompagné de lady Ursula, qui s'était prise d'affection pour lui autant que pour sa future bru. Sur ces derniers points, Gerard était sceptique et demandait à voir par lui-même. Mais, après tout, un miracle ne pouvait-il se produire ?

Il en eut la confirmation peu après. D'abord, il vit passer un éclair jaune entre les créneaux du donjon, et son cœur se gonfla de joie. Ardith l'attendait. Cinq minutes plus tard, à peine, les portes s'ouvrirent et il vit surgir sa bien-aimée, grossie, le visage rayonnant. Lorsqu'elle se mit à courir vers eux, illuminée par un immense sourire, Gerard se prépara à la déception qu'il ne manquerait pas d'éprouver, quand elle se jetterait avec fougue au cou de son jumeau. Il choisit de s'en prévenir.

— Portez-vous à sa rencontre et contraignez-la à ralentir son allure, grommela-t-il. C'est mon héritier, qui risque de chuter avec elle.

Corwin lui décocha une œillade intriguée, puis obéit et démonta pour rejoindre sa sœur. Mais alors que le baron s'apprêtait à détourner la tête, afin de s'épargner une scène qui le ferait sottement souffrir, il s'avisa à sa grande stupeur qu'Ardith passait devant son frère sans le voir et poursuivait sa course, cheveux au vent, se moquant du voile qu'elle avait perdu en route. C'était vers *lui*, qu'elle accourait !

Un bonheur fou l'envahit. Il sauta à terre et ouvrit largement les bras, juste à temps pour recevoir le ravissant boulet couleur safran qui s'abattait contre son torse. Exauçant son plus beau rêve, Ardith jeta ses deux bras autour de son cou, le serrant à l'étouffer, et sema une pluie de baisers humides et tièdes sur son visage. Quand elle s'écarta, il constata que l'azur de ses prunelles était voilé de larmes, et qu'il brillait de l'amour le plus pur.

— Bienvenu chez vous, messire. Qu'est-ce qui vous a retenu si longtemps ? Je guette votre retour depuis des jours et des jours. Vous portez-vous…

Gerard l'interrompit en la soulevant de terre et en la bâillonnant d'un long baiser. Jamais rentrer chez lui ne l'avait comblé à ce point. Et comme il ignorait si son métier de chevalier lui réserverait longtemps d'autres retours aussi enchanteurs, il se promit de goûter chaque seconde de la merveilleuse trêve qui lui était accordée.

Collection *Les Historiques*

HARLEQUIN

PROCHAINS RENDEZ-VOUS LE

1er avril 2006

COMPLOT AU ROYAUME, *de Shari Anton* • **n°332**
SAGA LES MARIÉS DE LA COURONNE, 2nde PARTIE.
Angleterre, 1109. *Intrigues au palais au temps de la conquête normande…*
Nièce de la reine d'Angleterre et du roi d'Ecosse, Judith de Canmore est enlevée par des brigands qui veulent la marier de force à un seigneur saxon dont le dessein est de détrôner à son profit le roi normand d'Angleterre. Judith, devenue reine, usurperait alors la place de sa propre tante sur le trône. Mais le chevalier de Lenvil, secrètement amoureux de la jeune fille, a vent du complot et feint de se mêler aux conspirateurs pour délivrer Judith…

UNE LADY EN FUITE, *d'Helen Dickson* • **n°333**
Londres, 1770. Pour échapper à un mariage forcé, Héloïse Marchant, une jeune aristocrate française, s'enfuit de chez elle. Travestie en homme, elle se réfugie en Angleterre où elle survit tant bien que mal en jouant les pickpockets. Un soir, elle est attaquée par des voyous et sauvée de justesse par un gentleman qui, la prenant pour un garçon, la prend sous sa protection…

LA PROMESSE DU CHEVALIER, *de Lyn Stone* • **n°334**
Angleterre, 1314. Sir Alan de Strode se veut un homme de parole. Pourtant, quand il prend conscience d'avoir signé trop hâtivement une lettre où il s'engage à épouser la veuve d'un ami mourant, il maudit sa loyauté. Car, par une fâcheuse ironie, lady Honor est tout sauf honorable… Mais comment un preux chevalier pourrait-il refuser son aide à une femme en détresse, enceinte de surcroît ?

LA FILLE DE L'ALCHIMISTE, *d'Elaine Knighton* • **n°335**
Terre Sainte et Royaume d'Angleterre, 1197. Parti en Terre Sainte pour expier la mort de sa sœur jumelle dont il se croit responsable, Lucien de Griswold espère en rapporter une potion capable d'adoucir le chagrin de leur mère. A Jérusalem, il se lie d'amitié avec un maître alchimiste et sa fille, Isidora, dont la rumeur prétend qu'ils détiennent la recette d'un élixir miraculeux…

LES MARIÉS DE L'AUBE, *de Jillian Hart* • **n°336**
Amérique, 1882. Dillon Hennessey ne ressemblait à personne, et Katelyn aspirait à mieux connaître cet homme singulier qui savait si bien parler aux chevaux... et à son cœur. Mais aussi attirant soit-il, c'était tout de même un homme, et les hommes, elle le savait bien, n'étaient pas digne de foi. Son mari ne l'avait-il pas quittée après la perte de leur bébé ? Comment, dès lors, réapprendre à croire au bonheur ?

quelqu'un a repris le contrôle de la secte, avec l'intention de conduire chacun de ses membres à la mort. Y compris ceux qui ont fui vingt ans plus tôt. Déjà, deux des enfants et la femme qui les accompagnait ont été tués. Ne reste plus que Kelly Stone, qui tient à présent une auberge dans le New Hampshire…

Le pacte, de Alex Kava • N° 252

Omaha. Minneapolis. Columbia. Dans plusieurs villes des Etats-Unis, des prêtres pédophiles sont retrouvés assassinés. Soupçonnant un tueur en série de vouloir rendre lui-même la justice, la police demande à l'agent Maggie O'Dell de se rendre à Omaha afin d'établir son profil. Maggie connaît parfaitement la petite ville : quatre ans plus tôt en effet, elle y a enquêté sur des meurtres d'enfants dont le coupable, le père Keller, a réussi à s'échapper. C'est alors que celui-ci refait surface et, se sachant menacé par le tueur, propose à Maggie un pacte odieux…

Une nouvelle enquête de Maggie O'Dell.

La brûlure du passé, de Rachel Lee • N° 253

C'est l'été à Whisper Creek, dans le Colorado. Dans cette atmosphère étouffante, l'arrivée d'un nouveau pasteur aussi intransigeant qu'intolérant, Elijah Canfield, n'est pas vue d'un très bon œil. Son fils Sam, en particulier, n'a pas oublié leur brouille, des années plus tôt. Lui qui vit en solitaire depuis la mort tragique de sa femme n'entend pas faire le moindre effort pour se réconcilier avec son père. Mais c'est compter sans Mary McKinney, qui va bouleverser la vie des deux hommes en traçant pour eux le chemin vers une réconciliation…

Coup de foudre et conséquences, de Dallas Schulze • N° 131
(Réédition)

Entre une mère immature et une sœur volage, Maggie Drummond joue depuis toujours le rôle de pilier de la famille, en souffrant de ne recevoir aucune gratitude en retour. Mais sa vie change brusquement lorsqu'elle fait la connaissance de Ryan Lassiter, héritier d'un des plus grands ranchs du Wyoming. Maggie a du mal à croire qu'un homme comme lui puisse s'intéresser à elle. Pourtant, il fait mieux : il lui demande de l'épouser. Comme ça. Sur un coup de tête. Et, plus surprenant encore, elle-même décide d'accepter …

COMMANDE... COMMANDE... COMMANDE...

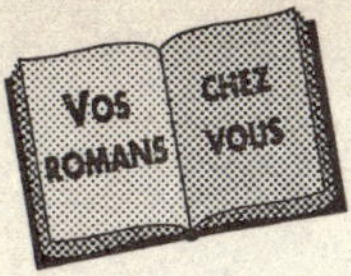

Ces volumes sont disponibles auprès du Service Lectrices dans la limite des stocks. Si vous souhaitez commander certains titres, cochez les livres choisis et indiquez vos coordonnées dans le bon de commande ci-joint.

Chaque volume est vendu au prix de 5,32 €, auquel s'ajoutent 2,40 € par colis pour la participation aux frais de port et d'emballage.

N'envoyez pas d'argent aujourd'hui, une facture accompagnera votre colis.

Renvoyez ce bon à : Service Lectrices HARLEQUIN
BP 20008 - 59718 LILLE CEDEX 9.

Mme ☐ Mlle ☐ Si abonnée, n° : ⎿⏌⎿⎿⎿⎿⎿⎿⎿⏌

NOM ______________________________

Prénom ______________________________

Adresse ______________________________

Code Postal ⎿⎿⎿⎿⏌ Ville ______________________________

______________________________ Tél. : ⎿⎿⏌⎿⎿⏌⎿⎿⏌⎿⎿⏌⎿⎿⏌

Adresse e-mail ______________________________

Date d'anniversaire ⎿⎿⏌⎿⎿⏌⎿⎿⎿⏌

Signature indispensable

Le **Service Lectrices** est à votre écoute au **01.45.82.47.47**
du lundi au jeudi de 9h à 17h et le vendredi de 9h à 15h.

Conformément à la loi Informatique et Libertés du 6 janvier 1978, vous disposez d'un droit d'accès et de rectification aux données personnelles vous concernant. Vos réponses sont indispensables pour mieux vous servir. Par notre intermédiaire, vous pouvez être amené à recevoir des propositions d'autres entreprises. Si vous ne le souhaitez pas, il vous suffit de nous écrire en nous indiquant vos nom, prénom, adresse et si possible votre référence client. Vous recevrez votre commande environ 20 jours après réception de ce bon.

Offre réservée à la France métropolitaine et soumise à acceptation.

L'ASTROLOGIE EN DIRECT
TOUT AU LONG
DE L'ANNÉE.

(France métropolitaine uniquement)

Par téléphone 08.92.68.41.01

0,34 € la minute (Serveur JET MULTIMÉDIA).

Composé et édité par les
éditions Harlequin
Achevé d'imprimer en janvier 2006

BUSSIÈRE
GROUPE CPI

à Saint-Amand-Montrond (Cher)
Dépôt légal : février 2006
N° d'imprimeur : 52895 — N° d'éditeur : 11830

Imprimé en France